大 学 问

始 于 问 而 终 于 明

守望学术的视界

汉·佚名，子游残碑

汉·佚名，孔子见老子画像

金·张瑀，文姬归汉图卷

清·唐艾、恽寿平，红莲绿藻图轴

明·唐寅，嫦娥奔月图

宋·赵伯驹，汉宫图轴

六臣註文選卷第二十九

梁昭明太子蕭　統　撰

唐　李善　呂延濟　劉良
　　張銑　李周翰　呂向　註

雜詩

古詩十九首　五言

善曰並云古詩蓋不知作者或云枚乘疑不能明也詩云驅車上東門又云遊戲宛與洛此則辭兼東都非盡是乘明矣昭明以失其姓氏故編在李陵之上詩以不知時代又失姓氏故但云古

行行重行行　與君生別離

善曰楚辭曰悲莫悲兮生別離銑曰此

相去萬餘里各在天一涯　道路阻且長會面安可知　胡馬依北風越鳥巢南枝　相去日已遠衣帶日已緩　浮雲蔽白日游子不顧返　思君令人老歲月忽已晚　棄捐勿復道努力加餐飯

青青河畔草　鬱鬱園中柳
盈盈樓上女　皎皎當窗牖
娥娥紅粉粧　纖纖出素手

唐·李善等注《六臣注文选》

宋·佚名，胡笳十八拍图·第十三拍

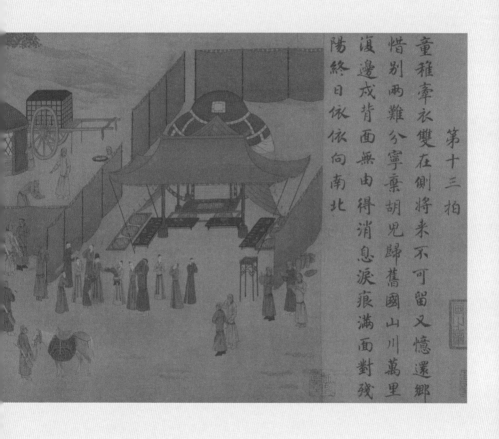

第十三拍

童稚牽衣雙在側　將來不可留又憶還鄉
惜別兩難分　寧棄胡兒歸舊國　山川萬里
復邊戍　背面無由得消息　淚痕滿面對殘
陽　終日依依向南北

宋·刘松年，花阴玉兔图

清·佚名，十二月月令图·四月

清·佚名，十二月月令图·九月

明·仇英，汉宫春晓图卷

古诗十九首里的
东汉世情

胡大雷 著

岁月
忽已
晚

广西师范大学出版社
GUANGXI NORMAL UNIVERSITY PRESS

·桂林·

岁月忽已晚
SUIYUE HU YI WAN

图书在版编目（CIP）数据

岁月忽已晚：古诗十九首里的东汉世情 / 胡大雷著. --
桂林：广西师范大学出版社，2023.11
　　ISBN 978-7-5598-6421-5

　　Ⅰ．①岁… Ⅱ．①胡… Ⅲ．①古典诗歌－诗歌欣赏－
中国 Ⅳ．①I207.2

中国国家版本馆 CIP 数据核字（2023）第 188074 号

广西师范大学出版社出版发行

（广西桂林市五里店路 9 号　邮政编码：541004）
（网址：http://www.bbtpress.com　　　　　　　　　　）
出版人：黄轩庄
全国新华书店经销
广西民族印刷包装集团有限公司印刷
（南宁市高新区高新三路 1 号　邮政编码：530007）
开本：880 mm ×1 240 mm　1/32
印张：9.875　　插页：8　　字数：215 千
2023 年 11 月第 1 版　　2023 年 11 月第 1 次印刷
定价：78.00 元

如发现印装质量问题，影响阅读，请与出版社发行部门联系调换。

目　录

《古诗十九首》之谜

所谓古诗，一般说来，就是指流传已久，而又难以确定其绝对年代的无主名的诗篇。魏晋以来，个人创作兴盛，诗人受到社会上的普遍尊重，诗都是有主名的，因此，南北朝时称汉代无名氏的诗为"古诗"，"古诗"成为一个特有之称呼，《古诗十九首》是这些汉代无名氏诗作的佼佼者。

《古诗十九首》，南北朝时就被誉为"五言之冠冕"与"一字千金"，虽然语句浅白"若秀才对朋友说家常话"，其魅力在于何处，将在下文一一讲述。《古诗十九首》格古调高，但由于至今时代久远，其产生之时的详情，留给世人许多饶有兴味的谜团，在讲述《古诗十九首》魅力之前，我们先来试着说说这些问题，给读者朋友解开这些谜团提供一点线索，再叙说谜团有什么奥秘，有什么玄机。

一、古诗数量之谜团与玄机

《古诗十九首》最早载录于我国现存的第一部文学总集南朝梁萧统《文选》，在其卷二十九"杂诗类"中，以"古诗十九首"为题，作者为无名氏。稍后徐陵《玉台新咏》录有《古诗八首》，作者为无名氏，其中有《文选·古诗十九首》中的《凛凛岁云暮》《冉冉孤生竹》《孟冬寒气至》《客从远方来》四首；徐陵《玉台新咏》又录有《枚乘杂诗九首》，其中有《文选·古诗十九首》中的《西北有高楼》《东城高且长》《行行重行行》《涉江采芙蓉》《青青河畔草》《庭前有奇树》（《古诗十九首》作"庭中有奇树"）、《迢迢牵牛星》《明月何皎皎》八首。如此统计下来，萧统《文选》录"古诗"为十九首，其中见于《玉台新咏》者，十二首。

　　那么，古诗一共有多少首呢？汉代无主名的古诗究竟有多少，今已不可考，但可以考虑几种情况。第一种情况，南朝梁钟嵘《诗品上》称"古诗"："其体源出于《国风》。陆机所拟十四首，文温以丽，意悲而远，惊心动魄，可谓几乎一字千金！其外'去者日以疏'四十五首，虽多哀怨，颇为总杂。……'客从远方来''橘柚垂华实'，亦为惊绝矣。人代冥灭，而清音独远，悲夫！""陆机所拟十四首"加上"其外'去者日以疏'四十五首"，有五十九首。看起来言之凿凿，但只是一个大略的数字。当然，这只是钟嵘所见的，应该还有钟嵘未见的。

　　第二种情况，有些时候，乐府也有称为"古诗"的。《汉书·礼乐志》称："至武帝定郊祀之礼，祠太一于甘泉，就乾位也；祭后土于汾阴，泽中方丘也。乃立乐府，采诗夜诵，有赵、代、秦、楚之讴。"《汉书·艺文志》称："自孝武立乐府而采歌谣，于是有代赵之讴，秦楚之风，皆感于哀乐，缘事而发，亦可以观风俗，知薄厚云。"乐府作品是汉代具有代表性意义的文学，民间乐府诗的发达以及朝廷的采集，对文人的诗歌创作自然是一个激发，如现在就留存有辛延年《羽林郎》、宋子侯《董娇饶》等五言乐府。乐府与"古诗"相较，都是不署作者名的，其不同就在是否有音乐性、是否配乐。于是，有些未被朝廷采录的诗或原已入乐而失了标题，脱离了音乐的歌辞，后人无以名之，也称之为"古诗"，或有些"古诗"可能入过乐，如《古诗十九首》中有好几篇，唐、宋人引用时就称为"古乐府"，而清代朱乾《乐府正义》就干脆说："《古诗十九首》，古乐府也。"例如《孔雀东南飞》一诗，《玉台新咏》题作《古诗无名人为焦仲卿妻作》，《乐府诗集》则收入"杂曲歌辞"，题为《焦仲卿妻》。因此，乐府中也有些是"古诗"。

第三种情况，《文选》卷二十九"杂诗类"中，录有李少卿（陵）《与苏武三首》及苏子卿（武）《诗四首》，经历代考证，已确定这些作品为假托李陵、苏武所作，因此这些假托之诗也是汉末"古诗"，这些"古诗"为《先秦汉魏晋南北朝诗》所录，为"李陵录别诗二十一首"，这些作品数量还不少。

古诗有十九首与五十九首之别，给文学史提出了这样一个问题：《古诗十九首》是否有统一的主题？其统一的主题放在五十九首中将怎样来看？古诗五十九首中还会有别的什么主题？

二、作者之谜团与玄机

称之为《古诗十九首》，首先应该明确，这里的"古诗"是有特定含义的，是指汉末无名氏的五言诗歌作品，这种情况从以下《古诗十九首》的作者考述可以见出。

南朝梁刘勰在《文心雕龙·明诗》中讨论《古诗十九首》的作者：

> 汉初四言，韦孟首唱，匡谏之义，继轨周人。孝武爱文，《柏梁》列韵；严马之徒，属辞无方。至成帝品录，三百余篇，朝章国采，亦云周备。而辞人遗翰，莫见五言，所以李陵、班婕妤，见疑于后代也。按《召南·行露》，始肇半章；孺子《沧浪》，亦有全曲；《暇豫》优歌，远见春秋；《邪径》童谣，近在成世：阅时取证，则五言久矣。又《古诗》佳丽，或称枚叔，其《孤竹》一篇，则傅毅之词。比采而推，两汉之作乎？观其结体散文，直而不野，婉转附物，怊怅切情，实五言之冠冕也。

刘勰先说汉初流行四言，如韦孟之作，或有"柏梁"体七言，但"莫见五言"；又说五言自《诗经》以来就有，"则五言久矣"；再说到《古诗十九首》的作者，语气不是很肯定，有枚乘（字叔）、傅毅，但时代是"两汉之作"。

南朝梁钟嵘《诗品序》中讨论《古诗十九首》的作者问题：

> 昔《南风》之辞,《卿云》之颂,厥义夐矣。夏歌曰"郁陶
> 乎予心",楚谣曰"名余曰正则",虽诗体未全,然略是五言之
> 滥觞也。逮汉李陵,始著五言之目矣。古诗眇邈,人世难详,
> 推其文体,固是炎汉之制,非衰周之倡也。自王、扬、枚、马
> 之徒,词赋竞爽,而吟咏靡闻。从李都尉迄班婕妤,将百年
> 间,有妇人焉,一人而已。诗人之风,顿已缺丧。东京二百载
> 中,唯有班固《咏史》,质木无文。降及建安,曹公父子,笃
> 好斯文;平原兄弟,郁为文栋;刘桢、王粲为其羽翼。次有攀
> 龙托凤,自致于属车者,盖将百计。彬彬之盛,大备于时矣。

先说"五言之滥觞",再说汉时李陵"始著五言之目矣",最后称
"古诗……固是炎汉之制",但又称东汉二百载中,五言绝少。而
其《诗品上》论"古诗",称"旧疑是建安中曹(植)、王(粲)所
制",言外之意这些"古诗"即是东汉末年之作。

唐代李善注《文选》,说:

> 并云古诗,盖不知作者。或云枚乘,疑不能明也。诗云:
> 驱马上东门。又云:游戏宛与洛。此则辞兼东都,非尽是(枚)
> 乘,明矣。昭明以失其姓氏,故编在李陵之上。

李善称,有一种说法是称"古诗"为枚乘所作,故《玉台新咏》
有"枚乘杂诗九首"之录。李善又称,因其中有"辞兼东都"者,
即有东汉的作品,那么,称"古诗"全为枚乘所作的说法就是错

误的。

现在一般认为，《古诗十九首》非一人之辞，非一时之作，为汉代末年无名文人所作，即沈德潜《古诗源》所说："《十九首》非一人一时作。《玉台》以中几章为枚乘，《文心雕龙》以《孤竹》一篇为傅毅之词，昭明以不知姓氏，统名为古诗。从昭明为允。"所谓以昭明太子《文选》的"无名氏"论断为准。

称《古诗十九首》为枚乘所作，为什么会有这样的说法，这就要说到魏代以来的假托风气。魏时，社会上本有作诗而代人立言的风气，曹丕有《代刘勋出妻王氏诗》，曹植有《代刘勋出妻王氏见出为诗》，此二诗均以刘勋之妻王宋口吻叙出。曹丕又有《寡妇诗》，其序曰："友人阮元瑜早亡，伤其妻子孤寡，为作此诗。"因此，这诗该是"代阮元瑜妻作"，或"代寡妇诗"，全诗是以阮元瑜妻的口吻抒情的。徐干有《为挽舡士与新娶妻别诗》，全诗以挽舡士新娶妻的口吻出之。王粲有《为潘文则作思亲诗》，全诗以汉潘文则口吻出之。

那么，《古诗十九首》之所以被人们认为是枚乘所作，是因为人们认为当时的诗人是要借枚乘之事来抒发感情，是因为枚乘的事迹太特殊、太令人激动了。枚乘，字叔，淮阴人，早年为吴王刘濞的文学侍从，吴楚七国之乱前后曾两次劝谏刘濞而显名于世，后离开刘濞而成为梁王刘武的门客，汉景帝时被任为弘农郡都尉，汉武帝刘彻即位，以其辞赋擅名被以安车蒲轮征召，途中逝世。其《七发》在辞赋的发展史上具有重要地位，是汉大赋正式形成的标志性作品，作为西汉时期辞赋家，与邹阳并称"邹枚"，与司马相如并称"枚马"，与贾谊并称"枚贾"。以辞赋开创者来称说"古诗"的开创者，该是一件多么美妙的事啊！况枚乘又有复杂、精彩的政治经历，故人们容易把枚乘与《古诗十九首》联系起来，如陈沆《诗比兴笺》就根据史书的枚乘传记，把枚乘与《古诗十九首》联系起来，其评价《玉台新咏》所录枚乘诗九首曰：枚乘"两上吴王之书，其谏显；九诗多出去吴之日，其谏隐。"陈沆自称是"以史证诗"，"今以诗求之，则《西北》《东城》二篇，正上书谏吴时所赋，《行行》《涉江》《青青》三篇，则去吴游梁之时，《兰若》《庭前》二篇，则在梁闻吴反，复说吴王时，《迢迢》《明月》二篇，则吴败后作也"。尽管枚乘的身世经历与诗歌所表述的有出入，但陈沆所述这几首细腻、真切的表现，让人觉得这样叙说也有可观之处。

从《古诗十九首》的作品来看，其中多有代人立言者，马茂元《古诗十九首初探》称其"不是游子之歌，便是思妇之词"。所谓"思妇之词"，该是诗人们代思妇立言，全用思妇的口吻，以第一人称出之，最为甚者，《迢迢牵牛星》一首，奇思异想地代织女立言，故马茂元又说："《十九首》的语言，篇篇都表现出文人诗的特色，其中思妇词不可能是本人所作，也还是出于游子的虚拟。"

《古诗十九首》中是否有枚乘的撰作，这涉及中国古代文人五言诗什么时候登上文学史舞台的问题，这是文学史上的一件大事。

三、题名之谜团与玄机

有人称《古诗十九首》在汉代就是一个整体，在汉代就以"古诗十九首"为题，是"汉人选汉诗"，如清代人吴淇《六朝选诗定论》曰：

> 《古诗十九首》，此汉人选汉诗也，乃一切诸选之始，其于建安之际乎？夫诗之为体，因时而变，故一代之诗，必有一代之专体。《三百篇》体不杂，盖一道同风之世也。汉诗体错出，唯五言纯乎一朝之制。亦犹诸体备于唐，而独七言律为唐之专制也。至于建安之际，当涂父子倡于邺下，群彦和之，于是曹、刘之坛帜聿盛，而汉道寖微矣。识者忧之，此古《十九首》之所由选也。

其称"此汉人选汉诗也"，汉代人为了表示汉代诗歌之"专体"，故有此选。那么，为什么"汉人选汉诗"要标明"古"呢？吴淇解释曰：

> 此以汉人选汉诗，乃于诗及乐府之上，各标一"古"字者，所以别乎建安邺下诸体也。故选者于一切汉四言、七言及杂体，概置不录，所收专以五言汉道为至。

吴淇称《古诗十九首》为汉代诗歌之"专体"，这是公认的，但称其为"汉人选汉诗"，没有文本依据，并未得到学术界的认同。

那么，萧统《文选》为什么以"古诗十九首"为题？汉代有以"十九"命名"歌"者，《安世房中歌》就有"十九章"之说（《史记·乐书》"索隐"："《礼乐志》《安世房中乐》有十九章。"）汉代有《郊祀歌》十九章，《史记·乐书》："至今上即位，作十九章，令侍中李延年次序其声。"《汉书·礼乐志》："乃立乐府，采诗夜诵，有赵、代、秦、楚之讴。以李延年为协律都尉，多举司马相如等数十人造为诗赋，略论律吕，以合八音之调，作《十九章之歌》。"古时说"十九"，即十分之九，谓绝大多数。《庄子·寓言》："寓言十九，重言十七，卮言日出，和以天倪。"当汉代"古诗"起码有五十九首之多甚至更多得多时，萧统之意，就是以"十九"为名，谓汉代"古诗"绝大多数佼佼者，就在于此。这应该是有一定的道理。

还有一个问题是明确的，即《文选》卷二十九所载《古诗十九首》中的各首诗，本来就是没有题目的，其他古诗亦是。卷三十所载陆机《拟古诗十二首》，其题目如《拟行行重行行》一类，也是以首句作为题目来看待的。钟嵘在上述一段话中所举的三句诗，即"去者日以疏""客从远方来""橘柚垂华实"，是三首诗的首句，钟嵘是以首句来称谓这三首诗的。钟嵘并不是对任何诗都如此以首句来称谓的，如在《诗品序》末所举"五言之警策者"，大都是直称题目或题目的省称，如陈思《赠弟》、仲宣《七哀》、公干《思友》、阮籍《咏怀》、灵运《邺中》、士衡《拟古》、叔源《离宴》、太冲《咏史》、陶公《咏贫》、惠连《捣衣》等。由此可见，因为这些古诗本来就是没有题目的，所以要以首句来称谓。

　　这些古诗之所以无题，或因为有题目脱落，但我认为，就是因为其抒发的情感并不是由某一特定人物或某一具体事件而引起的，它们大都是针对某种社会现象、针对某一反复出现而久久经历的事件、针对人生等而抒发的情感，当时不能以某一有具体含义的题目来限定它，只好就这样没有题目了。就《古诗十九首》的具体情况来说，如感伤知音难会一类诗，感伤的对象并非有主名的，所以更容易打动更广大的读者。而《西北有高楼》，据诗的前半部分的叙述，似乎带有记述某次经历的意味，但诗人着力于虚化的意思也是很明显的，"西北有高楼"本身就有泛指意味，且究竟此女子是谁、为何而悲，都是未知的，诗的目的是抒发自己的"但伤知音稀"。又如慨叹年华短促一类诗，自然是概括性的，此不必多说。又如不满时俗现实一类诗，抨击的是一些社会现象，而非记载某人某事，像《明月皎夜光》中斥责朋友的离心离德，也不似朱穆《与刘伯宗绝交诗》那样人物确定、事件明白。又如忧伤离别相思一类诗，叙述记载的并不是某一次的悲伤哀怨，也不是某一次的因物感怀，而是较长一段时间内甚至一辈子的相思。上述情况表明，《古诗十九首》纯粹是抒发情怀的，从根本上讲是不含具体事件意味的。这些诗歌的抒情和"代苏李诗"不一样，"代苏李诗"还要以某一具体人物、某些具体事件为依托来抒发情感，并以之来打动感染人，而这些诗歌已完全不涉及具体事件，要以纯粹的情感抒发来打动人、感染人。

　　《古诗十九首》无题的玄机，就在于后世出现了以"杂诗"命名的诗作。最早以"杂诗"命名的诗作，出自建安诗人之手，王粲、刘桢、曹丕、曹植都有题名《杂诗》的作品。《文选》的诗类分为二十三目，其中有"杂诗类"，所录前三组诗分别是《古诗十九首》《李少卿与苏武诗》与《苏子卿诗》；排列其四的是张衡《四愁诗》，最表面的含义即爱情诗。此以下分别载录王粲、刘桢、曹丕、曹植的"杂诗"，考察一下上述杂诗，有一个特点，即这些杂诗很难考校出它们是因为什么具体历史事实而发的，有些诗的主人公，也难说就是诗人自己。我这里所说的是就诗本身而言，这些作家的另外作品是可以看出是因什么具体事实而作，如王粲及其他人的诸首赠诗，是注明赠给何人；王粲、刘桢诸人的公宴诗，题目上已表明是为公宴而作。也就是说，作者认为题名为"杂诗"者，并不承担叙事功能，而纯粹是为抒发内心情感而作，所以它们"无题"；诗人认为这些诗并非为具体某事而作，故没有给它们起题目，"杂诗"就是"无题"。李善注《文选》称"杂诗"云："杂者，不拘流例，遇物即言，故云杂也。"所谓"不拘流例，遇物即言"，也就超脱于具体事件而重在抒发情感。我之所以说这些"杂诗"有《古诗十九首》之风，就是在此意义上说的。胡应麟《诗薮·内编》卷二称曹植的《杂诗》六首说："子建《杂诗》，全法《十九首》意象，规模酷肖，而奇警绝到弗如。"如此"规模酷肖"，也包括"无题"在内。

　　"无题"与"杂诗"，从其不从具体某次事件出发，又可视作

"咏怀"的先声。"咏怀"一类为阮籍所创，之所以称为"咏怀"，就是表明这些诗作并非吟咏某些具体事件，不主叙事，而只是为了吟咏情怀。故清初人王夫之《古诗评选》卷四评价阮籍《咏怀》说："阮步兵《咏怀》，自是旷代绝作，远绍《国风》，近出入于《十九首》，而以高朗之怀，脱颖之气，取神似于离合之间，大要如晴云出岫，舒卷无定质。"称说阮籍《咏怀》的渊源就在于《古诗十九首》。"咏怀"名称一出，要抒发的是诗人个人的情怀，这是肯定的，这就为诗歌的个人化奠定了文体基础，而这些都是建立在继承《古诗十九首》的"无题"基础之上的。

《古诗十九首》题名之谜团，给我们提出了这样一个问题，《诗经》的作品是没有题目的，是后人取诗首二字而成的，《古诗十九首》的作品也是没有题目的，那么，中国古代诗歌的题目是什么时候产生的？其产生的契机与因缘是什么？

四、主旨之谜团与玄机

马茂元《古诗十九首初探》说，《古诗十九首》"围绕着一个共同的时代主题，所写的无非是，生活上的牢骚和不平，时代的哀愁与苦闷，并无任何神秘之处"。可是后来解说《古诗十九首》的人，很多都以"比兴"视之。"比兴"是《诗三百》六义中"比"和"兴"的并称。比，以彼物比此物；兴，先言他物，以引起所咏之辞。"比兴"是中国古典诗歌创作传统的两种表现手法，比，以彼物比此物，作者用起来也比较容易做到，读者也比较容易理解；兴，先言他物，以引起所咏之辞，作者用起来就不甚明确，读者理解起来也各有见解。但"比、兴"二者合起来，则意义明确，就是打比方，就是以叙说他物引起自己的叙说，就是言在于此而意在于彼。《离骚》等楚辞作品"依《诗》取兴"，把"比兴"发展扩大为"引类譬谕"，即把单个的"比兴"、打比方，发展扩大为某类事物的"比兴"、打比方，汉王逸《楚辞章句》所谓"故善鸟香草以配忠贞；恶禽臭物以比谗佞；灵修美人以媲于君；宓妃佚女以譬贤臣；虬龙鸾凤以托君子；飘风云霓以为小人"。

　　在对《古诗十九首》诗义的理解上，历来有直解与比兴两种方法，直解者，如马茂元《古诗十九首初探》说："不是游子之歌，就是思妇之词。"而强调比兴者，把"游子之歌""思妇之词"扩张为君臣之间、政治方面的叙说。于是朱自清《古诗十九首释》批评说："断章取义，让'比兴'的信念支配一切。""认为作诗必关教化，凡男女私情，相思离别的作品，必有寄托的意旨。不是'臣不得于君'，便是'士不遇知己'。……于是他们便抓住一句两句，甚至一词两词，曲解起来，发挥开去，好凑合那个传统的信念。这不但不切合原作，并且常常不能自圆其说。"显然，他对以"比兴"解说《古诗十九首》是持批评态度的。其实，从读者的角度来说，通过其深思，理解到作品中有所"比兴"，自以为到达了作者的思绪或境界，也是一种读诗的方法；对其他读者来说，也会得到一种启发。那就多少有点仁者见仁，智者见智了。因此，直解也罢，比兴也罢，解诗者说得通即可，读诗者觉得有意思即可，董仲舒说"诗无达诂"，即称《诗经》的"诗"可以是没有非常确定的解释的，推广到对所有的诗的解释，也可以是这样的，这就是西方所说的"读者中心论"，由读者来确定"诗"的解释、"诗"的意义，这也是有一定的道理的。

当我们说"直述还是比兴"时，说的是《古诗十九首》表达主旨的写作方法，那么《古诗十九首》的主旨是什么？应该是文人即知识分子在叙写自我遭遇之"怨"，多叙写其苦难、困惑，进而反思自己的行为，情感抒发即建立在这个基础上的。读者朋友读了《古诗十九首》，就可以感受到了。

《诗经》作品创古代诗歌"比兴"创作手法，说起《诗经》往往是与"比兴"联系在一起的，《古诗十九首》的出现，以及学者们对《古诗十九首》的阐释向世人表明，创作诗歌还可以有多种创作手法，不含礼教意味的日常普通生活也可以直述吟咏，阐释诗歌也可以有多种途径，不必一定要联系到政治方面去。

五、艺术地位之谜团与玄机

《古诗十九首》在中国文学史上具有重要的历史地位，表现在以下几点：

第一，五言诗的定型。晋人挚虞《文章流别论》说："诗之流也，有三言、四言、五言、六言、七言、九言，古诗（指《诗三百篇》）率以四言为体，而时有一句两句杂在四言之间，后世演之遂以为篇"，"五言者，'谁谓雀无角，何以穿我屋'之属是也，乐府亦用之。"五言句自《诗经》起，至汉乐府而推广，进而至文人的五言诗创作，则以《古诗十九首》为代表；于是五言诗兴起而兴盛，后建安文人继之，奠定了五言诗在诗史上的地位。南朝时，钟嵘《诗品序》称："五言居文词之要，是众作之有滋味者也，故云会于流俗。岂不以指事造形，穷情写物，最为详切者耶！"如此全社会都认同"五言诗"的诗史地位，这就是《古诗十九首》所奠定的。

第二，《古诗十九首》是文人五言诗的开创，自然亲切是其最主要的风格特征。明人谢榛《四溟诗话》称赞其艺术特色曰："《古诗十九首》，格古调高，句平意远，不尚难字，而自然过人矣。""《古诗十九首》，平平道出，且无用工字面，若秀才对朋友说家常话，略不作意。""魏、晋诗家常话与官话相半，迨齐、梁开口俱是官话。官话使力，家常话省力；官话勉然，家常话自然。夫学古不及，则流于浅俗矣。"我们诵读《古诗十九首》，"行行重行行，与君生别离。相去万余里，各在天一涯。道路阻且长，会面安可知？"是不是可以体会到一种自然亲切之情？"庭中有奇树，绿叶发华滋。攀条折其荣，将以遗所思。""回车驾言迈，悠悠涉长道。四顾何茫茫，东风摇百草。"用词口语化，很少典故，很少华丽，虽然也是文绉绉的，却是秀才说家常话，朴素自然。这种语言风格，曹魏时期才发生变化，如曹植诗作的工于起调，善为警句的"高树多悲风，海水扬其波""惊风飘白日，光景驰西流"之类；注意对偶、炼字和声色的"明月澄清景，列宿正参差，秋兰被长坂，朱华冒绿池。潜鱼跃清波，好鸟鸣高枝"之类。而与之成对比的《古诗十九首》，其"相去日已远，衣带日已缓""同心而离居，忧伤以终老""置书怀袖中，三岁字不灭。一心抱区区，惧君不识察"的自然亲切的口语化，与官话相比当然是两种语调与风格，故陆时雍《古诗镜》说："《十九首》深衷浅貌，短语长情。"

　　第三，抒情与叙事的分流。乐府"感于哀乐，缘事而发"，民歌的基本精神也就在叙事性，汉代乐府亦是如此。而《古诗十九首》则重在抒情，其抒情方法往往是用事物来烘托，用景物来陪衬，融情入景，寓情于景，达到情景交融的境。如《明月何皎皎》，前两句"明月何皎皎，照我罗床帏"写景，以下全诗写情，明月如水，满是凉气，诗人走出门来四顾，茫茫的月光之外，什么也看不到，满怀愁绪，向谁去倾诉呢？于是又回到房中，不觉泪落沾裳。汉代乐府诗，一开始是叙事和抒情糅杂的，但多趋向叙事，待《古诗十九首》出现，诗歌抒情则多由文人五言诗承担了。

　　第四，因为《古诗十九首》重在抒情、擅长抒情，即一切围绕着抒情来展开，那么在修辞上就常常以身体活动来抒情。《诗经·周南·关雎》"求之不得，寤寐思服。悠哉悠哉，辗转反侧"，以身体活动的"辗转反侧"，来修饰、形容"寤寐思服"的情感抒发；"寤寐思服"而产生"辗转反侧"的身体活动，"辗转反侧"则表达"寤寐思服"的程度，这是把情感与身体活动互为因果来抒情。《古诗十九首》以身体活动为抒情修辞，用得最为成熟。如《行行重行行》中，"行行重行行，与君生别离"，以身体活动的走啊走、送啊送，表达"生别离"的不舍之情；以身体状态的"衣带日已缓"，表达"相去日已远"的思念之苦所达到的程度；用身体活动的"努力加餐饭"，表达对保重身体的期望。作品围绕"行行重行行"的身体活动而展开远离相思的情感抒发。又如《青青河畔草》中，诗的前半部分叙写女子美貌，全为铺垫，而"空床难独守"的身体活动为抒情核心，表达"荡子行不归"而自己的孤独，以表达相思之苦。又如《涉江采芙蓉》，身体活动的"涉江采芙蓉"，是在表达对"所思在远道"的思念。《古诗十九首》的每篇作品都有如此修辞，读来令人对其抒情有更深切、具象的体会。

第五，《古诗十九首》又不是一味地抒情，它在抒情中还突出善思善说理。明代钟惺《古诗归》说："《十九首》与乐府微异，工拙浅深之外，别有其妙。乐府能着奇想，着奥辞，而《古诗》以雍穆平远为贵。乐府之妙，在能使人惊，《古诗》之妙，在能使人思。然其性情光焰，同有一段千古常新，不可磨灭处。"《古诗十九首》的"在能使人思"，往往重在篇末的凸显旨意，此即清代沈用济、费锡璜《汉诗说》：

> 《十九首》中如"弃捐勿复道，努力加餐饭""空床难独守""无为守贫贱，辗轲长苦辛""忧伤以终老""荡涤放情志，

何为自结束""不如饮美酒，被服纨与素"，皆透过人情物理，立言不朽，至今读之，犹有生气。每每用于结句，盖全首精神专注末句。其语万古不可易，万古不可到，乃为至诗也。

盛赞《古诗十九首》叙说"人情物理"。除了费锡璜所举的例子，其他如"人生非金石""人生天地间，忽如远行客""人生忽如寄""虚名复何益""荡涤放情志，何为自结束""不如饮美酒，被服纨与素""何不策高足，先据要路津"等。这一切都是对"岁月忽已晚"的人生的表达，是一代文人士子的精神面貌、生活现实的表达，而其"在能使人思"，今天的读者读来，又无不令人思索人生、思索社会。

于是，《古诗十九首》成为中国文学史上一道独特的风景线，既在思想内容、抒情表达上独领风骚，又在艺术形式、创作手法上独树一帜、彪炳千秋。

六、文人生活之谜团与玄机

士人在中国古代泛指读书人、文人、有学问的人，先秦时，士人作为独立的阶层，其身份是自由的，是可以自由流动的，有自己的理想，有自身的精神诉求，有与统治者不相干的独有的价值观念与精神品质。先秦的士人与国君讨论天下大事、共商大政方针，与国君面对面说话、几乎与国君"平起平坐"。待秦统一天下,士人无处可以流动,只能依附于朝廷,毕恭毕敬地待命。汉武帝时,当朝廷"变更制度""以经术润饰吏事"时,需要既有思想又有理论之类的人才,于是,士人以屈原之"忠"而"直言极谏"为从政榜样,又以屈原的"不遇",抒发"忠而盼遇"之怀抱,以求仕途通达。

东汉时,朝廷的选士制度,由地方官吏推荐乡里中认为所谓有名望,有德行的人,有贤良、方正、孝廉、秀才等名目,然后由中央或州、郡征辟。东汉时,朝廷又有养士制度,在京城建立太学,到了质帝刘缵时代,太学生就已发展到三万多人。太学生也并不局限于贵族官僚子弟,也有大量的脱离生产的平民子弟。在这种政策和制度下,当时的政治首都洛阳就必然成为求谋进身的知识分子们猎取富贵功名、猎取"显名"的逐鹿场所。可是,求功名富贵者多,而获得者少,于是得意者少,失意者多。尤其到了东汉末年,政治黑暗,外戚、宦官、官僚三者互相倾轧、发生冲突;官僚集团是其中的失败者,中央政权全归宦官,发生过两次"党锢之祸"。本来,士人是依靠官僚的援引,通过征辟以求进身的,而当官僚集团遭受打击,尤其是当时一批重要官僚和平日敢于议论朝政的士人,遭到杀戮和禁锢之后,社会上卖官鬻爵,贿赂公行,政治上的腐化和堕落已达到顶点,士人当然更是没有出路,充满着彷徨、苦闷、失意、沉沦之感,原来的理想与希望,在现实面前遭到不断的打击而渐趋渺茫。

士人看不见人生出路，凝聚在心头的是被限制、被压抑的悲哀，他们极端苦闷、痛苦，甚至产生消极颓废的情绪；他们长期外出，与家人别离，彼此之间就不能没有伤离怨别的情绪。

虽然说士人的这些情绪反映了汉末黑暗动乱中尖锐的社会矛盾，但在《古诗十九首》中，即使语言鲜明，却并不激烈、愤怒，它们是"怨而不怒"的、含蓄的，体现了传统诗教的"温柔敦厚"，士人们并非有所直斥，只是倾诉其人生苦闷、悲哀，通过闺人怨别、游子怀乡、游宦无成、追求享乐等内容的描写，表现了浓厚的人生感伤情绪。而这种情绪归于《古诗十九首》，我们便称其合乎古来"温柔敦厚"的诗教，把这种情绪归结为"岁月忽已晚"的悲哀，既是朝廷末日、社会黑暗的"岁月忽已晚"，又是士人自感无所出路、走投无路的"岁月忽已晚"。

本书论述、评析《古诗十九首》，其核心在于以"岁月忽已晚"为题旨来讲述东汉文人的日常生活。"岁月忽已晚"的多重意味：生命意识中年岁老去；岁月晚去对个人来说是无可奈何的。人生的急迫感、焦虑感在《古诗十九首》的每篇中都有所表露："何不策高足，先据要路津""奄忽随物化，荣名以为宝""极宴娱心意，戚戚何所迫""同心而离居，忧伤以终老""良无盘石固，虚名复何益""此物何足贵？但感别经时""盈盈一水间，脉脉不得语""思为双飞燕，衔泥巢君屋""不如饮美酒，被服纨与素""思还故里闾，欲归道无因""仙人王子乔，难可与等期""徙倚怀感伤，垂涕沾双扉""一心抱区区，惧君不识察""以胶投漆中，谁能别离此""引领还入房,泪下沾裳衣"等,这些都是哀怨、哀伤,集中在"岁月忽已晚"上,是东汉文人生命意识的情结。李泽厚《美的历程》说:"《古诗十九首》以及风格与之极为接近的苏李诗,无论从形式到内容,都开一代先声。它们在对日常时世、人事、节候、名利、享乐等等咏叹中,直抒胸臆,深发感喟。在这种感发中,突出的是一种性命短促、人生无常的悲伤。它们成《十九首》一个基本音调。"本书把《古诗十九首》的基本音调,确定在东汉文人对"岁月忽已晚"的感受上。

七、后世影响之谜团与玄机

《古诗十九首》集中叙写文人生活,与乐府作品叙写民间生活分流。经典理论说,统治阶级的思想就是一个时代的统治思想、主流思想,文人在这个阶级之中,诗歌成为文人生活的一个部分,诗歌成为反映文人生活的载体。本书将针对《古诗十九首》所表达的东汉文人情感,结合东汉的社会,探索其背后的文人生活实景,尽可能做出某些描摹,以引导读者朋友进入《古诗十九首》所叙写的、所表达的生活世界。

世人对《古诗十九首》赞不绝口,钟嵘《诗品》曰:《古诗十九首》中"陆机所拟十四首,文温以丽,意悲而远,惊心动魄,可谓几乎一字千金!"

　　《古诗十九首》在南北朝时多有模拟之作。《文选》诗"杂拟"类，有陆士衡（机）《拟古诗十二首》，钟嵘《诗品》称"陆机所拟十四首"，那么有两首《文选》未录。这十二首中有十一首是拟《古诗十九首》的，其标志之一即在题目中标明是拟《古诗十九首》中某诗的首句；其中一首，陆机题为《拟东城一何高》，而《古诗十九首》中则为《东城高且长》；另一首《拟兰若生春阳》，原作《兰若生春阳》，今见于《玉台新咏》卷一，题为枚乘所作。

　　刘休玄（铄）也有模拟之作，《南史·南平王刘铄传》载："少好学，有文才，拟古三十余首，时人以为亚迹陆机。"今存刘铄拟作有四，为《拟行行重行行》《拟明月何皎皎》《拟孟冬寒气至》《拟青青河边草》，见于《文选》与《玉台新咏》。鲍令晖有《拟青青河畔草》《拟客从远方来》，均见《玉台新咏》卷四。江文通《杂体诗三十首》之《古别离》，《乐府诗集》就称其有拟《行行重行行》之意。

　　除了拟作，《古诗十九首》的诗歌艺术魅力对后世诗歌创作的影响更大，明代胡应麟《诗薮》内篇卷二中，有两段话最能说明问题，他说："东、西京兴象浑沦，本无佳句可摘，然天工神力，时有独至。搜其绝到，亦略可陈。"我们读诗，最喜欢佳句、警句，一是由于我们自小接触诗词时，记忆力不够、理解力有限，能背诵一些佳句、警句就不错了，于是对佳句、警句的印象最深。但是，《古诗十九首》中还是有许多"独至""绝到"的"天工神力"之处，胡应麟例举了《古诗十九首》大量的诗句，称"皆言在带祍之间，奇出尘劫之表，用意警绝，谈理玄微，有鬼神不能思、造化不能秘者"，"带衽之间"指的是日常生活，但其意则"奇出尘劫之表"。他例举了"东城高且长，逶迤自相属。回风动地起，秋草萋已绿"等句，称之为："皆千古言景叙事之祖，而深情远意，隐见交错其中。且结构天然，绝无痕迹，非大冶镕铸，何能至此？"本书将对这些诗作的艺术魅力做出论述，以引导读者朋友进入《古诗十九首》的艺术世界。

第一编

负书行四方
文人的官宦生涯

　　武人出门求功业，叫作仗剑闯天下，当年项梁起兵反秦，渡过淮河，韩信便"仗剑从之"（《史记·淮阴侯列传》）。文人出门寻功名，则为"负书"走天涯、"负书"走四方，要靠自己的学问去闯荡社会。"负书"而行，正是文人的标准形象，当年苏秦出行，最后完成合纵六国大业，其模样就是"负书担橐"（《战国策·秦策一》）；《古诗十九首》时代有"负书来学，云集京师"之说（《后汉书·左雄传》）；后世刘勰撰成《文心雕龙》，欲取得社会的肯定，也是"负书候（沈）约于车前，状若货鬻者"（《南史·文学传·刘勰》）；苏轼也这样给他儿子苏过说："负书从我盍归去，群仙正草新宫铭。"（《游罗浮山示儿子过》）

　　文人的官宦生涯，自负书出门远行开始。古代有个词叫"游宦"，谓离家在外做官，泛指外出求官或做官。《汉书·地理志下》称司马相如"游宦京师诸侯"，这才"以文辞显于世，乡党慕循其迹"，司马相如出门到京城才做了官、才靠"文辞"出了名，那么其"乡党慕循其迹"，就是羡慕他出门远游。《后汉书·王符传》："自和、安之后，世务游宦，当涂者更相荐引，而（王）符独耿介不同于俗，以此遂不得升进。"王符痛恨、厌恶社会的黑暗，不愿意"游宦"，也就是不愿意接受当道者的"更相荐引"，所以只能是终身不仕，隐居乡间，著述议评时政时事。

　　《论语·里仁》载孔子曰："父母在，不远游，游必有方。"孔子是说，远游一定要有个理由。对东汉文人士子来说，这个理由就是为自己谋求出路。出行远游是东汉文人士子生活的必需，东汉文人士子是为了谋求出路而离乡背井的。

东汉文人士子的出行远游，或在于求宦，是谋个出路罢了。东汉文人士子的仕宦，先由地方推荐，再是政府征辟。由地方推荐，就得先让地方上有头有脸的人物熟悉自己，要由他们赞誉自己，那么，不出行交游怎么可能实现？所以，徐干《中论·谴交》更是深刻揭示了文人士子出游的必然："知富贵可以从众为也，知名誉可以虚哗获也，乃离其父兄，去其邑里。"称这些文人士子出行远游，是去扩大自己的朋友圈，结交广大的众人也是可以求到富贵的。出门离开家乡去结交众人，靠众人的交口称赞，那么不做什么事情也可以有好的名声，有好的名声就为做官奠定了基础。

"负书"出行远游，告别家人、告别家乡，遭遇离家的惶恐、离别亲人的悲哀，意味着文人开启了个体真正属于自我的生活，他们会遇到什么事情？会有怎样的情感经历？出门虽然充满着风险，但出行远游，未来的生活又充满了希望，他们走进城市，开启官宦生涯，《古诗十九首》的抒情述志，也就从这里开始。

第一章

出行远行与游学游宦

行行重行行

行行重行行，与君生别离。
相去万余里，各在天一涯。
道路阻且长，会面安可知？
胡马依北风，越鸟巢南枝。
相去日已远，衣带日已缓。
浮云蔽白日，游子不顾反。
思君令人老，岁月忽已晚。
弃捐勿复道，努力加餐饭。

一、离别交响曲

有人说这是一首离别交响曲，"交响"的意思就是内容、层次丰富，能交相呼应。虽然说只是一首诗，但既有诗歌主人公的自我感怀，又有对离别对象的行为与情绪的拟测，把离别的各种情形与心绪，像套曲一样组织在一起，从各方面"发声"，以多声部来表达一个共同的主题——离别。

诗作先写分别之时的"行行重行行"，此处的"行"不仅仅是出行人之"行"，而且还是送行人之"行"，两人在一起"行行重行行"，走啊走，送啊送！为何如此走啊走，送啊送？只因为这正如《楚辞》所说的"悲莫悲兮生别离"，没有什么比"生别离"再大的"悲"了。在此"生别离"之时，"行行重行行"，那就能送多远就送多远了。

"送别"之后，交响曲该奏"远别"。"相去万余里，各在天一涯"，一是以万里之数具体叙说相离之远，二是以"各在天一涯"的地域形象来比拟相离之远。"万余里"可谓路途之"长"，但"道路阻且长"，还有"阻"呢！诗作不在此明说何为"阻"，先设一伏笔，待下文慢慢叙来；此处只说"会面安可知"，既有路途之"长"又有路途之"阻"，哪里知道还能不能会面呢？

"相去万余里，各在天一涯"，如此遥远之别，诗歌的女主人公此时此刻最想知道：出行人这会儿是什么感觉？故拟测道："胡马依北风，越鸟巢南枝。"出行人像胡地的马，依偎着北方来风；出行人像越地的鸟，筑巢在南向之枝。此二句本是古语，《韩诗外传》曰："诗云：'代马依北风，飞鸟栖故巢'，皆不忘本之谓也。"《吴越春秋》："胡马依北风而立，越燕望海日而熙，同类相亲之意也。"《盐铁论·未通》："故代马依北风，飞鸟翔故巢，莫不哀其生。"其所寓有深意在于"不忘本""同类相亲"，在于"哀其生"（爱怜其生长之地）；诗歌主人公想到：从人之常情来说，远方的人儿正在爱怜家乡、思念家乡。想到这里，她的心里可该有多么欣慰，这位远行之人还是牵挂着家乡的，还自认是家乡之人的。

欣慰毕竟只是一种感觉，女主人公的当前现实是："相去日已远，衣带日已缓。"这是久别给女主人公所带来的。"衣带日已缓"是当时的民间俗语，用身体的变化叙说思念的程度以及所带来的后果。如此以身体或身体动作来抒情的笔法，在后世影响很大，如南朝乐府民歌《读曲歌》中就有"欲知相忆时，但看裙带缓几许"，要知道相思之苦，从其裙带宽松可知其体瘦如何；鲍照《拟古》有"宿昔改衣带，旦暮异容色"，从裙带宽松的改变，就可知其脸色喜、怨的改变；萧绎《荡妇秋思赋》有"坐视带长，转看腰细"，直接以裙带宽松述说秋思；乃至宋代柳永《蝶恋花》"衣带渐宽终不悔，为伊消得人憔悴"，都是以衣带之"缓""长""宽"叙说自己的日渐消瘦，以日渐消瘦叙说此段情感对自己的情感影响之深。

思念之深便引来焦虑之深，女主人公反反复复思忖：如此久别，思念的人儿为什么还不归家？想来思去，只想到了一个结论：一定是"浮云蔽白日，游子不顾反"。这就是前文所说诗作为读者设下的伏笔，即"道路阻且长"之"阻"的所在，就在于"浮云"遮蔽"白日"。此处女主人公猜疑道：一定是"游子"与自己有了隔阂，所以他才"不顾反"，那么，隔阂之"阻"在哪里呢？怎样才能克服、避免"浮云蔽白日"呢？王安石《登飞来峰》说："不畏浮云遮望眼，自缘身在最高层。"可是女主人公做不到啊！她登不了那么高，看不到那么远。

猜疑归猜疑，女主人公又回到现实之中："思君令人老，岁月忽已晚。"时光流逝，年岁渐老，而思念更加速了这个过程。女主人公把"思君"放在"岁月忽已晚"的生命进程中来考量，自然增加了思念的力度，怎么办呢？年岁在一年年一月月老去，团聚的希望却在一天天失落，女主人公没有丝毫的控制能力，无可奈何，只有"弃捐勿复道，努力加餐饭"，翻来覆去地述说思念又有什么用呢？算了算了，不再说了，还是吃饭保重身体要紧。她排解思念、焦虑的办法，只有如此了。"努力加餐饭"是当时时兴的套语，就跟今日写信落款前的"此致、敬礼"一样，如汉乐府《相和歌辞·饮马长城窟行》："长跪读素书，书中竟何如？上言'加餐饭'，下言'长相思'。"但此处的"努力加餐饭"，一语双"的"，既称对方，又说自己，诗作在这无可奈何、余音袅袅中结束。

本来，有些诗作叙写离别，也可以只就一个方面而言，如汉乐府《艳歌何尝行》写到与丈夫的离别，妻子道："念与君离别，气结不能言。各各重自爱，远道归还难。妾当守空房，闭门下重关。若生当相见，亡者会黄泉！"这是分别时的誓言与愿望，是离别的某一特定镜头，把生离当作死别来写，一往情深。但《行行重行行》作为离别交响曲，叙写了离别思念的整个过程、各个方面，起起伏伏，曲曲折折，更有一番风味在其中。

二、为了前程而远行

既然女主人公对家人的出行与产生离别有着如此的感怀，那么，东汉文人不出行、不离别家乡可以不可以？答案是不可以。

首先应该看到，文人能够出门，是一种历史的进步。春秋时代以前，人的身份有归属性，是不能随意移动的，春秋、战国之交，士获得独立的身份，可以离开本国至他国谋求官职。

东汉文人士子的出路，或在于求学。古代还有个词叫"游学"，谓离家到外地求学。司马迁《史记·春申君列传》有这样一句话："游学博闻"，盖谓其因游学所以能博闻也。古代学子出门远游为了什么？表面上说去看看外面的社会，外面的世界很精彩，多见而博闻；但实质上，东汉时期的"游学"，一方面是通晓经术、拜访名师，另一方面则是"学而优则仕"的一种途径，寻求一个依托靠山，期望以门弟子的身份，进入社会，进入官场。因此，大多数离乡远行，就是为了功名前程。

东汉实行养士政策，在首都建立太学，《后汉书·儒林列传上》记载：光武帝建武五年（29），"乃修起太学，稽式古典，笾豆干戚之容，备之于列，服方领习矩步者，委它乎其中"，太学中陈列各种礼器，太学生们穿着高领儒服，迈着规矩方步，委身其中，实际上就是身临其境地学"礼"、学习儒学。史书赞叹曰："济济乎，洋洋乎，盛于永平矣！"称汉明帝永平年间（58—75）是学习儒学的高潮，当时汉明帝亲临讲学，诸儒生执经书，问难于前，"冠带缙绅之人，圜桥门而观听者盖亿万计"，观览、恭听者不计其数。"其后复为功臣子孙、四姓末属别立校舍，搜选高能以受其业，自期门羽林之士，悉令通《孝经》章句，匈奴亦遣子入学"，入学人数空前，甚至匈奴也派遣子弟来入学。到了汉章帝时，"又诏高才生受《古文尚书》《毛诗》《穀梁》《左氏春秋》，虽不立学官，然皆擢高第为讲郎，给事近署，所以网罗遗逸，博存众家"，这就在京城集聚了许多文人士子。汉安帝览政时，"薄于艺文，博士倚席不讲，朋徒相视怠散，学舍颓敝，鞠为园蔬，牧儿荛竖，至于薪刈其下"，汉安帝不重视"艺文"，学宫学舍，倒塌的倒塌，荒芜的荒芜，废为田地，种植菜蔬，有的甚至废为荒野，人们在其中放牧、割柴火。至汉顺帝时，时来运转，"乃更修黉宇，凡所结构二百四十房，千八百五十室"，建造这么多学舍，就是给"试明经下第补弟子，增甲乙之科员各十人，除郡国耆儒皆补郎、舍人"等学子居住。《后汉书·左雄传》载：汉顺帝时，左雄"又奏征海内名儒为博士，使公卿子弟为诸生。有志操者，加其俸禄。及汝南谢廉、河南赵建，年始十二，各能通经，雄并奏拜童子郎。于是负书来学，云集京师。"所谓"负书来学，云集京师"，那该是多少人来到京师"游学"啊！本初元年（146），梁太后下诏曰："大将军下至六百石，悉遣子就学，每岁辄于乡射月一飨会之，以此为常。"命令有官职、有地位者，都要把子孙送来学习，"自是游学增盛，至三万余生"。太学三万余生，多由各地"游学"而来，这些"游学"者，莫不有着出行与离别的经历。故《古诗十九首》中多有洛阳的地名，《青青陵上柏》里的"游戏宛与洛"；《驱车上东门》里的"上东门"和"郭北墓"，都是实指洛阳的地名；《东城高且长》里的"东城"，可能就是洛阳城东三门的总称；《凛凛岁云暮》里的"锦衾遗洛浦"，"洛浦"虽然是用典故，但同时也可能是点明游子的所在地。这些诗作应该是游子在洛阳时的作品。

　　京城还有许多私人授学，如《后汉书·张霸传》载：张霸，字伯饶，"年数岁而知孝让，虽出入饮食，自然合礼，乡人号为'张曾子'"。曾子，名参，是孔子晚年最主要的学生之一，称小时候的张霸为"张曾子"，就是赞赏他读书知礼。张霸跟着长水校尉樊鯈学习《严氏公羊春秋》，"遂博览《五经》，诸生孙林、刘固、段著等慕之，各市宅其傍，以就学焉"。跟随张霸学习的诸生，为了就学方便而在其家周围购置房屋，这可能是我们最早的城市学区房了。

　　有朝廷太学的榜样，东汉时各地的庠序黉塾遍布，《后汉书·儒林列传下》称："自光武中年以后，干戈稍戢，专事经学，自是其风世笃焉。其服儒衣，称先王，游庠序，聚横（黉）塾者，盖布之于邦域矣。"于是，"若乃经生所处，不远万里之路，精庐暂建，赢粮动有千百，其耆名高义开门受徒者，编牒不下万人。"著名学者"开门受徒"有高达万人者，这些人从哪里来？还不是"不远万里"各处而来，他们莫不有着出行与离别的经历。强调"学"，此即左雄上言："郡国孝廉，古之贡士，出则宰民，宣协风教。若其面墙，则无所施用。""面墙"，即"正墙面而立"，比喻不学之人，如面对墙壁而立，一无所见、一步难行。出自《尚书·周官》："不学墙面。"孔安国传："人而不学，其犹正墙面而立。"《论语·阳货》载孔子对他的儿子伯鱼说："女（汝）为《周南》《召南》矣乎？人而不为《周南》《召南》，其犹正墙面而立也与！"朝廷要求选拔出来做官的人，要协理风俗，宣扬教化，若是不学无术，那就一点用也没有。

《行行重行行》叙说东汉文人士子出行远游的经历，仅仅是以思妇的视角与口吻来进行的，诗作尚遵循诗教的"温柔敦厚"，故其叙写并不那么强烈而极端。但到了建安七子之一的徐干笔下，东汉出行远游的文人士子的悲惨境况不忍睹视，其《中论·谴交》说："且夫交游者出也，或身殁于他邦，或长幼而不归。父母怀茕独之思，室人抱《东山》之哀，亲戚隔绝，阃门分离，无罪无辜，而亡命是效。古者行役，过时而不反，犹作诗刺怨，故《四月》之篇，称'先祖匪人，胡宁忍予'，又况无君命而自为之者乎！"大意是说：文人士子出游远行，或身死他乡，或儿女长大了他们还不回归，在家的父母孤苦无人照顾，妻子在深切感受着丈夫对家乡的思念。他们远离家人、远离家乡，他们没有罪过，却像个犯人躲罪一样亡命天涯。古时候去服劳役，过了期限不返归，也要吟诗来表达怨刺，如《诗经·小雅·四月》里说：先祖又不是旁姓人，怎让我忍受这劳役之苦而过期不归。况且现在也不是君命征召，而是自己要出门的。

《东观汉记》记载：汉代士人姜诗，字士游，是当时有名的孝子。荒年之时，与妻子给人家作佣，来赡养母亲。母亲喜好饮长江水，姜诗之子常常去江边取水，后不幸滑落江中溺死。姜诗夫妇十分哀痛，又恐怕母亲知道了伤心，就说其子是外出游学了。于是可知"游学"则是常年不在家中的。姜诗夫妇岁岁作衣，投于江中祭奠儿子，后来他家房舍旁，突然出现一眼涌泉，水味如同江水，且每日涌出鲤鱼一双，姜诗夫妇用来供养老母。虽然故事讲的是孝行，但里面也说出"游学"常年不在家中的情况。

三、鼓励丈夫"游学""游宦"

女性思念外出的丈夫，丈夫恋家、思念家乡与情人，但汉时女性并不是一定要把丈夫留在家中伴守自己，有识见的女性往往又是"赶"丈夫出家的，让他们去求学，让他们去求宦，总要有所成就吧。《后汉书·列女传》载录有突出事迹的优秀女性，就有数个故事记述如此行为。

乐羊子妻的故事：河南乐羊子曾在路上捡到遗金一饼，回来交给妻子，妻子说："我听说'志士不饮盗泉之水，廉者不受嗟来之食'，何况你是靠捡拾来求利，太玷污自己的品行了！"羊子大惭，就把金饼扔到郊野，自己远行寻师求学。一年后乐羊子归家，妻子跪问为什么回来了，羊子曰："外出太久，思家又想你，别的没有什么。"妻子一听，就提着刀走向织布机而言："这匹布，从蚕茧的一丝一缕开始，从一寸一寸到一尺一尺，累积不已，遂成丈匹。今若一刀剪断，则成功无望，以往时日，全部白费。你的积学，你应当知道，每日所学到的东西，是用来增进自己的品德的。假若中道而归，何异于我此刻剪断这匹尚未完工的布匹？"羊子被妻子之言所打动，返回学业，七年不曾返家。妻子在家辛勤劳作供养家婆，又远馈羊子，支持他完成学业。不知"远馈"之物有无"绿叶发华滋"的鲜花？

吴许升妻吕荣的故事：吴许升曾不务正业，只是妻子吕荣辛勤操持家业，以奉养公婆。她屡屡奉劝许升进修学业，许升每有不善言行，就流涕进言规劝。吕荣的父亲对许升的行为日益忿怨，就让吕荣打定主意离婚改嫁。吕荣感叹道："这就是我遭遇的命啊，我决不能有别的主意！"始终不肯返家。吴许升由此感动而激励自己，就远出寻师求学，最后成名。

女性激励丈夫远出求学，常常还要对远出的丈夫有所"远馈"，赠花、赠香，当是"远馈"之一二吧，或当有激励之意！

四、"浮云"何为"蔽白日"

前面我们都是以游子与思妇给诗作主人公定位的，或以为《古诗十九首》是比兴体，称诗作讲到的是君臣之间，最典型的即举"浮云蔽白日，游子不顾反"为例来说。《古诗十九首》最早载录在《文选》，唐代李善最早给《文选》作注，其注"浮云蔽白日，游子不顾反"二句曰："浮云之蔽白日，以喻邪佞之毁忠良。故游子之行，不顾反也。"他又引前人的言论说："《文子》曰：日月欲明，浮云盖之。陆贾《新语》曰：邪臣之蔽贤，犹浮云之鄣（障）日月。《古杨柳行》曰：谗邪害公正，浮云蔽白日。义与此同也。"唐五臣注《文选》之刘良曰："白日喻君也，浮云谓谗佞之臣也；言佞臣蔽君之明，使忠臣去而不返也。"元代刘履《选诗补注》注曰："贤者不得于君，退处遐远，思而不忍忘，故作是诗。""夫以相去日远，相思愈瘦，而游子所以不复顾念还返者，第以阴邪之臣，上蔽于君，使贤路不通，犹浮云之蔽白日也。"这些都是说，阴邪之臣有如"浮云"遮蔽了白日，君臣之间有所隔阂，贤路不通，于是忠臣出游，去而不返。"浮云蔽白日"是古代最流行的比喻，一般都用于谗臣之蔽贤，那么，李善说"浮云之蔽白日，以喻邪佞之毁忠良。故游子之行，不顾反也"，尽管没有什么证据，但也在情理之中，可备一说。

但我认为，还是以游子与思妇的本色来解诗更为贴切一些，那么，思妇说"浮云蔽白日，游子不顾反"是什么意思？赋作中有对文人士子出行远游经历的叙写，其中多写其路途中遇到女性所发生的那些事。如宋玉《登徒子好色赋》中，秦章华大夫自称"少曾远游"，在"向春之末，迎夏之阳"时，遇到"群女出桑"，"观其丽者，因称诗曰：遵大路兮揽子袪"。说是要在大路上揽着女子袖子一起行走。"于是处子恍若有望而不来，忽若有来而不见"，幸最终"扬诗守礼，终不过差"，无所越轨。又，枚乘《梁王菟园赋》，叙写路遇"采桑之妇人"，于是妇人先称曰："春阳生兮萋萋，不才子兮心哀，见嘉客兮不能归。"吟咏歌唱之中，多有挑逗之情。蔡邕有《检逸赋》，其中曰："夫何姝妖之媛女，颜炜烨而含荣。普天壤其无俪，旷千载而特生，余心悦于淑丽，爱独结而未并，情罔写而无主，意徙倚而左倾。书骋情以舒爱，夜托梦以交灵。"叙写遇到"媛女"后情意飘荡，又要写信给女子表达爱慕之情，甚而夜晚梦到与女子相会。那么，思妇所谓"浮云"，恐即指如此在外地遇到美女之事，思妇最为担心的，就怕外地美女成为自己与丈夫之间的"浮云"，就怕"男儿爱后妇，女子重前夫"（辛延年《羽林郎》），这样的话，自然是"游子不顾反"了，游子当然想不到尽快回家了。又，晋诗人陆云《为顾彦先赠妇》其二，就把对游子滞留京城的猜疑，落实为被美女所惑，诗云：

悠悠君行迈，茕茕妾独止。

山河安可逾，永路隔万里。

京室多妖冶，粲粲都人子。

> 雅步擢纤腰，巧笑发皓齿。
>
> 佳丽良可美，衰贱焉足纪。
>
> 远蒙眷顾言，衔恩非望始。

诗的前四句讲游子远行、妻子茕独，"京室多妖冶"以下数句，就以描摹京城女性的美貌妖艳，来展示京城所存在蛊惑，以示"游子不顾反"的原因。

马茂元《古诗十九首初探》称《古诗十九首》"不是游子之歌，便是思妇之词"，那么，这个"思妇之词"就是代女子立言的"代言体"。"代言体"是传统诗歌的一种体式，诗人代人设辞，假托女子的身份、心理、口吻、语气来创作构思，以全方位地表现现实生活。

五、哀怨的情感基调

《行行重行行》以出门上路，确定了情感抒发的哀怨基调。陈智勇先生《先秦时期的行路文化》说，古人往往是用路途比喻艰难险阻，把路途视为悲凉的所在。如《诗经·召南·行露》："厌浥行露，岂不夙夜，谓行多露。"大路上露水湿漉漉，早晚上路，都要被露水沾湿受痛苦，意谓上路辛苦。又如当郑国子产改革初期不受国人欢迎，国人咒骂子产时说"其父死于路"，这里也把路途看成是危难之地。如《离骚》中的"路漫漫其修远兮""路修远以多艰兮",《楚辞·山鬼》中也直说"路险难兮"。成语中以"任重而道远"比喻任务艰巨,以"天子蒙尘在外"述说在外的艰难;又如"跋履山川,逾越险阻""跋涉山川,蒙犯霜露",都是对行路中路途艰难险阻的描述。《离骚》中的"路幽昧以险隘",借行路来暗指国家的前途渺茫险阻。古人又有以行路人的行路观察,称"道相望"以及"野有饿莩",则更突出了行路人对人生悲凉的叹息。于是,对远行则有一种恐惧,如《楚辞·九辩》中,说"憭栗兮若在远行",是说凄凄凉凉啊,好像远出人不回;"去乡离家兮徕远客",则含有背井离乡的悲凉。于是可知,"行行重行行"、出门上路即悲凉哀怨,所以这些"不是游子之歌,便是思妇之词",尽是哀怨。

六、拟作与影响

晋代人陆机《拟古诗十九首》最为著名,其《拟行行重行行》如下:

> 悠悠行迈远,戚戚忧思深。
> 此思亦何思,思君徽与音。
> 音徽日夜离,缅邈若飞沈。
> 王鲔怀河岫,晨风思北林。

> 游子眇天末，还期不可寻。
>
> 惊飙褰反信，归云难寄音。
>
> 伫立想万里，沉忧萃我心。
>
> 揽衣有余带，循形不盈衿。
>
> 去去遗情累，安处抚清琴。

拟作基本上句句对应原作之意，比喻对应比喻，抒情对应抒情。"此思"以下四句，以"音徽"曲声的"飞沈"比喻分离日远，音讯"缅邈"。"王鲔"鱼名，"晨风"鸟名，以其"怀河岫""思北林"，表达对家乡的思念。但陆机拟作没有对应"浮云蔽白日，游子不顾反"的拟句，少却很多余味；又多出的两句为"揽衣有余带，循形不盈衿"，两句一意，以补足未拟原诗"衣带日已缓"之缺。原作以叙述事实来展示情感抒发，拟作则直接抒情，此即拟作"戚戚"以下五句与原作的差异。又，比起原诗"弃捐勿复道，努力加餐饭"来，陆机拟作"去去遗情累，安处抚清琴"，过于雅化的表达，不似"秀才对朋友说家常话"。

又有刘铄，字休玄，他是南朝宋时人，当时以善于模拟被称"亚迹陆机"。《文选》卷三十一录其诗题作《拟古二首》之《拟行行重行行》，《玉台新咏》录其诗题作《杂诗·代行行重行行》，其诗曰：

> 眇眇陵羡道，遥遥行远之。
>
> 回车背京邑，挥手于此辞。

堂上流尘生，庭中绿草滋。

寒螫翔水曲，秋兔依山基。

芳年有华月，佳人无还期。

日夕凉风起，对酒长相思。

悲发江南调，忧委子衿诗。

卧看明镫晦，坐见轻纨缁。

泪容旷不饬，幽镜难复治。

愿垂薄暮景，照妾桑榆时。

其中"寒螫翔水曲，秋兔依山基"，对应原作"胡马依北风，越鸟巢南枝"，无论在诗中的位置、意味等均对应。全诗除"日夕凉风起，对酒长相思"，基本对仗，显示了南朝时的创作风气。诗末八句，其意自出机杼，姑不论与原作孰为出色，但已显示其努力。此数句又多有用典，依《文选》李善注，其"忧委子衿诗"，用《毛诗》"青青子衿，悠悠我心"来叙述自己的忧伤；"坐见轻纨缁"，称似乎看到丈夫的素衣被染黑，意谓是否有所变心，此用陆机《为顾彦先赠妇诗》"京洛多风尘，素衣化为缁"；"泪容旷不饬，幽镜难复治"，意谓再好的镜子也不可能恢复自己姣好的容颜，用曹植《七哀诗》"膏沐谁为容，明镜暗不治"之意；"愿垂薄暮景，照妾桑榆时"，以"薄暮"与自己的年岁"薄暮"相对应，用陆机《塘上行》"原君广末光，照妾薄暮年"。

第二章

游戏宛与洛

青青陵上柏

青青陵上柏，磊磊涧中石。

人生天地间，忽如远行客。

斗酒相娱乐，聊厚不为薄。

驱车策驽马，游戏宛与洛。

洛中何郁郁，冠带自相索。

长衢罗夹巷，王侯多第宅。

两宫遥相望，双阙百余尺。

极宴娱心意，戚戚何所迫。

一、走进城市

这首诗本来标明是枚乘所作，但《文选》李善注曰："并云古诗，盖不知作者。或云枚乘，疑不能明也。诗云：驱马上东门。又云：游戏宛与洛。此则辞兼东都，非尽是（枚）乘明矣。"以诗中"游戏宛与洛"认定这是东汉之诗而非枚乘所作。

士人离开家乡，告别家人，游学或求宦，其目的地就是城市。所谓城市，一般是人口集中、工商业发达、居民以非农业人口为主的地区，通常是周围地区的政治、经济、文化中心。汉代民谣曰："城中好高髻，四方高一尺。城中好广眉，四方且牛额。城中好大袖，四方全匹帛。"汉代城市是时尚流行之地，又如城市女性的服饰打扮，汉乐府《陌上桑》中曾写道："日出东南隅，照我秦氏楼。秦氏有好女，自名为罗敷。罗敷憙蚕桑，采桑城南隅。青丝为笼系，桂枝为笼钩。头上倭堕髻，耳中明月珠。缃绮为下裙，紫绮为上襦。"她居住在城中高楼，梳着时髦的发式，据说"倭堕髻"，发髻向额前俯偃；穿着最名贵的紫绮上襦、缃绮下裙。这位贵族妇女，"日出东南隅"之时来踏青游春"采桑"。当然，城市是朝廷所在，是名利的争夺之地，这首诗讲的就是文人"游戏宛与洛"的情况，看似是所谓"游戏"，进入到繁华之地、温柔乡中，不想则是落入时事、世事的漩涡之中。

文人士子出行远游的主要目的地之一是城市，前面我们说，京城是太学所在，文人士子走进城市是为了求学，但难道就没有其他目的了吗？其实，我们都知道，城市对旧时代的人们来说，更是名利竞技场和享乐极娱地。文人士子当然也是这样看的。但东汉的文人士子叙说自己走进城市，却不是就城市说城市，而是要上升到生命的哲理之思。

诗作先述"青青陵上柏，磊磊涧中石"，写高高的山头上柏树永青，对此古人常有吟咏，《论语》："子曰：岁寒然后知松柏之后凋也！"《庄子》："仲尼曰：'受命于地，唯松柏独也，在冬夏常青青。'"再写山涧之中巨石磊磊，《楚辞·九歌·山鬼》："采三秀兮于山间，石磊磊兮葛蔓蔓。"众石委积永存，是山涧常态。自然界的事物，或常青，或永存，那么人生呢？《尸子》载："老莱子曰：人生于天地之间，寄也。""寄"者，人在天地之间只是所谓寄生而已，是"客"，是"过客"。于是诗作咏曰"人生天地间，忽如远行客"。人不能永远活在天地之间，故为"客"；所有的人都以死为归宿，故"归"者，"鬼"也。《礼记·祭义》："众生必死，死必归土，此之谓鬼。"《列子》曰："死人为归人，则生人为行人矣。"人生"远行客"，人生行进步伐还是非常之快，《庄子》曰："天与地无穷，人死者有时。操有时之具而托于无穷之间，忽然无异骐骥之驰过隙也。"就像快马之掠过缝隙一般，在永存的天地之间，人生却是短暂的、倏忽的。

诗作的首四句，以山中景象作为对比，慨叹天地之间的人生，快如闪电。突兀而起说"人生天地间，忽如远行客"干什么？原来是要引发"斗酒相娱乐"的抒情，既然人生短暂，那就要抓紧时间享受人生：一石酒是醉，一斗酒也是醉，斗酒不为多，也能与朋友们娱乐欢醉一场了。"聊厚不为薄"，"厚"者，浓醇美味，《列子·杨朱》："丰屋美服，厚味姣色。"枚乘《七发》："饮食则温淳甘脆，腥醲肥厚。"李善注："厚酒肥肉。"斗酒不为多，也难说是美味浓醇，聊且把它当作美味浓醇，它就是美味浓醇而"不为薄"了；"薄"是味淡、无味的意思。诗作在这里正话反说，"斗酒相娱乐，聊厚不为薄"，这样简单的酒食算得上是人生的享受吗？赶快"驱车策驽马，游戏宛与洛"，鞭打你的那匹"驽马"拉车跑起来吧，我们要到"宛与洛"那样的城里去，去"游戏"，去享受，去人生行乐。

为了发出"游戏宛与洛"的呼喊，诗作前几句以自然界与人生的对比，论证出"人生天地间，忽如远行客"的哲理，以此作为走进城市、走进享乐生活的心理依据。

二、拜谒"冠带"人物

文人士子"游戏宛与洛"的"洛"，指洛阳。"洛"字，在西汉人书中多作"雒"。据《魏略》及《博物志》，谓：汉朝于五行属火，忌水，故改"洛"为"雒"；魏属土，水得土而流，土得水而柔，故又复原字。据此"洛"字为两汉人所讳，不应用，而古诗有"游戏宛与洛"，可知此诗必作于汉魏间，这是胡怀琛《古诗十九首志疑》的说法，很有道理。文人士子"游戏宛与洛"的"宛"，指南阳，是汉光武帝刘秀的故里，为南都。《文选》李善注引挚虞说："南阳郡治宛，在京之南，故曰南都。"《后汉书·梁冀传》说："宛为大都，士之渊薮。"南都之地多士人。

诗作接着述说，"洛中何郁郁，冠带自相索"，文人士子投入到城市生活，投入到京城洛阳所在，首先看到是"冠带"人物繁多，"冠带"指高冠博带的缙绅之士、达官贵人，他们是一伙一伙自成团体的，自相往来的，即其"自相索"而得。文人士子来到京城，最要紧的事是拜谒达官贵人以"自相索"，进入到他们的视线之内，进入到他们的团伙之中。汉时朝廷选拔人才，要求各地方荐举"贤良方正"。其方法，一为"察举"，由地方自下而上地推荐人才；二为"征辟"，由中央和地方政府自上而下地发现和任用人才，二者都要对人物品行进行考察、评议。清人赵翼《廿二史札记》说："驯至东汉，其风益盛，盖当时荐举征辟，必采名誉，故凡可以得名者必全力赴之。"而"名誉"要靠"清议"，靠某些著名人物的评论品题，于是，奔走高门而进入达官贵人的视线之内，进入达官贵人的团队之中更成为风气。而达官贵人或著名人物也常常在府中举办聚会，"清议"朝政，如果谁能参与这样的集会，就是很大的荣幸。《世说新语·言语》载：李膺，字元礼，为司隶校尉，世称"天下模楷李元礼"，经常举办聚会，"诣门者皆俊才清称及中表亲戚乃通"，来参加聚会的都是有名望的人士与自己家的亲戚朋友。当时孔融还小，便以"我是李府君亲"进门，李元礼问曰：

"君与仆有何亲?"孔融回答曰:"昔先君(孔)仲尼与君先人(李)伯阳,有师资之尊,是仆与君奕世为通好也。"称自家祖先孔子曾问学于李家祖先老子,故"奕世为通好"。对孔融的应答,李元礼及宾客"莫不奇之",孔融也获得一个极好的聪颖能说的评价。《后汉书·党锢列传》载:"是时,朝廷日乱,纲纪颓阤,(李)膺独持风裁,以声名自高。士有被其容接者,名为登龙门。"文人士子能够被李膺接纳,可谓"登龙门",由是可见拜谒奔走高门的重要。

又,《后汉书·文苑列传下》叙写赵壹因名人名臣赏识而声动京师的两件事:

其一,光和元年(178),赵壹为上计吏,汉时地方官于年终时将境内户口、赋税、盗贼、狱讼等项编造计簿,遣吏逐级上报,奏呈朝廷,借资考绩,谓之"上计",执行这项工作的人即为上计吏。赵壹到了京师,此时,司徒袁逢代表皇帝接受郡国所上的计簿,郡国上计吏数百人,皆拜伏庭中,不敢仰视,只有赵壹长揖而已。袁逢看到了,十分惊异,令左右手下去责怪他,说:"你这个下郡的上计吏,只揖三公而不拜,何也?"赵壹回答说:"昔日郦食其长揖汉王刘邦,我如今揖三公,有什么奇怪的。"袁逢听到后,敛衽下堂,执赵壹手,请他坐上座,并问他西部之事,袁逢非常高兴,回顾座中诸位说:此人是汉阳赵元叔,朝臣中没有人能超过他,我请求他与诸君依次而坐,座中之人都瞩目观望赵壹。赵壹因为司徒袁逢的褒扬,在京城获取了名声。

其二,赵壹前往造访河南尹羊陟,不得相见。赵壹以公卿中非羊陟而无足以寄托名声，于是就到门口请求接见，羊陟虽不情愿但也勉强答应了。此时羊陟尚卧床未起，而赵壹径自上堂，走上前去，说："我在西州，承听您的高风，如今刚要遇到您，却得到的是您的忽视，无奈这就是我的命吧！"接着举声大哭。门下左右很是吃惊，都跑进来站在两侧。羊陟知道这是非常之人，马上起身，请他坐下交谈，非常看重赵壹，对他说："你且先回去。"第二天，羊陟率领大队车骑，前去拜见赵壹。当时，诸位上计吏多有盛装车马帷幕，独有赵壹是柴车草屏，露宿其傍，赵壹请羊陟前来坐于车下，左右诸人没有不惊叹、错愕的。羊陟遂与赵壹言谈，至太阳下山才尽欢而去，并拉着赵壹的手说："你是一块璞玉未被雕剖出来，必定会有人推荐你的！"于是，羊陟与袁逢共同称荐赵壹，赵壹名动京师，士大夫都想瞻望其风采。赵壹的名声，岂非"自相索"而得？

　　又，《后汉书·文苑列传下》载，边让有特别的才名，"善占射，能辞对"，大将军何进想办法把他请来，"时，宾客满堂，莫不羡其风"；而当时，后来成为名士的孔融、王朗只是拿着名片在门口等候。史书上说孔融、王朗"并修刺候焉"，"修刺"即置备名帖，作通报姓名之用，"刺"为名片。边让就因为何进的褒扬而名动一时，这亦是"冠带自相索"的例子。

　　当然也有反面的例子，《世说新语·规箴》载：陈元方在父丧期间，哭泣哀恸，躯体消瘦只剩一副骨头架子。其母怜悯他，在他睡觉时偷偷给他盖上锦缎之被。郭林宗去他家吊唁，见到陈元方守丧期间不披麻戴孝，却盖着锦缎之被，便说："卿海内之俊才，四方是则，如何当丧，锦被蒙上？孔子曰：'衣夫锦也，食夫稻也，于汝安乎？'吾不取也！"于是，拂袖而去。之后一百多天里，宾客不上陈元方之家。行为不得当，人们视其为异类，自然不会"冠带自相索"。

拜谒官场人物，或是要送礼的，所谓行贿式送礼，《资治通鉴》卷四十九记载这样一个故事：

> （杨震，字伯起）孤贫好学，明欧阳《尚书》，通达博览，诸儒为之语曰："关西孔子杨伯起。"教授二十余年，不答州郡礼命，众人谓之晚暮，而震志愈笃。（邓）骘闻而辟之，时震年已五十余，累迁荆州刺史、东莱太守。当之郡，道经昌邑，故所举荆州茂才王密为昌邑令，夜怀金十斤以遗震。震曰："故人知君，君不知故人。何也？"密曰："暮夜无知者。"震曰："天知，地知，我知，子知，何谓无知者！"密愧而出。

王密是杨震在任荆州刺史时举"茂才"提拔起来的官员，杨震可谓恩师。王密听说杨震在由荆州刺史调任东莱太守赴任途中，路经昌邑，为了报答杨震的恩情，特备黄金十斤，于白天谒见后，又乘更深夜静无人之机，将黄金送给杨震。杨震说："我了解你，你不了解我。为什么这样做呢？"王密说："夜深了，没有人会知道。"于是杨震说出了"天知，地知，我知，子知，何谓无知者！"这是犯罪式送礼。

三、琼楼玉宇在城市

诗作接着写道："长衢罗夹巷，王侯多第宅。两宫遥相望，双阙百余尺。"这是文人士子所见到的城市景象。汉代诗人梁鸿《五噫歌》写道："陟彼北芒兮，噫！顾瞻帝京兮，噫！宫阙崔巍兮，噫！"长衢、夹巷、第宅、宫阙，是城市的标志，也是城市的气象。

班固《西都赋》描摹城中宫阙："其宫室也，体象乎天地，经纬乎阴阳。据坤灵之正位，仿太紫之圆方。树中天之华阙，丰冠山之朱堂。因瑰材而究奇，抗应龙之虹梁。列棼橑以布翼，荷栋桴而高骧。雕玉瑱以居楹，裁金璧以饰珰。发五色之渥彩，光焰朗以景彰。于是左城右平，重轩三阶，闺房周通，门闼洞开。列钟虡于中庭，立金人于端闱。"称长安宫室的布局在体制上模仿天地，东西南北都符合阴阳对应之法。宫室在中正之位，仿照星宿周遭圆方。高入中天的华阙耸立，未央宫冠于山巅。应龙般的殿梁像彩虹横架长空，栋上之椽排列紧凑犹如飞翼，腾飞高扬。雕刻美玉为柱础以承载楹柱，裁切金璧来装饰瓦当。发出五色的艳彩，光焰明亮夺目分外鲜明。于是左为人行之台阶，右为车行之平阶，高楼分三层台阶。闺房周通，门闼洞开。中庭罗列钟架，正门矗立铜铸的金人。

张衡《西京赋》叙写了京城的城市建制："徒观其城郭之制，则旁开三门，参涂夷庭，方轨十二，街衢相经。廛里端直，甍宇齐平。北阙甲第，当道直启。程巧致功，期不陁陊。木衣绨锦，土被朱紫。"城郭的建制，每一面都开三道大门，三条大路平坦笔直。

十二辆车马可以并行，街衢经纬纵横，住宅区端正笔直，房舍非常平整。未央宫的北阙都是王侯府邸，面对大路设置正门。建筑的时候选择能工巧匠，竭尽全力地施工，以免有崩塌的可能。梁栋纹彩犹如身穿锦绣，墙壁涂满了朱紫二色。"若夫翁伯浊、质，张里之家。击钟鼎食，连骑相过。东京公侯，壮何能加！"至于翁伯、浊氏、质氏，张里这些富商之家，钟鸣鼎食，车马队互相过访。东京洛阳的公侯，其排场之大都难以复加。

张衡《南都赋》则描摹南都"宛"城中宫阙："于其宫室，则有园庐旧宅，隆崇崔嵬。御房穆以华丽，连阁焕其相徽。圣皇之所逍遥，灵祇之所保绥。"南都的宫室，有光武帝的园庐旧宅，高大雄伟。他的御房庄严华丽，连阁相映生辉。写光武帝曾逍遥于此，是有灵祇保佑他平安康宁。宫阙也是权力的象征，城市建制也代表着朝廷的规模、国家的繁华程度。

城市是君子所在，如张衡《南都赋》叙写："且其君子，弘懿明睿，允恭温良。容止可则，出言有章。进退屈伸，与时抑扬。"讲这里的君子，弘大美善又聪明睿智，严肃温和而不失善良。他们的言行举止可成为法则，出口即可成章，进退屈伸有度，随着时代变化而或抑或扬。

城市又是权贵所在，他们抢夺人民，建立起自己的豪华住宅，《后汉书·宦者列传》载：侯览"前后请夺人宅三百八十一所，田百一十八顷，起立第宅十有六区。皆有高楼池苑，堂阁相望。饰以绮画丹漆之属，制度重深，僭类宫省"。处处欲仿照皇宫、官府。

　　帝京宫室中的帝王生活，不是文人士子可窥探的，而长衢第宅中王侯贵族的生活景象，足以引起人们的企羡。汉乐府《相逢行》，叙写了王侯贵族、达官贵人生活的一面：

> 相逢狭路间，道隘不容车。
>
> 不知何年少，夹毂问君家。
>
> 君家诚易知，易知复难忘。
>
> 黄金为君门，白玉为君堂。
>
> 堂上置樽酒，作使邯郸倡。
>
> 中庭生桂树，华灯何煌煌。
>
> 兄弟两三人，中子为侍郎。
>
> 五日一来归，道上自生光。
>
> 黄金络马头，观者盈道傍。
>
> 入门时左顾，但见双鸳鸯。
>
> 鸳鸯七十二，罗列自成行。
>
> 音声何雍雍，鹤鸣东西厢。
>
> 大妇织绮罗，中妇织流黄。
>
> 小妇无所为，挟瑟上高堂。
>
> 丈人且安坐，调丝方未央。

诗的前六句，叙写驾车少年在城市中狭路相逢，相问主人家的情况，先铺垫一句"易知复难忘"。那么怎么个"易知复难忘"呢？"黄金为君门"以下六句，叙写家中摆设。"兄弟两三人"六句，叙写主人家"兄弟"的显赫。"入门时左顾"六句，再写庭院以及豢养的鸳鸯。"大妇织绮罗"六句，写家中妇女的行为以及实行的家礼。全诗夸耀贵族生活的豪华与富贵，以及种种享受，由此可见城市生活的一斑。

四、名都多妙趣

东汉中后期，豪族权贵的奢华超过礼制，比如《潜夫论·浮侈》所说："今京师贵戚，衣服、饮食、车舆、文饰、庐舍，皆过王制。僭上甚矣。"以下细细举例说："从奴仆妾，皆服葛子升越，筒中女布，细致绮縠，冰纨锦绣。犀象珠玉，琥珀玳瑁，石山隐饰，金银错镂，獐麂履舄，文组彩牒，骄奢僭主，转相夸诧，箕子所唏，今在仆妾。富贵嫁娶，车軿各十，骑奴侍僮，夹毂节引。富者竞欲相过，贫者耻不逮及。是故一飨之所费，破终身之本业。"将东汉时期的服装、佩饰、豪华出行、饮食费用，一一说来，抨击的就是"京师贵戚"。

城市自古以来就是繁华享乐的场所。古代典籍对此的记载很多。《晏子春秋》载："齐之临淄三百闾，张袂成阴，挥汗成雨，比肩继踵而在。"桓谭《新论》载："楚之郢都，车毂击，民肩攀，市路相排突，号为朝衣新而暮衣敝。"这是战国时齐之临淄、楚之郢都的繁华情况，把人流的众多夸张化，说成早上穿的新衣因为聚集与拥挤，傍晚时分就破损了。《盐铁论·通有》："燕之涿、蓟，赵之邯郸，魏之温、轵，韩之荥阳，齐之临淄，楚之宛、陈，郑之阳翟，三川之二周，富冠海内，皆为天下名都，非有助之耕其野而田其地者也，居五诸之冲，跨街衢之路也。"例举战国时各国繁华的城市，特地指出"名都"的繁华不在于农业的"耕其野""田其地"，而在交通要道的便利，令各地的宝物、人流聚集于此。《论衡·佚文》："望丰屋知名家，睹乔木知旧都。"《孟子·梁惠王下》："所谓故国者，非谓有乔木之谓也，有世臣之谓也。"赵岐注："所谓是旧国也者，非但见其有高大树木也，当有累世修德之臣，常能辅其君以道，乃为旧国可法则也。"称城市具有深厚的文化根基，应该有豪华的房屋与高大的树木，后因以"乔木"形容故国或故里的典实。《战国策·齐策》则着重叙写了战国城市中"多奇观也"："临淄甚富而实，其民无不吹竽、鼓瑟、击筑、弹琴、斗鸡、走犬、六博、蹹踘者；临淄之途，车毂击，人肩摩，连衽成帷，举袂成幕，挥汗成雨；家敦而富，志高而扬。"称城市为游玩之所。战国时，以齐国的都城临淄最为发达，从这里的记载看，其"甚富而实"的发达水平有两大标志，一是其民有各种各样的娱乐活动，二是人口众多而构成的繁华场面，这些都是建立在"家敦而富"的基础上的，而且是建立在城市人们"志高而扬"的精神面貌之上的。

班固《西都赋》叙写城市建制与繁华的关系："建金城而万雉，呀周池而成渊。披三条之广路，立十二之通门。内则街衢洞达，闾阎且千，九市开场，货别隧分。人不得顾，车不得旋。阗城溢郭，旁流百廛，红尘四合，烟云相连。"城市是繁华之地，其城墙固若金汤高有万雉，护城河浩渺空阔仿如川渊，开辟三条广阔的大路，建起十二座通门。城内的街道通达四面八方，间阎里巷数以千计。九个市场同时进行贸易，根据货物的类别而位于不同的地方。街市熙熙攘攘，行人不得回首，车辆无法掉头。行人车马填满了内城和外郭，不断地向形形色色的店铺涌动。红尘弥漫四方，烟云上下相连。

城市更是享乐之地、游玩之地，班固《西都赋》中多有城市游宴叙写："于是既庶且富，娱乐无疆。都人士女，殊异乎五方。游士拟于公侯，列肆侈于姬姜。"城内人口众多，家境殷实，纵情欢乐，而不加节制。京城士女，与其他地方迥然不同。游士的衣着不亚于公侯，商店中女子的妆容比贵族千金还要奢侈华丽。《论衡·别通》叙写了城市为什么是人流之"游"的首选："人之游也，必欲入都，都多奇观也。入都必欲见市，市多异货也。"一是观览游玩，因为城市"多奇观也"，中国是个农业社会，城市"多奇观也"是可以想见的。另一就是购买奇珍异货，这已经把城市的商业性质解释出来了，但古代重农抑商，城市的商业景象一般是不渲染的。

汉代赋作，叙写城市生活集中在"京都类"。先是有扬雄《蜀都赋》，叙写城市"吉日嘉会"时"置酒乎荣川之闲宅，设坐乎华都之高堂"的情形，并着力刻画了盛宴所在的建筑之美："延帷扬幕，接帐连冈。众器雕琢，早（藻）刻将皇。朱绿之画，邠盼（缤纷）丽光。龙、蛇蜿蜷错其中，禽兽奇伟髦山林。"以下便叙写歌舞情况。班固作《两都赋》："盛称洛邑制度之美，以折西宾淫侈之论。"

张衡《西京赋》叙写了城市商业情况："尔乃廓开九市，通阛带阓。旗亭五重，俯察百隧。周制大胥，今也惟尉。瑰货方至，鸟集鳞萃。鬻者兼赢，求者不匮。尔乃商贾百族，裨贩夫妇。鬻良杂苦，蚩眩边鄙。何必昏于作劳，邪赢优而足恃。彼肆人之男女，丽美奢乎许史。"城内有九大市场，围墙相通大门相连。旗亭高有五层，可以俯察条条道路。周代由大胥管理市场，今日则是长丞加以承担。四方的奇珍异宝，像百鸟毕集或鱼类荟萃于市场。卖货的可以获得双倍利润，买货的人仍然络绎不绝。形形色色的行商坐贾，夫妇商贩。在好货中掺杂使假，欺骗边远地区的顾客，不必勤勤恳恳地勉力劳作，靠欺诈作伪就可获暴利。街肆上的男男女女，美丽奢华不下于许、史两家贵胄。因此，经济活动应该是城市豪华的经济基础。

于是，城市给予世人的印象，就是游乐，荀悦《申鉴·时事》："山民朴，市民玩，处也。""市民"就是"玩"，这是由其所"处"之地所决定的。城市的"多奇观也"，令"游戏宛与洛"的愿望与行动更为强烈。游玩、酒宴成为城市享乐生活的标志，我们来看曹植叙写的"名都"，就是游玩、酒宴，其《名都篇》曰：

名都多妖女，京洛出少年。

宝剑直千金，被服丽且鲜。

斗鸡东郊道，走马长楸间。

驰骋未能半，双兔过我前。

揽弓捷鸣镝，长驱上南山。

左挽因右发，一纵两禽连。

余巧未及展，仰手接飞鸢。

观者咸称善，众工归我妍。

我归宴平乐，美酒斗十千。

脍鲤臇胎鰕，炮鳖炙熊蹯。

鸣俦啸匹侣，列坐竟长筵。

连翩击鞠壤，巧捷惟万端，

白日西南驰，光景不可攀。

云散还城邑，清晨复来还。

这是曹植叙写的汉末建安时期的城市生活，主角是以城市中的"妖女"带出"宝剑直千金，被服丽且鲜"的"少年"，他们"斗鸡""走马"，到城郊去打猎，在"平乐"宴饮，一日复一日，都是如此。

五、失志之士的烦恼

尽管城市生活是如此的豪华、奢侈，人们生活得如此的优雅，但诗作的末二句，则对如此生活有所反问："极宴娱心意，戚戚何所迫？"前句是对士子文人的城市生活的小小总结，但末句诗人则问道：如此"极宴娱心意"，为什么还有忧愁像被某种东西逼迫着似的呢？

奔走高门与娱乐游玩，是文人士子走进城市的政治与生活两大目的，诗作一方面说"极宴娱心意"，另一方面又似乎回应了"戚戚何所迫"，仿佛在问：那么心中还有什么焦虑呢？还在为什么而焦虑呢？是在为城市生活的不可实现而焦虑呢，还是说城市生活也不能解除焦虑？实在是意味深长。所以有人说这是"故作排荡"而已。那么，答案应该在诗中所说的"驱车策驽马，游戏宛与洛"二句上，诗人称，不管城市生活如何的"极宴娱心意"，但自己在政治上、在个人仕途上，始终是"驱车策驽马"，是"策驽马"啊，没有大的发展吧！

关于汉代的人才选拔与人才地位，赵壹在《刺世疾邪赋》中借秦客、鲁生之口，有一个措辞激烈的讥讽，此二诗曰：

> 河清不可俟，人命不可延。
> 顺风激靡草，富贵者称贤。
> 文籍虽满腹，不如一囊钱。

伊优北堂上，抗脏倚门边。(秦客)

势家多所宜，咳唾自成珠。

被褐怀金玉，兰蕙化为刍。

贤者虽独悟，所因在群愚。

且各守尔分，勿复空驰驱。

哀哉复哀哉，此是命矣夫！(鲁生)

前一首关键在"伊优北堂上，抗脏倚门边"，"伊优"为阿谀逢迎貌；"抗脏"，为高亢刚直貌，一为登堂而居高位，一为进身无门。后一首关键在"贤者虽独悟，所因在群愚"。于是，就有汉灵帝、汉献帝之时"举秀才，不知书；察孝廉，父别居，寒素清白浊如泥，高第良将怯如鸡"的吟咏。那就回到了诗作所称自己是"驱车策驽马"，在城市中无论如何努力，都无济于事，因此，"戚戚"之意难以避免。故陈祚明《采菽堂古诗选》说："此失志之士强用自慰也。'斗酒'薄矣，且云'聊厚'。宛、洛固繁华，而驽马来游，心意何可娱也！大旨是睹繁华，伤贫贱，人生如行客，语奇。"这是一种最基本的解释。

文人士子在城市、在官场努力奋斗，却没有得到他们想要的结果，于是而焦虑、而烦恼。一部分人固然是硬着头皮继续走下去，有的则选择退出，以求纾解，这就是《后汉书·逸民列传》所说的："或隐居以求其志，或回避以全其道，或静己以镇其躁，或去危以图其安，或垢俗以动其概，或疵物以激其清。然观其甘心畎亩之中，憔悴江海之上，岂必亲鱼鸟、乐林草哉！亦云性分所至而已。”其中就有“甘心畎亩之中，憔悴江海之上”的“隐居”一途。这些退出城市、退出官场者，有名的如：

王霸，字儒仲，太原广武人，少有清节，王莽篡位，弃冠带，绝交宦。东汉光武帝刘秀时，尚书省征，他拜见时只称名，不称臣，曰：“天子有所不臣，诸侯有所不友。”后借口以病归乡，隐居守志，一辈子茅屋蓬户，以寿终。

严光，字子陵，一名遵，会稽余姚人，少有高名，曾与光武帝同游学，光武帝即位，遣使聘之，除为谏议大夫，他硬推辞不作，躬耕于富春山。

梁鸿，字伯鸾，扶风平陵人，受业太学，博览无不通。携妻入山隐居，过京师，作《五噫之歌》曰：“陟彼北芒兮，噫！顾览帝京兮，噫！宫室崔嵬兮，噫！人之劬劳兮，噫！辽辽未央兮，噫！”可谓对以往城市生活所作的反思：城市之人“劬劳兮”，有什么意义呢？

六、承袭与反面立意

陆机《拟青青陵上柏》对文人士子的城市生活叙写有所补充，其立意也在于“戚戚何所迫”：

冉冉高陵苹，习习随风翰。

人生当几时，譬彼浊水澜。

戚戚多滞念，置酒宴所欢。

方驾振飞辔，远游入长安。

名都一何绮，城阙郁盘桓。

飞阁缨虹带，层台冒云冠。

高门罗北阙，甲第椒与兰。

侠客控绝景，都人骖玉轩。

遨游放情愿，慷慨为谁叹。

首四句，先述景物，再以"浊水澜"的比拟带出"人生几何"。"浊水澜"，古语"浊水之波易竭"，比拟人生苦短。"戚戚"二句，以唯有"酒宴"方能解除"戚戚多滞念"之怀，引出以"远游"入城市、"入长安"来解脱忧愁。"名都"以下六句叙写城市宫阙与宅邸。"侠客""都人"叙写城市人物，突出城市景象，末尾处写到士人自己，也是到处游乐、酒宴而"遨游放情原"，但是，为什么还是"慷慨为谁叹"呢？最终还是解脱不了焦虑。

汉代乐府叙写权势之家、城市贵族，则有直接的讽喻与讥刺，其《鸡鸣》：

鸡鸣高树巅，狗吠深宫中。

荡子何所之？天下方太平。

刑法非有贷，柔协正乱名。

黄金为君门，碧玉为轩堂。

上有双樽酒，作使邯郸倡。

刘王碧青甓，后出郭门王。

舍后有方池，池中双鸳鸯。

鸳鸯七十二，罗列自成行。

鸣声何啾啾，闻我殿东厢。

兄弟四五人，皆为侍中郎。

五日一时来，观者满路傍。

黄金络马头，颎颎何煌煌！

桃生露井上，李树生桃傍。

虫来啮桃根，李树代桃僵。

树木身相代，兄弟还相忘！

篇首六句为第一段。"鸡鸣"二句状城市之景，"荡子"四句写"刑法"之下，有"柔协"，安抚顺从者；有"正乱名"，惩治破坏纲纪者。自"黄金为君门"至"颎颎何煌煌"为第二段，极写城市贵族的隆盛与豪华，铺陈宅第之丽、苑林之美、宴饮之盛、声色之乐、权势之赫，其中的用词与描摹与《青青陵上柏》相承相袭，但目前难以考证《鸡鸣》与《青青陵上柏》孰先孰后，我们只能说这些相承相袭的用词与描摹，为当时社会所习用。从"桃生露井上"到诗末为第三段，写"荡子"的衰败。"虫来啮桃根，李树代桃僵"，豪华所处自有祸害，"树木身相代，兄弟还相忘"，权贵与权贵之间，可谓好景不长，是谁也靠不住的。进入城市的文人士子，如果读了《鸡鸣》，其"戚戚"之心，或有所排解。

第三章

良宴捷足
据要津

今日良宴会

今日良宴会，欢乐难具陈。

弹筝奋逸响，新声妙入神。

令德唱高言，识曲听其真。

齐心同所愿，含意俱未申。

人生寄一世，奄忽若飙尘。

何不策高足，先据要路津？

无为守穷贱，轗轲长苦辛。

一、东汉宴饮之风

宴会又称燕会、筵宴、酒会，是因习俗或社交礼仪需要而举行的宴饮聚会，是社交与饮食结合的一种形式。人们通过宴会，不仅获得饮食艺术的享受，而且可增进人际间的交往。宴会上的一整套菜肴席面称为筵席，由于筵席是宴会的核心，因而人们习惯上常将这两个词视为同义词。从生活的享受上看，宴会上的饮食是生活的最高端，张衡《南都赋》写酒宴情况："及其纠宗绥族，礿祠蒸尝。以速远朋，嘉宾是将，揖让而升，宴于兰堂。珍羞琅玕，充溢圆方。琢雕狎猎，金银琳琅。侍者蛊媚，巾鞲鲜明。被服杂错，履蹑华英，儇才齐敏，受爵传觞。献酬既交，率礼无违。弹琴撽磬，流风徘徊。清角发徵，听者增哀。客赋醉言归，主称露未晞。接欢宴于日夜，终恺乐之令仪。"在四季祭祀之时，纠合宗族，邀请远方宾朋，迎来众多嘉宾。宾主行揖让之礼，登上兰堂宴饮。珍馐美味珍贵如玉，摆满了或圆或方的食器。精雕细琢的食器色彩缤纷，金光灿灿，银光闪闪，琳琅满目。侍者妖冶妩媚，衣着华丽色彩鲜明、五颜六色，鞋上的花绣熠熠生辉。身手敏捷的人，负责传觞递盏。酒席宴上宾主敬酒已毕，礼仪井然有序并无违制之处。舞者弹琴按磬，乐音在空中回荡。演奏的是凄清的角音和徵音，听者莫不倍添哀情。宾客赋"醉言归"，主人称"露未晞"。欢宴虽然通宵达旦，却始终气氛融洽不失风度。这就是城市生活，虽然说不上是士庶都是如此，但风气是这样的。

酒宴上最主要的、也最具象征意义的食器是鼎，《说文》曰："鼎，三足两耳，和五味之宝器也。"列鼎而食，指世家大族的豪奢生活。《墨子·七患》："故凶饥存乎国，人君彻鼎食五分之五。"墨子尚俭，故称饥荒之年"人君彻鼎食"。

酒宴上的美味佳肴，虽然丰富繁盛，也讲究保健，如《周礼》曰："食医，掌和王之六食、六饮、六膳，百羞、百酱，八珍之齐。……凡和，春多酸，夏多苦，秋多辛，冬多咸，调以滑甘。凡会膳食之宜，牛宜稌，羊宜黍，豕宜稷，犬宜粱，雁宜麦，鱼宜菰，凡君子之食，恒放焉。"

酒宴上的欢乐情况，如班固《东都赋》所云："于是庭实千品，旨酒万钟，列金罍，班玉觞，嘉珍御，太牢飨。尔乃食举《雍》彻，太师奏乐。陈金石，布丝竹，钟鼓铿鍧，管弦烨煜。抗五声，极六律，歌九功，舞八佾，《韶》《武》备，泰古毕。四夷间奏，德广所及，《僸》《佅》《兜》《离》，罔不具集。万乐备，百礼暨，皇欢浃，群臣醉，降烟煴，调元气。"宫廷陈列千种美食、万钟美酒。金罍成列，玉杯成行。摆好佳肴、犒赏太牢。进餐奏乐，以《雍》撤膳，太师指挥演奏，钟磬排列，琴、瑟、箫、笙。钟鼓之声洪亮，管弦之音激越。高扬五声，尽奏六律，歌九功之德，跳八佾之舞，韶乐武乐奏遍，尚有太古之乐，亦有四夷之乐，万乐齐备，百礼周至。天子欢颜，群臣陶醉，上天降下烟煴，调和人们精神。一般贵族、豪宦的酒宴当然比不得皇家，但由此可见些端倪。

其实，大家都知道宴会的最重要功能是社交，比如《东观汉记·赵憙传》载："上延集内戚宴会，诸夫人各前言为赵憙所济活。上甚嘉之。"众多贵妇为赵憙说好话，显然是以宴会为社交场所的社交活动。南朝宋刘义庆《世说新语·简傲》载："（谢公）从容谓（谢）万曰：'汝为元帅，宜数唤诸将宴会，以说（悦）众心。'万从之。"这显然是以宴会来笼络人心。另外，古时候文人的宴会上，往往赋诗助兴，下文举有多例文士宴会上赋诗的情况。饮酒的宴会，既是欢乐场所，更是社交场所，也是文学创作场所。因此，如此生活饮食上的极欢，往往会引发人生顶点上的思考。

我们先来看一首汉乐府诗，看它是怎样写"良宴会"的。《艳歌》：

> 今日乐相乐，相从步云衢。
>
> 天公出美酒，河伯出鲤鱼，
>
> 青龙前铺席，白虎持榼壶，
>
> 南斗工鼓瑟，北斗吹笙竽，
>
> 姮娥垂明珰，织女奉瑛琚。
>
> 苍霞扬东讴，清风流西歈，
>
> 垂露成帏幄，奔星扶轮舆。

诗题的所谓"艳"，是指乐府大曲的引子或过门，此时独立而成篇。诗作先点出今日的快乐，原来是参加天宫的宴饮，"乐相乐"就是乐上之乐。天公捧出美酒，河伯奉上鲤鱼，东方青龙七星前来铺席，西方白虎持壶斟酒。南斗星鼓瑟，北斗星吹笙，嫦娥耳垂明月珰，织女身佩瑛与琚，吹拉弹唱，翩翩起舞。于是，苍霞飞扬讴歌东曲，清风流动欢唱西歈（歌）。在这个大舞台上，露珠滴落如同帷幕，流星奔驰好像车驾。全诗的叙写，似乎参加"良宴"就像做神仙一样快乐。

二、"良宴会"上的欢乐

但是，《今日良宴会》不是像《艳歌》那样写"良宴会"的。诗作分为前后两大部分。前一部分六句，叙写文人士子的"良宴会"是什么样的情况，以及"良宴会"上文人士子的种种活动与表现。

诗作先是总括"今日良宴会，欢乐难具陈"，有哪些欢乐呢？诗作大力陈说"良宴会"上的文艺活动："弹筝奋逸响，新声妙入神。令德唱高言，识曲听其真。"一是弹曲唱歌。这是最能令文人士子全身心投入的娱乐活动，即如《荀子·乐论》所说："夫乐者，乐也，人情之所必不免也，故人不能无乐。乐则必发于声音，形于动静，而人之道，声音、动静、性术之变尽是矣。""人之道"的"声音、动静、性术"，全部都在弹奏演唱之中了。二是诗歌创作。"新声妙入神""令德唱高言"中还应该是指唱歌活动，虽然诗作中没有提到《艳歌》所咏的"酒"，但"良宴会"不能没有酒，而饮酒长歌，是当时"良宴会"的通行做法。汉杨恽《报孙会宗书》

曰："酒后耳热，仰天拊缶，而呼乌乌。"就是讲"酒"中的作歌作诗。三是"高言""高谈"。"唱高言"即"倡高言"，高谈阔论是"良宴会"上的常态。《后汉书·党锢列传》："逮桓、灵之间，主荒政谬，国命委于阉寺，士子羞与为伍，故匹夫抗愤，处士横议，遂乃激扬名声，互相题拂，品核公卿，裁量执政，婞直之风，于斯行矣。"文人士子聚在一起就要"激扬名声，互相题拂"云云，何况这是在"良宴会"上呢！四是跳舞。虽然诗作中没有提到，但"良宴会"上确实是要跳舞的。从《史记·高祖本纪》所载刘邦的自为歌诗与"起舞"的情况来看："高祖还归，过沛，留。置酒沛宫，悉召故人父老子弟纵酒，发沛中儿得百二十人，教之歌。酒酣，高祖击筑，自为歌诗曰：'大风起兮云飞扬，威加海内兮归故乡，安得猛士兮守四方！'令儿皆和习之。高祖乃起舞，慷慨伤怀，泣数行下。"又纵酒，又击筑，又唱歌，又跳舞的。《后汉书·蔡邕传》载，朝廷赦免蔡邕还本郡，五原太守王智设酒宴饯行，酒酣，王智起舞，并请蔡邕合舞，蔡邕没有起身，让王智"惭于宾客"，记恨深刻。舞作为身体语言，可以抒情表意。世人认为，舞比起言辞表达来说，其抒情表意更为高端。《毛诗序》即曰："诗者，志之所之也。在心为志，发言为诗。情动于中，而形于言。言之不足，故嗟叹之；嗟叹之不足，故永歌之；永歌之不足，不知手之舞之，足之蹈之也。"当"诗言志"之"言之不足"时，则"嗟叹、永歌、舞之、蹈之"，这是抒情表意的层层递进，"舞之蹈之"处于最高端。所以傅毅《舞赋》曰："歌以咏言，舞以尽意。是以论其诗不如听其声，听其声不如察其形。""舞以尽意"，即"舞之、蹈之"可以尽兴、尽意地抒情达意。因此，"察其形"，即对身体语言抒情表意的判断，比"听其声"更为高端。可惜《今日良宴会》没有写到宴会上的跳舞。

三、"良宴会"的感怀

那么，"良宴会"上的弹曲、唱歌、作诗、高言，其指向是什么？要抒发什么样的思想感情？自"齐心同所愿"，诗作进入后半部分，先承接"识曲听其真"，称文人士子思想感情之"真"是什么。当提出这样的问题时，诗作却说："齐心同所愿，含意俱未申。"称参加"良宴会"的文人士子都可以感觉到，众人的弹曲、唱歌、作诗、高言是抒发同一个心愿，即所谓"齐心"，所谓"同所愿"，李善注曰："'所愿'谓富贵也。"但是，如何实现"所愿"之"富贵"，大家又都是"含意俱未申"，弹曲、唱歌、作诗、高言的"含意"都是向往富贵，追求富贵，但都只是"含意"而已、愿望而已，却没有伸展出来、施展出来。

"人生寄一世，奄忽若飘尘"，诗作似乎突然转换话题，从宴会的文艺活动一下子跳到对人生问题的叙说，其实，这是提示读者，"良宴会"上的弹曲、唱歌、作诗、高言，说的都是文人士子自己的人生啊！人生是什么？直观上说，与大自然相比，从历史来看，人生的特点就是渺小与短暂；从自己来说，人生就是自己的全部。虽然人人珍重自己，实际上自己的人生就像尘土一样轻微；人人珍重人生，说起来是一生一世，实际上不过是风儿吹起尘土，风过尘土落地，人生的一切，就飘扬在那么短的一会儿"奄忽"时间，接下来就是归于原点，沉寂消失。那么怎么办呢？如何对待这"奄忽若飙尘"的人生呢？"齐心同所愿，含意俱未申"之"所愿"，此刻正式堂而皇之登场，此即所谓"何不策高足，先据要路津"，这是诗作给"所愿"作出的答案！至此我们知道，诗作叙说"人生寄一世，奄忽若飙尘"，是用于铺垫，是要说出"所愿"之"何不策高足，先据要路津"的合理性。汉代驿传设三等马匹，有高足、中足、下足之别，高足为上等快马，对待人生，可不像去"游戏宛与洛"那样乘坐"驽马"也是可以的，此刻应该"策高足"，应该鞭打"高足"向前赶去，所谓捷足才能先登嘛！"要路"，或指重要的道路、主要的道路，或指显要的地位，如《新唐书·崔湜传》载："丈夫当先据要路以制人，岂能默默受制于人哉！"此处应该是二者兼而有之，既指向上的通道，又指显要的地位或达到显要地位的通道，要赶快先去占据要位、高位啊。

　　就汉代现实来说，"何不策高足，先据要路津"的积极意义，即文人士子要实现自己的从政理想。如汉末孔融《杂诗》，诗云：

> 岩岩钟山首，赫赫炎天路，
> 高明曜云门，远景灼寒素。

昂昂累世士，结根在所固。

吕望老匹夫，苟为因世故。

管仲小囚臣，独能建功祚。

人生有何常？但患年岁暮。

幸托不肖躯，且当猛虎步。

安能苦一身，与世同举措。

由不慎小节，庸夫笑我度。

吕望尚不希，夷齐何足慕？

　　"岩岩钟山首，赫赫炎天路"的现实中，前程高且远，当然要"何不策高足，先据要路津"了。诗作吐露自己之怀抱，作者以为，贵贱穷达，人虽不同，但穷者不必终穷，达者不必终达，唯须意志坚定，即可有为。至于己之志向，虽吕望、管仲不足希，况寻常之人哉？党锢之祸是汉末的一件大事。起初，汉桓帝联合宦官一起诛灭了掌权的外戚梁氏，便给宦官封侯，自是宦党干政，导致士大夫不满，士大夫便与外戚联合一同对抗宦官，朝中大臣、地方官员以及民间百姓大多站在士人一边，纷纷指责宦官乱政，但朝臣由此而遭到迫害。汉桓帝与宦官站在一起，诏告天下，逮捕并审理这些官员，称他们为"党人"（朋党），太仆卿杜密、御史中丞陈翔等重臣及陈寔、范滂等士人皆被通缉，李膺、陈寔、范滂等人慨然赴狱，当时被捕的大多是天下名士，是民间所认同的"贤人"，度辽将军皇甫规以没有名列"党人"被捕为耻，上书"臣宜坐之"，要求桓帝将他一块儿治罪。那么，仅仅取得同僚的支持还是不够的，还要取得最高统治者的支持。"先据要路津"就是这样的意思。

从普遍意义来说，文人士子所谓谋出路、所谓"何不策高足，先据要路津"，其实现路径有这么几条。

一是依靠自己家族，论起"族姓阀阅"，前途自有保障。晋代左思批判门阀制度，其《咏史》曰：

> 郁郁涧底松，离离山上苗。
>
> 以彼径寸茎，荫此百尺条。
>
> 世胄蹑高位，英俊沉下僚。
>
> 地势使之然，由来非一朝。
>
> 金张藉旧业，七叶珥汉貂。
>
> 冯公岂不伟，白首不见招。

以自然界的"离离山上苗"荫遮"郁郁涧底松"的现象，比拟人世间的"世胄蹑高位，英俊沉下僚"。所谓"金张藉旧业，七叶珥汉貂"，指的是汉代的情况，金，指金日磾家族，据《汉书·金日磾传》载，汉武帝、昭帝、宣帝、元帝、成帝、哀帝、平帝七代，金家都有内侍。张，指张汤家族，据《汉书·张汤传》载，自汉宣帝、元帝以来，张家为侍中、中常侍、诸曹散骑、列校尉者凡十余人，"功臣之世，唯有金氏、张氏，亲近宠贵，比于外戚"。任官任职论"族姓阀阅"，后汉延续下来，《后汉书·章帝纪》载其建初元年（76）春正月诏曰："每寻前世举人贡士，或起圳亩，不系阀阅。"这也就是说，"前世举人贡士""系阀阅"是常态。王符《潜夫论》："贡荐则必阀阅为前""以族举德，以位为贤"，如东汉弘农杨氏，自杨震至杨彪，凡四世皆为三公；汝南袁氏，自袁安至袁隗，则四世五公。故汉末仲长统《昌言》称："天下士有三俗""选士而论族姓阀阅"，此为一俗。于是，权贵子弟，胯下自有"高足"可"策"，"先据要路津"自有保障。

二是考试晋身。汉赋兴盛，有献赋制度，班固《两都赋序》称言语侍从之臣以及公卿大臣，"朝夕论思，日月献纳"与"时时间作"。又有考赋制度，给予作辞赋者俸禄，张衡《论贡举疏》称：对辞赋作者，"臣每受诏于盛化门，差次录第，其未及者，亦复随辈，皆见拜擢，既加之恩，难复收改，但守俸禄，于义已弘，不可复使理人及任州郡"。（此段文字又见蔡邕《陈政要七事疏》）张衡的意思是说，对作辞赋者，拜擢给其俸禄，即足够了，不宜让他们出任州郡长官，而延续下来，是既要拜擢给其俸禄，还要出任州郡长官。范晔《后汉书·左雄传》载：阳嘉年间，左雄上言改革察举，"皆先诣公府，诸生试家法，文吏课笺奏，副之端门，练其虚实，以观异能，以美风俗"。要任职，应有所考试，具体办法是由公府主考，即儒生出身的考经学，文吏出身的考文书。公府考毕，再由尚书省复试。如果考不过，那些士子文人有什么样的情绪？《古诗十九首》没有写到。

三是投靠豪门权贵。汉末拉党结派严重，《后汉书·党锢列传》载："初，桓帝为蠡吾侯，受学于甘陵周福，及即帝位，擢福为尚书。时同郡河南尹房植有名当朝，乡人为之谣曰：'天下规矩房伯武，因师获印周仲进。'二家宾客，互相讥揣，遂各树朋徒，渐成尤隙，由是甘陵有南北部，党人之议，自此始矣。"汉桓帝提拔其师周福为尚书，其底下便依附着一大帮人；周福同郡的河南尹房植，有名于世，其底下也依附着一大帮人，这些人都是依附主子而升擢为宦的，派别之争由此而起。于是，仲长统《昌言》曰："王者所官者，非亲属则宠幸也，所爱者，非美色则巧佞也，以同异为善恶，以喜怒为赏罚，取乎丽女，怠乎万机，黎民冤枉。"这就是任人唯亲。其论"天下士有三俗"，其中的"交游趋富贵之门，二俗；畏服不接于贵尊，三俗"，就是这个任人唯亲的意思。那么，投奔了权贵，自当为"策高足"以"先据要路津"了。

而如此"策高足"之"先据要路津"，全是为了自己私利的获得，王充《论衡·程材篇》揭露当时的官僚："无篇章之诵，不闻仁义之语，长大成吏，舞文巧法，徇私为己，勉赴权利，考事则受赂，临民则采渔，处右则弄权，幸上则卖将，一旦在位，鲜冠利剑，一岁典职，田宅并兼。"

四是正面地说，所谓"策高足"而"先据要路津"，是要凭自己的努力，所谓"修身"的本事、能力，修身进而是齐家、治国、平天下。故汉代文人士子"励志"的诗作也不少，如前述孔融《杂诗》，又如郦炎《见志》（其一）所言：

大道夷且长，窘路狭且促。

修翼无卑栖，远趾不步局。
舒吾陵霄羽，奋此千里足。
超迈绝尘驱，倏忽谁能逐。
贤愚岂常类，禀性在清浊。
富贵有人籍，贫贱无天录。
通塞苟由己，志士不相卜。
陈平敖里社，韩信钓河曲。
终居天下宰，食此万钟禄。
德音流千载，功名重山岳。

首先也是指出有“大道”、有“窘路”，指出“通塞苟由己”，像陈平、韩信虽然贫贱，但最终建功立业，自己一定要达到“德音流千载，功名重山岳”的目的。

诗末则纯粹是愤激之言：“无为守穷贱，轗轲（坎坷）长苦辛。”全社会人都在为追求富贵而奔走不已，而我们这些文人士子的如此“含意”、如此愿望为什么不能施展、不能实现？自己为什么要独守“穷贱”而“轗轲”、而“苦辛”呢？为什么会这样呢？

诗作从文人士子的娱乐聚言谈起，叙说“良宴会”上的弹曲、唱歌、作诗、高言，叙说其中“含意”之“真”及其未能施展、未能实现，于是从人生在世的高度，论述文人士子“何不策高足，先据要路津”的前程追求，论述其“无为守穷贱，轗轲长苦辛”的生活底线。诚如刘履《选诗补注》论述此诗旨意曰：“士之厄于困穷，不苟进取，而安守其节，唯与同志宴集，相为欢乐而已。然其所乐，有难具以语人，而但播之音乐，歌其德声，在知音者自能审其真趣焉耳。且得时行道之愿，人人所同；今乃未获申其志意，则人生寄世，如飙风飞尘，几何而不至息灭耶？故又设为反辞以寓愤激之情焉。"文人士子"不苟进取，而安守其节"，故未能实现自己的理想，只能宴集相为欢乐而已，但"申其志意"之心，何曾有所熄灭？这就是"厄于困穷"而以"反辞"愤激抒情。

四、建安时期的宴会与文学

与东汉前期的文人宴会不同，汉末建安时期的宴会是与诗歌创作联系在一起的。《文心雕龙·时序》称述建安时代的文学时有这样几句话："傲雅觞豆之前，雍容衽席之上，洒笔以成酣歌，和墨以藉谈笑。"《文心雕龙·明诗》称建安诗歌"并怜风月，狎池苑，述恩荣，叙酣宴"云云，刘勰指出建安作家许多诗作的创作是与"良宴会"有关的，或在宴饮时创作，或为吟咏这些宴饮而作，这是符合实际情况的。曹操《短歌行》："对酒当歌，人生几何！譬如朝露，去日苦多。慨当以慷，忧思难忘。何以解忧？唯有杜康。"就是讲"酒、诗、情"三者的相互促发、互动。曹丕《与吴质书》曾这样回忆与徐干、陈琳、应场、刘桢等人共处宴饮赋诗的情形："昔日游处，行则连舆，止则接席，何曾须臾相失！每至觞酌流行，丝竹并奏，酒酣耳热，仰而赋诗，当此之时，忽然不自知乐也。"魏吴质《答魏太子笺》亦云："昔侍左右，厕坐众贤。出有微行之游，入有管弦之欢。置酒乐饮，赋诗称寿。"曹丕、吴质都描述出当日盛行宴饮及宴饮中的赋诗活动。

当年此类文学家聚会性质的宴饮活动多是曹丕、曹植所组织召集，其契机就是曹操为诸子置官属。"高选官属"是文学家得以组织起来开展活动的开始，其活动之一就是聚会宴饮赋诗，或以曹丕为主持人的宴饮聚会，由于曹丕的太子身份，这类宴饮由他为主持人的较多，曹植也偶尔为主持人。

《文选》诗有"公宴"类，收录建安时期诗作四首，以曹植作品为首，其曰：

> 公子敬爱客，终宴不知疲。
>
> 清夜游西园，飞盖相追随。
>
> 明月澄清景，列宿正参差。
>
> 秋兰被长坂，朱华冒绿池。
>
> 潜鱼跃清波，好鸟鸣高枝。
>
> 神飙接丹毂，轻辇随风移。
>
> 飘飘放志意，千秋长若斯。

首句的"公子"指曹丕，先点出宴饮的主人；"清夜"以下十句，写当时所看到的园林景物，这是诗的主体部分；末二句以"飘飘放志意，千秋长若斯"表达对此次宴饮的感触。

　　王粲《公宴》，起首"昊天降丰泽，百卉挺葳蕤，凉风撤蒸暑，清云却炎晖"四句，写当前气候，此中自有歌颂曹操平定北方、天下休明的意味，无论其有意无意，后世以气候景象表现王朝盛象即起自于王粲此诗。第五到十六句："高会君子堂，并坐荫华榱。嘉肴充圆方，旨酒盈金罍。管弦发徽音，曲度清且悲。合坐同所乐，但愬杯行迟。常闻诗人语，不醉且无归。今日不极欢，含情欲待谁？"叙写"公宴"场景，极写宴饮与欢乐，这就为诗末表示感恩与对主人的祝福奠定基础，此即末四句"愿我贤主人，与天享巍巍。克符周公业，奕世不可追"。

　　刘桢《公宴》诗曰：

> 永日行游戏，欢乐犹未央。
> 遗思在玄夜，相与复翱翔。
> 辇车飞素盖，从者盈路傍。
> 月出照园中，珍木郁苍苍。
> 清川过石渠，流波为鱼防。
> 芙蓉散其华，菡萏溢金塘。
> 灵鸟宿水裔，仁兽游飞梁。
> 华馆寄流波，豁达来风凉。
> 生平未始闻，歌之安能详？
> 投翰长叹息，绮丽不可忘。

重在叙写景致的美妙，这是园林景物，也是"公宴"场所的景物。

只是诗末突出"绮丽不可忘",这是对自己能幸运参与宴会的感慨,暗含感恩之意。虽然诗作是归入"公宴类"的,但"宴"的意味很少。

应玚《侍五官中郎将建章台集诗》,诗的前半部分:"朝雁鸣云中,音响一何哀!问子游何乡,戢翼正徘徊。言我寒门来,将就衡阳栖。往春翔北土,今冬客南淮。远行蒙霜雪,毛羽日摧颓。常恐伤肌骨,身陨沉黄泥。简珠堕沙石,何能中自谐。欲因云雨会,濯翼陵高梯。良遇不可值,伸眉路何阶。"以雁自喻,叙写其"戢翼正徘徊"的无所依靠以及"毛羽日摧颓"的悲惨,简直就要"沉黄泥""堕沙石"了,故十分渴望有"云雨会"的机会,能够"濯翼陵高梯"。但是"良遇"的机会在哪里?怎么能够"伸眉"呢?诗的下半部分,则叙写遇到了好运:"公子敬爱客,乐饮不知疲。和颜既以畅,乃肯顾细微。赠诗见存慰,小子非所宜。为且极欢情,不醉其无归。凡百敬尔位,以副饥渴怀。"以"公子敬爱客"切入,称参加此次宴饮为"良遇"、得"伸眉",以幸运地参加宴饮表明,自己加入曹魏集团也是很幸运的。这后半部分十句,完全是写"乐饮"与感想,这完全是对宴饮活动的记叙,值得注意的是"赠诗见存慰",应玚把"公宴"活动赋诗相赠的情况写出来了,以叙感恩与歌颂之怀。

以上四首诗有一些共同特点:一是均有宴饮游乐场面的描摹,其中尤以景致摹画最为出色,这些景致都是环绕园林而存在的,不是纯粹的自然山水。二是诗中都有深具个人色彩的抒情,曹植表达对宴饮的欢欣，王粲述说对主人功业的祝福与庆贺，刘桢抒发能参与宴饮的幸运，应场叙写对"知遇"的感恩，诗中自述身世感慨的意味最浓。当然，这些抒情又都是针对宴饮而言的。可知"良宴会"与建安诗歌的兴盛有着极大的关系。《古诗十九首》的"良宴会"诗作，既然说"何不策高足，先据要路津"，表达的是愿望不能实现时的愤激之情，而建安文人的"良宴会"诗作，表达的则是在曹魏集团中能够建功立业的满意。

五、拟作的不足

陆机《拟今日良宴会》云：

> 闲夜命欢友，置酒迎风馆。
>
> 齐僮梁甫吟，秦娥张女弹。
>
> 哀音绕栋宇，遗响入云汉。
>
> 四坐咸同志，羽觞不可算。
>
> 高谈一何绮？蔚若朝霞烂。
>
> 人生无几何，为乐常苦晏。
>
> 譬彼伺晨鸟，扬声当及旦。
>
> 曷为恒忧苦，守此贫与贱。

诗作也是叙写"良宴会"及其文艺活动，最后叙写如此热衷于"良宴会"的生活基础与心理基础。前面六句为上半部分，是叙写"良宴会"的一般情况，是"欢友"的"置酒"，"齐僮""秦娥"的弹奏演唱，而之所以称为"哀音"，是彼时认为"哀"者最能打动人心，而不是真正有什么"哀"。"四坐"以下四句是过渡，引入"良宴会"上主角开始活动，开始"高谈"。"人生无几何，为乐常苦晏"以后为下半部分，承袭"高谈"而来，直接点出"高谈"的是"人生无几何"，是"为乐"的"苦晏"，称现在的"为乐"为时已晚，不够及时，但这两句过于直白，所指狭隘，只拘于及时行乐意图。"譬彼伺晨鸟，扬声当及旦"二句作比，称"为乐"为时已晚，应该及时行乐。最后说"曷为恒忧苦，守此贫与贱"，说为什么要长久地如此苦辛、如此贫贱，以追求及时行乐作结。比起原作《今日良宴会》来，原作的"人生寄一世，奄忽若飙尘"，当然意味更为丰富，人生"奄忽"，所遗憾者多，既有"贫贱"忧患，更有德音难树、功业不立的焦虑，所谓"何不策高足，先据要路津"，于是方有愤激之言的"无为守穷贱，轗轲长苦辛"。而陆机之作则一味叙说及时行乐。

第二编

思君令人老

文人的爱情生活

　　《古诗十九首》"不是游子之歌，就是思妇之词"，叙写爱情，是《古诗十九首》的一大主题。西方爱情诗，追慕对方、赞美爱情，以叙写爱情的欢乐为主，满含热情，富于幻想；与西方不同，中国古代诗歌表达爱情，不重在表现恋爱的欢乐，而重在离别时的痛苦，甚至多悼亡之作，以生离死别表现对爱情的渴望，这个传统是从《古诗十九首》开始的。

　　《诗经》的爱情婚姻之作，也是多写快乐的恋爱生活的，如《郑风·溱洧》就是一首情侣春游时唱的歌，《邶风·静女》写一对情人幽期密会的欢乐，表现了一个男青年的钟情。诗曰：

> 静女其姝，俟我于城隅。
> 爱而不见，搔首踟蹰。
> 静女其娈，贻我彤管。
> 彤管有炜，说怿女美。
> 自牧归荑，洵美且异。
> 匪女之为美，美人之贻。

　　翻译过来，就是说：

> 姑娘贞静又漂亮，约我来到城角楼。
> 暗里躲着让人找，让我挠头徘徊走。
> 姑娘贞静长得俏，送我一把彤管草。
> 草儿光鲜有情意，我爱彤管颜色好。
> 草地满眼绿油油，草美奇异为我采。
> 不是草儿多奇异，是从美人手里来。

　　幽会的情景，那"静女"的活泼、男青年的钟情淳朴，都通过戏剧性的情节表现得很充分。主人公手握彤管草，十分形象地表现了男女青年间的一往情深。爱情不正是如此热烈的吗？又如《唐风·绸缪》，写新婚之夜的欢乐幸福之景，以抒发欢乐幸福之情。《郑风·女曰鸡鸣》则写了一对夫妇，互相恩爱、相敬如宾、和谐温暖的生活。

　　但自汉代起，封建礼教日盛，青年男女，难得自由来往接触，婚姻又秉承媒妁之言、父母之命，因此，彼时的"爱情"大都应该是产生于婚后，于婚后的共同生活而彼此之间产生感情。因此，《诗经》中那种叙写自由交往的情景，在汉代的文学作品中几乎是不存在的。《古诗十九首》叙写爱情、表达爱情，也是从结婚之刻写起的。甚至婚后的夫妇之间的交往也很少写到，更不要说面对面的互诉衷肠了，写到的大都是男女双方不在同一场景中的情感表述，如《冉冉孤生竹》叙写迎亲，虽然写的是送亲队伍还未出现时的情景，却是迎亲时要发出的海誓山盟；《迢迢牵牛星》感慨男女之间本来就有牛郎织女般的银河之隔；《涉江采芙蓉》叙写相思而采花与送花，却不是面对面的送花；《青青河畔草》刻画了一个特殊的所谓"荡子妇"的思妇形象，是"荡子行不归"情况下的抒情；《凛凛岁云暮》叙写相思而进入梦中奇景，现实中不能相会，只好梦中相会；《客从远方来》描摹爱人从远方给自己送来礼物；《孟冬寒气至》叙写夫妇间不能相会，只有靠鸿雁传书；《明月何皎皎》写游子月光下的徘徊，在思乡的大背景下叙写恋情，等等。《古诗十九首》可说是写尽了各种各样的离别，没有叙说现实爱情的甜蜜与夫妇间的恩爱，他们没能战胜离别，却写尽了各种各样的相思寄托，期望可以缓解不能见面的痛苦。

第一章

悠悠新婚事

冉冉孤生竹

冉冉孤生竹，结根泰山阿。

与君为新婚，兔丝附女萝。

兔丝生有时，夫妇会有宜。

千里远结婚，悠悠隔山陂。

思君令人老，轩车来何迟！

伤彼蕙兰花，含英扬光辉。

过时而不采，将随秋草萎。

君亮执高节，贱妾亦何为？

一、"兔丝附女萝"的憧憬

刘勰以为这首诗是傅毅之词,《文心雕龙·明诗》篇说:"古诗佳丽,或称枚叔,其《孤竹》一篇,则傅毅之词。"萧统《文选》以为是无名氏,《玉台新咏》题作《古诗八首》之三,《乐府诗集》收其入《杂曲歌辞》,称其为"古辞"。

这是一首新婚之歌。

"冉冉孤生竹,结根泰山阿",余冠英《汉魏六朝诗选》以为这二句是女子自称"自己本无兄弟姊妹,有如孤生之竹。未嫁时依靠父母,有如孤竹托根于泰山"。《文选》李善注曰:"竹结根于山阿,喻妇人托身于君子也。"马茂元《古诗十九首初探》也以为"结根泰山阿",是女子"希望嫁一个终身可以依靠的丈夫"。以上的说法都可以讲得通。

"与君为新婚,兔丝附女萝",此二句点出"新婚"。"兔丝""女萝"是两种蔓生植物,都是要攀附他物而生长,《文选》五臣注曰:"兔丝、女萝并草,有蔓而密,言结婚情如此。"这是说结婚就是相互的依靠,这是对婚后人生的美好憧憬。但女子以"兔丝"自比,比男子为"女萝",那么,"兔丝附女萝"还有一个新婚依附男子的意思。"兔丝生有时,夫妇会有宜",此二句有庆贺的意思,所谓及时结婚而没有错过青春时光啊!

"千里远结婚,悠悠隔山陂",叙说女子盼望迎婚车辆的到来,但似乎路途"悠悠"遥远,并不那么容易等待。等待之中,女子脱口而出，插入一句"思君令人老"，感觉自己在渐渐地老去，就因为"轩车来何迟"，迎婚车辆怎么来得那么迟啊！

"伤彼"以下四句承续"令人老"而来：你看那纷纷扬扬的蕙兰之花，含苞怒放，飘扬光辉；最伤心的就是，该采花时未采，盛时易逝，它就会像秋草一样枯萎凋落。女子是在说，青春像鲜花一般是多么的美好，但如果没有及时成亲，没有爱情、婚姻的滋润，"过时而不采"，那将会"将随秋草萎"。这就是当前的女子对爱情、婚姻的体味。以上"轩车来何迟""过时而不采"的一系列活动，表达正当"含英扬光辉"的盛时，却遭遇新婚之别的哀伤。

末二句"君亮执高节，贱妾亦何为"，这可以看作是新婚誓言、爱情誓言，张玉谷《古诗赏析》说："代揣彼心，自安己分，结得敦厚。"女子揣想：迎婚的人儿一定会来的，一定是在爱情上、婚姻上持高尚的节操，我也一定是坚信当前的爱情、婚姻的。诗作如此结尾，可谓铿锵有力。

值得注意的是，诗作是从两方面抒发女子对新婚的憧憬以及新婚誓言、爱情誓言的。一是叙写等待迎婚车队时的遐想，这是实景、实情的描摹；二是又把自己等待迎婚的"轩车来何迟"，说成是"思君令人老"，说成是"伤彼蕙兰花，含英扬光辉。过时而不采，将随秋草萎"，把等待新婚放在生命意识的大背景下来叙说、放在时间意识的哲学观的理论背景下来叙说。可见对"岁月忽已晚"的焦虑，对时光流逝而空度岁月、未能尽情享受生活的焦虑，确实是东汉末年人们的共同感受，在《古诗十九首》中，处处有所表现。

从这首讲迎婚的诗作，也可知汉代的爱情诗作，男女双方往往并不同时出场，当然也不大叙写男女双方在一起的欢乐，而是以离别相思、以对双方在一起的想象来表达爱情。这首诗也是，一方面叙写新婚之时，另一方面则还是重在叙写"轩车来何迟""过时而不采"的情况，以此来表达对爱情、相聚的渴望。

故拟测、想象双方相聚时的欢乐，是古代爱情诗的一大特点，如张衡《同声歌》：

> 邂逅承际会，得充君后房。
>
> 情好新交接，恐栗如探汤。
>
> 不才勉自竭，贱妾职所当。
>
> 绸缪主中馈，奉礼助烝尝。
>
> 思为苑蒻席，在下蔽匡床。
>
> 愿为罗衾帱，在上卫风霜。
>
> 洒扫清枕席，鞮芬以狄香。
>
> 重户结金扃，高下华灯光。
>
> 衣解巾粉御，列图陈枕张。
>
> 素女为我师，仪态盈万方。
>
> 众夫所稀见，天老教轩皇。
>
> 乐莫斯夜乐，没齿焉可忘？

诗的前半部分写实，叙写女子嫁过来的情况，"绸缪主中馈，奉礼助烝尝"，指主持家中的馈食祭祀，主持家务一笔带过，着重在写"思为苑蒻席，在下蔽匡床。愿为罗衾帱，在上卫风霜"以及"洒扫清枕席"云云，都是女子自陈之辞，并非实景的叙写。《易》云："同声相应，同气相求。"歌之取义即在于此。此后陶渊明所作《闲情赋》，叙写男女之间，其中有"愿在衣而为领，承华首之余芳""愿在裳而为带，束窈窕之纤身""愿在发而为泽，刷玄鬓于颓肩""愿在眉而为黛，随瞻视以闲扬""愿在莞而为席，安弱体于三秋""愿在丝而为履，附素足以周旋""愿在昼而为影，常依形而西东""愿在夜而为烛，照玉容于两楹""愿在竹而为扇，含凄飙于柔握""愿在木而为桐，作膝上之鸣琴"之"十愿"，以表达彼此在一起时的爱恋，这是以想象的方式叙写恋人相聚在一起的欢乐。

二、婚礼的场景

此诗中有"千里远结婚，悠悠隔山陂。思君令人老，轩车来何迟"，似乎接下来要展示迎婚的场景。对送亲、迎亲的叙写，古来为盛。《诗经》中多有对新婚的吟咏，重在叙写全过程的送婚、迎婚场面。如《诗·卫风·硕人》第三节：

> 硕人敖敖，说于农郊。四牡有骄，朱幩镳镳，翟茀以朝。

大意是说：美人高俏漂亮，停车近郊歇息。四匹雄马雄壮矫健，辔头前红绸飘飘，美人乘坐羽毛彩车前来。诗中是说庄姜来嫁时的场面，准备接受欢迎仪式。又有《诗经·周南》之《桃夭》，全诗三节，叠章出之，首节曰：

> 桃之夭夭，灼灼其华。之子于归，宜其室家。

这是有史以来最著名的一首贺婚诗，诗曰：桃树桃枝丰盈摇曳，桃枝桃花鲜艳茂盛。姑娘出嫁就在今日，幸福夫妻室家和美。归，谓女子出嫁。《易·渐》："女归，吉。"孔颖达疏："女人……以夫为家，故谓嫁曰归也。"第二节、第三节分别以"桃之夭夭"预祝早生贵子、家庭兴旺。又有《诗经·召南》之《鹊巢》：

> 维鹊有巢，维鸠居之。之子于归，百两御之。
>
> 维鹊有巢，维鸠方之。之子于归，百两将之。
>
> 维鹊有巢，维鸠盈之。之子于归，百两成之。

"维鹊有巢，维鸠居之"二句，说喜鹊喳喳叫，引得斑鸠来，此为比兴，以述"之子于归"即此女出嫁，"百两"即百辆大车，"御"为迎亲、"将"为护亲，"成"为成亲。诗极力铺写热闹、排场的迎亲和送嫁场面。

　　汉代诗作也有婚礼的相关叙写。无名人《古诗为焦仲卿妻作》中，刘兰芝被焦仲卿母亲逼迫离婚，又被娘家许婚太守之子，诗中写到太守家置办婚礼所用之礼物的情况：

> 交语速装束，络绎如浮云。
>
> 青雀白鹄舫，四角龙子幡。
>
> 婀娜随风转，金车玉作轮。
>
> 踯躅青骢马，流苏金镂鞍。
>
> 赍钱三百万，皆用青丝穿。
>
> 杂彩三百匹，交广市鲑珍。

彼此传语快快筹办，来往人群不断如云。迎亲之船画着青雀和白鹄，船的四角挂着龙旗。旗子随风飘转，金色车辆配着玉轮。青骢马缓步驰行，马鞍是黄金镂刻为饰。聘金三百万，全用青丝串。彩色绸缎三百匹，还到交州广州采购海味山珍。而如此的氛围中，刘兰芝"揽裙脱丝履，举身赴清池"，焦仲卿"徘徊庭树下，自挂东南枝"。

汉代赋作，也多有婚礼场面的铺叙，蔡邕《协和婚赋》（或称《协初赋》）的描述较为详备。先是婚姻理论的叙说：

> 惟情性之至好，欢莫备乎夫妇。受精灵于造化，固神明之所使。事深微以玄妙，实人伦之端始。考遂初之原本，览阴阳之纲纪。乾坤和其刚柔，艮兑感其腜肫。《葛覃》恐其失时，《摽梅》求其庶士。惟休和之盛代，男女得乎年齿。婚姻协而莫违，播欣欣之繁祉。

首句"惟情性之至好"，应该有男女两情相悦之意。称婚姻"实人伦之端始"，合乎阴阳刚柔的相和与不可分离（腜腓）；《诗经》中《葛覃》《摽有梅》对此都有吟咏。又称尤其在这盛世年代，男女都到了年龄，婚姻协和不违，人间播下多福。接着叙写婚礼场面：

> 良辰既至，婚礼以举。二族崇饰，威仪有序。嘉宾僚党，祈祈云聚。车服照路，骖騑如舞。既臻门屏，结轨下车。阿傅御竖，雁行蹉跎。丽女盛饰，晔如春华。

叙写婚姻的男方女方，嘉宾云集，场面宏大，热闹非凡，最后落实到新娘："丽女盛饰，晔如春华。"赋中还写到新房里的摆设："长枕横施，大被竟床。莞蒻和软，茵褥调良。"这是赋的佚句，简单写到洞房中的摆设，因为是双人枕，故为"长枕"，因为是双人被，故为"大被竟床"，又有和软合宜的"莞"（床席）、"褥"（床垫）。还有新娘的形象：

> 其在近也，若神龙采鳞翼将举；其既远也，若披云缘汉见织女。立若碧山亭亭竖，动若翡翠奋其羽。众色燎照，视之无主，面若明月，辉似朝日，色若莲葩，肌如凝蜜。

此处叙写了女性"近""远""立""动"的形象，又以比拟的方式叙写其"面""辉""色""肌"，继承宋玉《神女赋》，又成为曹植《洛神赋》叙写的榜样。

又，司马相如有《美人赋》，说到自己遇美人的叙写：

　　窃慕大王之高义，命驾东来，途出郑卫，道由桑中，朝发溱洧，暮宿上宫。上宫闲馆，寂寥云虚，门阖昼掩，暧若神居。臣排其户而造其堂，芳香芬烈，黼帐高张。有女独处，婉然在床。奇葩逸丽，淑质艳光。睹臣迁延，微笑而言曰："上客何国之公子？所从来无乃远乎？"遂设旨酒，进鸣琴。臣遂抚弦，为《幽兰》《白雪》之曲。女乃歌曰："独处室兮廓无依，思佳人兮情伤悲。有美人兮来何迟，日既暮兮华色衰。敢托身兮长自私。"玉钗挂臣冠，罗袖拂臣衣。时日西夕，玄阴晦冥，流风惨冽，素雪飘零，闲房寂谧，不闻人声。于是寝具既设，服玩珍奇，金鉔薰香，黼帐低垂。茵褥重陈，角枕横施。女乃弛其上服，表其亵衣，皓体呈露，弱骨丰肌。时来亲臣，柔滑如脂。

这应该是当时豪华的入洞房的前后过程。但司马相如自称是"脉定于内，心正于怀……翻然高举，与彼长辞"，以示并不好色。

三、洞房灯下诉"衷肠"

　　诗末"君亮执高节，贱妾亦何为"，虽然是一方"代揣彼心"，但可以视作新婚之时两人相互发下的誓言。在汉代的现实生活中，新婚之夜也确实有夫妻双方对话的，虽然或是斗嘴形式的表达，却显示出各自的情志。此处所谓"衷肠",是指情操、志向,与卿卿我我的爱情表达不同。

《后汉书·逸民列传》载梁鸿与其妻孟光在新婚之时关于嫁妆的对话。东汉时梁鸿,字伯鸾,有高名,权势之家多欲以女嫁之,梁鸿都拒绝了。同县孟家女,名孟光,肥胖且黑丑,力大能举石臼,屡次选择婚姻对象而不嫁,至年三十。父母问她缘故,女曰:"我欲嫁给如梁伯鸾那样的贤者。"梁鸿听说后就娶了她。孟女就请求家里准备做布衣、麻屦以及织布纺纱工具等作为嫁妆。但到出嫁时,她却盛装打扮入门。入门后七日里,梁鸿都不搭理她。孟光乃跪在床下曰:"听闻夫子高义,排斥疏远了数位女性,我亦傲视过数位男性。如今被娶进门,敢问哪里有所得罪?"梁鸿曰:"我要娶的是粗衣之女,可与我一起隐居深山。今你乃穿着绮缟,面傅粉墨,哪里是我所希望的。"孟光曰:"我如此穿着,只是想看看夫子的志向到底如何。我是自有隐居之服的。"于是卸下盛装,扎起发髻,身着布衣,一副干活模样。梁鸿大喜曰:"这才真是梁鸿的妻子啊,真能遵从我的志向啊!"此次新婚时候的谈话,明确了两人的志同道合,确定了新婚后的生活道路。

《后汉书·列女传》载:鲍宣之妻是桓氏之女,字少君。鲍宣曾跟随少君之父学习,少君之父欣赏他的清苦性情,于是把女儿嫁给他,嫁妆非常丰盛。鲍宣十分不悦,对妻子少君曰:"你生于富骄之家,习惯于美饰,而我实在是贫贱之人,不敢当如此重礼。"妻子曰:"父亲大人以先生您修德守约,故使我来侍奉您衣食起居,不是来享福的。侍奉君子，当然是唯君子之命是从。"鲍宣笑曰："能够如此，正符合我的想法。"于是，少君就将豪华盛装服饰全部归还娘家，换着短布裳，与鲍宣共挽小车，回到乡里鲍家，拜见姑婆礼毕，提瓮出门汲水，修行妇道，乡里传遍了少君的行为，都十分称赞她。

《后汉书·列女传》又载：袁隗之妻是马融之女，字伦。马融家世丰豪，新婚之时送来的嫁妆十分华盛。婚礼刚罢，袁隗就问马伦："妇女居家，就是干点扫地擦桌子的活而已，你为何衣装如此珍丽豪华？"马伦回答说："父母慈亲疼爱我，不敢背逆父母之命，便带来这些东西。你如果是仰慕鲍宣、梁鸿之高风，妾亦请求追从少君、孟光。"言下之意，自己是一定可以勤俭持家的。

新婚之夜还或有"貌"与"德"的对话。《世说新语·贤媛》记载了两个故事。

魏时许允娶妇阮卫尉女、阮德如妹，此女子奇丑。婚礼仪式结束，许允便不想进洞房了，许家人深以为忧。后经人相劝，这才进门。但一进门，又扭头要走，被新妇一把拉住衣裾，许允就说："妇有德、言、容、功四德，卿有其几？"妇曰："新妇所缺乏的，只是'容'而已。然士有百行，君有几？"许允云："皆备。"妇曰："百行以德为首。君好色不好德，何谓皆备？"许允回答不出，面有惭色，于是两人相敬相重、相亲相爱。

又，魏时王凌之子王广娶诸葛诞之女，进入新房，夫妻开始言语交谈。王广对妻子说："新妇神情面色卑下，非常不像你的父亲。"妻子说:"大丈夫不能像自己的父亲,却要求妇人和英雄豪杰并肩!"称王广不像自己的父亲王凌那么英武,却来要求妻子。

古时婚姻奉父母之命、媒妁之言,夫妻之间在婚前没有交往言谈,于是新婚礼后便是第一次相见与交谈。这第一次相见,虽然说自然应该关注容貌,而这里的故事,都是讲第一次交谈首先关注的是精神面貌。

四、汉代婚姻诗作

汉末秦嘉有《述婚诗》二章,此简述如下。其一:

> 群祥既集,二族交欢。
>
> 敬兹新姻,六礼不愆。
>
> 羔雁总备,玉帛戋戋。
>
> 君子将事,威仪孔闲。
>
> 猗兮容兮,穆矣其言。

首二句述说婚姻是二姓交好的大事,于是各种吉祥之事集聚。"敬兹新姻"四句述说成婚前的"六礼"一点也没有差池,"六礼"即:纳采、问名、纳吉、纳征、请期、亲迎。纳采,男方家请媒人去女方家提亲,女方家答应议婚后,男方家备礼前去求婚。问名,男方家请媒人问女方的名字和出生年月日。纳吉,男方将女子的名字、八字取回后，在祖庙进行占卜。纳征，亦称纳币，即男方家以聘礼送给女方家。请期，男家择定婚期，备礼告知女方家，请求其同意。亲迎，婚前一两天女方送嫁妆、铺床，隔日新郎亲至女家迎娶。这一娶亲程式，周代即已确立，最早见于《礼记·昏（婚）义》，以后各代大多沿袭周礼，但名目和内容有所更动。这是汉民族特有的一种风俗礼仪和民族特色传统文化。诗中的"羔雁、玉帛"，即小羊、大雁与圭璋、束帛，是用作婚聘的礼物，"总备、戋戋"，是指礼物丰厚，摆出来一样也不少。"君子"二句是指新郎的仪表庄重、做事沉稳。末二句是赞美的话。这第一首是重在叙写男性，而第二首则重在叙写女性。

> 纷彼婚姻，祸福之由。
>
> 卫女兴齐，褒姒灭周。
>
> 战战兢兢，惧德不仇。
>
> 神启其吉，果获令攸。
>
> 我之爱矣，荷天之休。

首四句叙说婚姻对社会而言关系重大，并以卫女、褒姒为例来说明。卫女，齐威王立卫姬为夫人，以兴霸业；褒姒，周幽王宠爱褒姒，招致犬戎之祸。"战战兢兢"以下六句，叙说对待婚姻要谨慎小心，夫妻双方以德相配互补，互相敬爱，那么神灵便赐予吉祥，获致幸福。"我之爱矣，荷天之休"，我的真挚的情感（"爱"），是承蒙上天的美好祝愿的。遗憾的是，诗作没有叙写新娘，而前述蔡邕《协和婚赋》则有重在新娘的形容。上述两首诗叙写的，完全是合乎儒家思想的婚姻进程。

汉代还有叙写夫妻离婚后再见面时的情景及其对话，古诗曰：

> 上山采蘼芜，下山逢故夫。长跪问故夫："新人复何
> 如？""新人虽言好，未若故人姝。颜色类相似，手爪不相
> 如。""新人从门入，故人从阁去。""新人工织缣，故人工织
> 素。织缣日一匹，织素五丈余。将缣来比素，新人不如故。"

一位遭遗弃的女子上山去采蘼芜，蘼芜是一种香草，此处可能暗示她资质芳洁，下山时与前夫不期而遇。于是有一番对话。旧妇问前夫："你那新娶的媳妇怎么样啊？"前夫说："新妇虽然长相也很好，还是比不上旧妇美貌秀出。容貌大致差不多，手艺上新妇却是大不如旧妇。"旧妇说："新妇从大门迎进来，旧妇从旁门悄悄离去。"前夫说："新媳妇善于织黄绢，旧妇善于织白素。织绢每天只一匹，织素每天五丈余。把黄绢拿来比白素，新妇的确比不上旧妇。"这应该是一首弃妇诗，从中可以看到，汉时娶妇的条件，一是容貌，另一则是女红，要能干活。

五、拟作

此诗未见陆机拟作，今所见有何偃拟作。何偃，字仲弘，南

朝宋时人，累迁吏部尚书、侍中。《乐府诗集》载其《冉冉孤生竹》之作，当为拟作。诗云：

> 流萍依清源，孤鸟亲宿止，
>
> 荫干相经荣，风波能终始。
>
> 草生有日月，婚年行及纪。
>
> 思欲侍衣裳，关山分万里。
>
> 徒作春夏期，空望良人轨。
>
> 芳色宿昔事，谁见过时美。
>
> 凉鸟临秋竟，欢愿亦云已。
>
> 岂意倚君恩，坐守零落耳。

首四句讲自然界相依相存的数种事物，为以下讲夫妻关系作铺垫。"草生"以下四句，讲虽然男女定下婚姻大事，但要到夫家去完婚"侍衣裳"，目前尚有"关山分万里"的相隔。"徒作"以下四句，讲虽然已经确定了结婚的日期，但此刻迟迟未见迎婚的车辆，点出"芳色""过时"而不"美"。末四句，以"凉鸟临秋竟"讲始终不见迎婚，只好"欢愿亦云已"，本来是向往倚着丈夫的肩膀度过一生，而只落得"坐守零落耳"的下场，以绝望结束。何偃之作叙写送婚、迎婚尚未进行，此时只是空等而已，所谓本想婚事后可"倚君恩"，不想当前只能"坐守零落耳"，如此叙写婚姻的不曾实现，与《冉冉孤生竹》原作的充满希望不同。

六、"采"与"不采"的隐喻

《冉冉孤生竹》这首诗中的"过时而不采，将随秋草萎"，是说婚姻当及时，此主题古代常用隐喻，如汉代宋子侯乐府诗《董娇饶》：

> 洛阳城东路，桃李生路傍。
>
> 花花自相对，叶叶自相当。
>
> 春风南北起，花叶正低昂。
>
> 不知谁家子，提笼行采桑。
>
> 纤手折其枝，花落何飘飏。
>
> 请谢彼姝子，何为见损伤。
>
> 高秋八九月，白露变为霜。
>
> 终年会飘堕，安得久馨香。
>
> 秋时自零落，春月复芬芳。
>
> 何如盛年去，欢爱永相忘。
>
> 吾欲竟此曲，此曲愁人肠。
>
> 归来酌美酒，挟瑟上高堂。

诗的首六句讲桃李花开正鲜艳。"不知谁家子"以下四句讲"折其枝"而"花落"。"请谢彼姝子，何为见损伤"是花的发问。"高秋八九月"四句，是"谁家子"的答非所问，称花儿到秋时自然掉落，哪里有永不落的花、永不消散的香。"秋时自零落，春月复芬芬。何如盛年去，欢爱永相忘"，此是诗人的自述，称花儿秋日凋零，来年春天又芬芳绽放；不像女性婚姻，盛年不嫁，青春逝去，就永远与爱情、婚姻远离了。于是诗人满怀感伤与哀愁，诗作以叙事对话来表达"过时而不采，将随秋草萎"之意。又有反"过时而不采，将随秋草萎"之意的诗作，东晋时王献之有《桃叶歌》曰："桃叶映红花，无风自婀娜。春花映何限，感郎独采我。"对及时采花的感谢。

东汉时张衡《怨篇》，其序称："《秋兰》，咏嘉美人也。嘉而不获用，故作是诗也。"诗云：

猗猗秋兰，植彼中阿。有馥其芳，有黄其葩。

虽曰幽深，厥美弥嘉。之子之远，我劳如何。

"过时而不采"是说因季节而"不采"，张衡《怨篇》是称因地远而"不采"，都是说佳人虽善，而处不用之位，隐喻的都是士人有才华而不被所用，所以令人慨叹，令人同情。

七、东汉婚礼习俗

汉人婚礼多崇尚奢靡，《盐铁论·国病篇》就批评嫁娶时的"遣女满车"，财物"满车"，而且，"富者欲过，贫者欲及，富者空减，贫者称贷"，导致社会财物减少。《汉书·地理志》记秦俗：

"嫁娶尤崇侈靡。"《汉书·王吉传》:"世俗聘妻送女无节,则贫人不及。"《潜夫论·浮侈篇》云:"富贵嫁娶,车軿各十,骑奴侍僮,夹毂节引,富者竞欲相过,贫者耻不逮及。"

先秦时举行婚礼,自有礼俗,如《礼记·曾子问》载孔子曰:"嫁女之家,三夜不息烛,思相离也。取妇之家,三日不举乐,思嗣亲也。"有时候、有的地方,婚礼是禁止"酒食"的,《汉书》就载汉宣帝曾下诏,废除某些地方在婚礼上"苛禁酒食之会"的法令,其曰:"夫婚姻之礼,人伦之大者也;酒食之会,所以行礼乐也。今郡国二千石或擅为苛禁,禁民嫁娶不得具酒食相贺召。由是废乡党之礼,令民亡所乐,非所以导民也。《诗》不云乎:'民之失德,干糇以愆。'勿行苛政。""民之失德,干糇以愆"是《诗经·小雅·伐木》中的诗句,意谓朋友间失去友谊,有时就因为招待不周。干糇,干粮,以它来招待客人,就是招待不周得罪了人。嫁娶之时"具酒食相贺召"就合理合法了,是"导民""行礼乐"的行动,当然,婚礼"酒食"就盛行起来。杨树达《汉代婚丧礼俗考》:"(婚礼)而为之宾客者,往往饮酒欢笑,言行无忌,如近世闹新房之所为者,汉时即已有之。"东汉婚礼恶习,如某些恶俗的闹房习俗,与"饮酒欢笑,言行无忌"有相当的关系。《汉书·地理志下》就说:"燕地……嫁取之夕,男女无别,反以为荣。"典籍就批评婚礼时的这种胡闹。仲长统《昌言》说:"今嫁娶之会,捶杖以督之戏谑,酒醴以趣之情欲,宣淫佚于广众之中,显阴私于族亲之间。污风诡俗,生淫长奸,莫此之甚,不可不断者也。"有识之士的批评，在今天还应引以为戒。《风俗通》载："杜士家娶妇，酒后相戏。张妙缚杜士，捶二十下，又悬足指，士遂至死。鲍昱《决事》云：酒后相戏，原其本心，无贼害之意，宜减死。"婚礼时酒后相戏，付诸暴力，闹出了人命，真是恶习害人。幸得典狱官知晓这是恶习害人，减轻了犯事人的刑罚。这位典狱官鲍昱，字文泉，东汉时曾掌管狱讼。

汉灵帝时，还有在婚礼上唱挽歌之俗，《后汉书·五行志》注载：

《风俗通》曰："灵帝时，京师宾婚嘉会，皆作《魁儡》，酒酣之后，续以挽歌。"《魁儡》，丧家之乐；挽歌，执绋相偶和之者。

史家曰，这种习俗成为汉末大乱、家破人亡的征兆。

第二章

银河迢迢
隔有情

迢迢牵牛星

迢迢牵牛星，皎皎河汉女。

纤纤擢素手，札札弄机杼。

终日不成章，泣涕零如雨。

河汉清且浅，相去复几许？

盈盈一水间，脉脉不得语。

一、叠字的运用与抒情

本诗在《玉台新咏》题为枚乘所作。顾炎武《日知录》云：枚乘诗"盈盈一水间"，而"孝惠讳盈"，枚乘生活在武、昭之世"而不避讳"，可知不是枚乘所作而是"后人之拟作，而不出于西京矣"。但也有人提出，汉人的文章中触讳的地方很多，以触"盈"字而论，也已不少。如此并不能证明诗"不出于西京"。

《青青河畔草》篇描摹"昔为倡家女，今为荡子妇"，令人印象最为深刻的是六组叠字的使用，此诗也是六组叠字的使用。先是四组叠字的使用，其中三组用于织女，莫不是描摹女性，以叠字的使用为宜？诗末又有两组叠字，一为描摹景物，另一为描摹人物神态。为什么要用叠字？叠字就是重复着说、反复地说，就是为了强化叙写，强化抒情。

诗作先以"迢迢"叙写牵牛星，"迢迢"的意思即遥远，是从我们读者遥望星空的角度说的，但也自然就设下伏笔，怎么个"迢迢"呢？再以"皎皎"叙写"河汉女"，"河汉女"即织女星，"皎皎"的意思即明亮，这里也设下伏笔，为什么要说"皎皎"呢？前辈解析诗作说，"迢迢""皎皎"是互文，牵牛星与织女星，相隔"迢迢"、相望"皎皎"。

"纤纤"以下四句，专写织女。"纤纤擢素手"之"擢"为动态，是要突出下文的"札札弄机杼"，"擢素手"是要去"弄机杼"的，因此，与《青青河畔草》篇荡子妇的"纤纤出素手"不同，其"出素手"只是"皎皎当窗牖"所显示出来的。"札札弄机杼"，以声音表现织女的行动，可谓奇思妙想，虽然"皎皎"，但是如此"迢迢"，如何听得出"札札"呢？通过视觉"皎皎"的逼真、清晰，让人也仿佛有听觉"札札"的逼真、清晰。尽管看得到"素手"之"纤纤"，甚至听得到清晰的"札札弄机杼"之声，却是"终日不成章"，哪里织出布帛来，只是"泣涕零如雨"而已。

"河汉清且浅，相去复几许"二句，似是回答"终日不成章，泣涕零如雨"的原因，织女与牛郎只是隔着清清浅浅的银河，相离相去又有几多距离？但就是不能相聚在一起，由此可知前述的"迢迢"，说的不是路程，而是有所阻隔。"盈盈一水间，脉脉不得语"，《文选》五臣注曰："盈盈，端丽貌。"脉脉，含情脉脉的样子，"盈盈""脉脉"说的都是"河汉女"。一般来说，"盈盈"是形容"一水间"，但如此写来，就显得与"河汉清且浅"重复，再从《青青河畔草》篇"盈盈楼上女"来看，"盈盈"为描摹"河汉女"无疑。"不得语"，呼应前面的"迢迢"，有所阻隔而不得通话，那就更不要说相聚了。于是我们知道，身体活动"札札弄机杼"而"终日不成章"，是要抒发相隔相离的痛苦。诗作至此，戛然而止，不作任何说明，一切都在"不得语"中。

二、神话的产生与分裂

这首诗叙写的是神话传说——牛郎织女的故事。但这个叙写只是神话发展第三阶段的产物。

神话发展的第一阶段指其产生之时。原始人类认为宇宙万物都像自己一样具有生命甚至灵魂，支配着神话的是万物有灵的观念，这就是神话的人化，即自然力量的人格化。原始人类又几乎没有个人的意识，而常常受到集体心理的支配，这就是说，支配着神话的是某种集体意识而不是真正的个人，因此，神话中的人物也不是真正的个人。人类依照神的模样来歌咏自己，这就是神话的神化，即人类力量的神格化。自然力量的人格化与人类力量的神格化，二者构成了神话一个最重要的特征：神人合一、神物合一。神话中，神即是人，神就是物，人即是神，物就是神。这个神话传说中的"牵牛星"，是河鼓三星之一，在银河南；"织女星"，天琴座的主星，在银河北，和牵牛星相对。隔着银河，两星只是相望，而永远不能相会，于是创造出牛郎、织女相隔银河、各在一涯的神话。

神话发展的第二阶段指其分裂之时。随着时代的发展，人类对神人合一有所怀疑、有所否定，最终认为神、人应该分离。神与人形式上的分离，对神话有极大的影响，神话产生了分裂。天帝成为抽象的天的意志，而有作为的神则成为地上的君王，于是，神话"神人合一"的基础动摇了，神话也产生了分裂，分裂的结果之一，即古代神话传说中的某些东西被历史化、真实化了。如《韩非子·外储说左下》载：鲁哀公问于孔子曰："吾闻夔一足，信乎？"孔子曰："夔，人也，何故一足？彼其无他异，而独通于声。尧曰：'夔一而足矣。'使为乐正。"故君子曰：'夔有一，足。'非一足也。"孔子把"夔一足"（夔只有一条腿）的神话传说历史化了，称人怎么会一条腿呢？因此，"夔一足"就是指像夔这样的音乐家当"乐正"，有他一个就足够管理音乐了。又，《尸子》载：子贡曰："古者黄帝四面，信乎？"孔子曰："黄帝取合己者四人，使治四方，不计而耦，不约而成，此之谓四面。"神话传说的"黄帝四面"，指黄帝有四张脸，孔子把它改造为黄帝有四个"合己者"，让他们四人管理四方，就如同黄帝有四张脸，洞悉四面情况。

神话分裂阶段，人们追求的是神话的历史化、真实化。而牛郎织女，本来只是人们对景物作出的拟人化比拟，用在银河两岸的星星，来比拟只相见而不能相会，人们却又较真，又用它来比拟真实社会中的不符其实的情况，《诗经》有诗叙写牵牛星、织女星等天上星宿的远古神话，即发出这样的疑问：

> ……维天有汉，监亦有光。跂彼织女，终日七襄。虽则七襄，不成报章。睆彼牵牛，不以服箱。东有启明，西有长庚。有捄天毕，载施之行。维南有箕，不可以簸扬。维北有斗，不可以把酒浆。维南有箕，载翕其舌。维北有斗，西柄之揭。

意思是说，天上银河像镜子，却不能用来相照。三星组成的织女星，一天移动七次，却织不出布帛。再看星宿名曰牵牛，却不能拉车厢。东边有启明星，西边有长庚星，毕星长柄，却不能用来张网捕猎。箕星不能簸扬，只是亮光光，北斗不能舀浆，斗柄高高扬。诗为《诗经·小雅·大东》，本是讥讽周统治者处处行压榨之事，而空有"天下共主"之名，于是，诗作历举天上的星宿空有其名，不符其实，借以讽刺。这样，天上星宿的远古神话，就被提出了历史化、真实化疑问。如此叙说天上星宿空有其名，是神话分裂时期才能有的观念，但还未构成神话故事。于是，这只是把景物作拟人化处理，故人们以为这些非真实情况。

三、神话的文学化

人们对景物的拟人化之类的神话发出疑问，于是要编出故事来完善它，此即神话发展的第三阶段，即神话传说的文学化。此时，人们开始认识到，神话传说只是人们编撰的故事而已。这个过程也比较漫长。20世纪70年代出土的睡虎地秦简《日书》甲种，有两条关于牵牛娶织女故事的简文："戊申、己酉，牵牛以取（娶）织女，不果，三弃。"（一五五正）"戊申、己酉，牵牛以取（娶）织女而不果，不出三岁，弃若亡。"（三背壹）都是讲牵牛娶织女的故事。又，汉代时，汉武帝建昆明池，"又作二石人，东西相对，以象牵牛、织女"（《初学记》卷七）。"昆明池，有二石人，牵牛、织女象"（《文选·班固〈西都赋〉》李善注引《汉宫阙疏》），《史记·天官书》："婺女，其北织女。织女，天女孙也。"这些都是牛郎、织女作为爱情悲剧故事的雏形。汉魏时，牵牛、织女是家喻户晓的神仙。

到了南朝梁殷芸《小说》那里，牛郎、织女神话传说正式成为爱情故事：

> 天河之东有织女，天帝之女也，年年机杼劳役，织成云锦天衣，容貌不暇整。天帝怜其独处，许嫁河西牵牛郎，嫁后遂废织纴。天帝怒，责令归河东，许一年一度相会。涉秋七日，鹊首无故皆髡，相传是日河鼓与织女会于河东，役乌鹊为梁以渡，故毛皆脱去。（《月令广义·七月令》引）

天河东边住着的织女，是天帝的女儿，她年年在织布机上劳作，织出锦绣天衣，却没有空闲打扮容貌。天帝可怜她独自生活，准许她嫁给天河西边的牛郎。结婚后织女荒废了纺织锦绣、缝制天衣的工作。天帝十分愤怒，责令她回到天河东边原来居住的地区，只许他们一年相会一次。到每年入秋的第七天，人们看见喜鹊的头顶突然秃去，相传就是这天，牛郎和织女在银河的东岸相会，役使喜鹊做桥梁从它们头顶走过，所以喜鹊头上的毛被踩脱了。

又有《齐谐记》载：

> 桂阳城武丁有仙道，常在人间，忽谓其弟曰："七月七日织女渡河，诸仙悉还宫，吾向以被召不得停，与尔别矣。"弟问：

"织女何事渡河？兄何当还？"答曰："织女暂诣牵牛。吾去后，三千年当还耳。"明旦，失武丁所在。世人至今犹云：七月七日织女嫁牵牛。（《文选·谢惠连〈七月七日咏牛女〉》李善注引）

桂杨城有人名武丁，有仙人之道，但常常住在人间。有一天忽然对他的弟弟说："七月七日织女要渡银河，诸位仙人都要回到天宫去，我也被召，不得停留人间，那么就与您告别了。"其弟问曰："织女为什么事情要渡银河？哥哥你什么时候回来？"武丁回答说："织女只是渡银河与牛郎暂时会面。而我去后，三千年后才能归来。"第二天早上，武丁消失不见了。现在世人还说："七月七日织女嫁牛郎。"这是以他者口吻述说七月七日织女牛郎渡银河相会。

因此，《古诗十九首》中的《迢迢牵牛星》，就是牛郎、织女这个神话故事编撰中的一则，用以表达男女相恋的爱情，有隔离，又有会合。牛郎、织女神话故事的编撰，到明清时，甚至到当代，还有延续。

四、拟作与历代织女诗

织女形象在古代的象征，单独来说是指称其女性身份，一是指其是劳作的承担者，二是赞赏其美丽，三是指女性的美产生于劳作之中。此在后汉王逸《机妇赋》就是把此三者融合在一起的，说得最为明白：

> 于是暮春代谢，朱明达时。蚕人告讫，舍罢献丝。或黄或
> 白，蜜蜡凝脂。纤纤静女，经之络之。尔乃窈窕淑媛，美色贞
> 怡。解鸣佩、释罗衣、披华幕、登神机、乘轻杼、揽床帷，动
> 摇多容，俯仰生姿。

即叙写织女的美貌，而当织女解下华丽的服装"登神机"来劳动，
那就更是"动摇多容，俯仰生姿"，更是魅力动人。而把牛郎、织
女结合在一起，则是神话故事的叙写，如曹植《九咏》曰："目牵
牛兮眺织女，交有际兮会有期。"牵牛、织女进入文学作品，多以
织女为作品主人公，为牛郎的配偶。

汉末的赋作，也以牛郎、织女比拟为相恋之人，蔡邕《青
衣赋》：

> 我思远逝，尔思来追。明月昭昭，当我户扉。条风狎躐，
> 吹子床帷，河上逍遥，徙倚庭阶。南瞻井柳，仰察斗机，非彼
> 牛、女，隔于河维。思尔念尔，怒焉且饥。

称自己将会与女子相会，因为他俩"非彼牛、女，隔于河维"。阮
瑀《止欲赋》写一位淑女，"怀纤结而不畅兮，魂一夕而九翔。出
房户以踯躅，睹天汉之无津。伤匏瓜之无偶，悲织女之独勤。"哀
叹银河没有渡口，织女只好独自劳作。

再来看陆机《拟迢迢牵牛星》：

> 昭昭清汉晖，粲粲光天步。
> 牵牛西北回，织女东南顾。
> 华容一何冶，挥手如振素。
> 怨彼河无梁，悲此年岁暮。
> 跂彼无良缘，睆焉不得度。
> 引领望大川，双涕如沾露。

原作"迢迢牵牛星，皎皎河汉女"二句，陆机拟作用"昭昭清汉晖，粲粲光天步。牵牛西北回，织女东南顾"四句来模拟，而且首二句都用叠字。自"牵牛西北回"以下，从意思上看句句对应，但句式不对应，原作多用叠字而拟作未用，可视为想使句式对应但未能成功。拟作直抒其情多，原作以叙述事实来展示情感。具体来说，"华容一何冶，挥手如振素"对应"纤纤擢素手，札札弄机杼"，前者直述容貌动作。"怨彼河无梁，悲此年岁暮"对应"终日不成章，泣涕零如雨"，前者直述怨情所在，"河无梁"尚可，"年岁暮"则不挨边，所谓神仙不老嘛！由此可以看出，诗作对《古诗十九首》的学习，其表达的生命意识是多么的强烈，要述说"岁月忽已晚"的愿望是多么的直接！"跂彼无良缘，睆焉不得度"对应"河汉清且浅，相去复几许"，"跂彼"用《小雅·大东》成语，指三星鼎立样子的织女星。"睆"，明亮的样子，指牵牛星，此二句指没有好的时机得以渡河相聚，那么，这是怎么造成的？"引领望大川，双涕如沾露"对应"盈盈一水间，脉脉不得语"，前者直白，后者含蓄而意味深长。

又，南朝宋谢惠连《七月七日咏牛女》：

> 落日隐檐楹，升月照帘栊。
>
> 团团满叶露，析析振条风。
>
> 蹀足循广除，瞬目曛曾穹。
>
> 云汉有灵匹，弥年阙相从。
>
> 遐川阻昵爱，修渚旷清容。
>
> 弄杼不成藻，耸辔惊前踪。
>
> 昔离秋已两，今聚夕无双。
>
> 倾河易回斡，款颜难久悰。
>
> 沃若灵驾旋，寂寥云幄空。
>
> 留情顾华寝，遥心逐奔龙。
>
> 沉吟为尔感，情深意弥重。

诗作的内容颇为丰富，叙写的过程也很复杂。首六句为第一层次，以景起，叙写秋夜仰望星空。第二层次，"云汉"以下四句，诗人叙写牛郎、织女的悲惨境遇，虽然是"灵匹"（美好的一对）却不能"相从"，就是因为"遐川阻昵爱"，因此"修渚旷清容"，彼此不能时时相望，所谓"旷清容"。第三层次，"弄杼不成藻，耸辔惊前踪"，穿梭不停却织不成布，于是耸马去追求前方的踪影。"昔离秋已两，今聚夕无双"，离上次相聚已是两个秋季，而相聚只今天一个晚上。"倾河易回斡"，银河易转，时光快逝。"款颜难久悰"，欢颜是如此的难以久长。"沃若灵驾旋"，是诗人设想的牛郎、织女驾车来相会，光彩闪烁；"寂寥云幄空"，指告别后驾车离去，天空复归寂寥空旷。第四层次，"留情"以下末四句，诗人回到当前、回归现实，感叹男女情人的情深义重，自己的心绪也随牛郎、织女而去。诗作由漫游自然景物进入神话世界，被神话世界的情深义重所感动，沉吟不已。

刘铄（休玄）《咏牛女》：

> 秋动清氛扇，火移炎气歇。
>
> 广栏含夜阴，高轩通夕月。
>
> 安步巡芳林，倾望极云阙。
>
> 组幕萦汉陈，龙驾凌霄发。
>
> 谁云长河遥，颇剧促筵越。
>
> 沉情未申写，飞光已飘忽。
>
> 来对眇难期，今欢自兹没。

该诗基本结构同谢惠连之作，"秋动"六句先叙写秋夜仰望星空，似乎要探索星空中发生了哪些事。事件果然发生了，"组幕"六句叙写天上神仙相会，但时光太短，深情尚未完全倾诉，时光流逝，已是分别时刻。末二句感叹再次相会什么时候再有，来日难期啊！而今日的相会欢乐现在已经结束，"今欢自兹没"矣，无限的惆怅、遗憾、难过，尽在于此。

这两首"咏牛女"，叙写牛郎、织女相会的神话故事，赞美真挚的爱情，总的一个感慨，就是美好情景，总是易逝。

五、君臣之隔还是男女之隔

牛郎织女，银河相隔，或称诗作述君臣之隔，如方廷珪《文选集成》曰："篇中以牵牛喻君，以织女喻臣。臣近君而不见亲于君，由无人为之左右，故托为女望牛之情。水待舟以渡，犹上待友以获，否则地虽近君，终归疏远，即诗人'印须我友'之义。"称诗作借牛郎织女的银河相隔，寓君臣能否相合之意。君臣之隔，古来以屈原与楚王为著，《史记·屈原列传》这样叙说：

> 上官大夫与之同列，争宠而心害其能。怀王使屈原造为宪令，屈平属草稿未定。上官大夫见而欲夺之，屈平不与，因谗之曰："王使屈平为令，众莫不知，每一令出，平伐其功，曰以为'非我莫能为'也。"王怒而疏屈平。

屈原与楚王有所隔阂，所谓"王怒而疏屈平"，于是，"屈平疾王听之不聪也，谗谄之蔽明也，邪曲之害公也，方正之不容也，故忧愁幽思而作《离骚》"。《离骚》叙说君臣之隔曰：

> 惟夫党人之偷乐兮，路幽昧以险隘。岂余身之惮殃兮，恐皇舆之败绩！忽奔走以先后兮，及前王之踵武。荃不察余之中

情兮，反信谗而齌怒。余固知謇謇之为患兮，忍而不能舍也。
指九天以为正兮，夫唯灵修之故也！曰黄昏以为期兮，羌中道
而改路。初既与余成言兮，后悔遁而有他。余既不难夫离别
兮，伤灵修之数化。

屈原说：小人苟且偷安，而自己只是为朝廷国家操心，但君王全不
体察自己的忠诚，反而听信谗言对自己发怒。又说：我本知道忠言
会招灾祸，但忍耐控制不住，请苍天为我作证，一切为了你的缘
故。进而说：当初你已经与我约定，后来反悔又改变主张，我本不
怕与君王疏远离别，只可悲你反复无常。

又如汉代班婕妤《怨诗》，其曰：

新裂齐纨素，皎洁如霜雪。出入君怀袖，动摇微风发。常
恐秋节至，凉风夺炎热。弃捐箧笥中，恩情中道绝。

班婕妤，汉成帝刘骜妃子，善诗赋，有美德，她是班固、班超和班
昭的祖姑。班婕妤本受汉成帝专宠，后自赵飞燕姐妹入宫后，班婕
妤受到冷落。这首《怨诗》就讲，秋天来了，团扇就不用了，就
像现在自己被君王抛弃。江淹《杂体诗三十首》之《班婕妤（咏
扇）》，是拟班婕妤之作，其曰：

纨扇如圆月，出自机中素。画作秦王女，乘鸾向烟雾。采
色世所重，虽新不代故。窃愁凉风至，吹我玉阶树。君子恩未
毕，零落在中路。

亦是繁衍班婕妤之意。

但是以男女之隔来解释，则更恰切。此诗与牛郎、织女星相关的人格化的表达，只是在提到牵牛、织女的相思之苦，所谓"泣涕零如雨""脉脉不得语"，虽然没有明言二人是夫妻关系，只是说他们不能相会。但是，以牛郎、织女的神话故事来解析诗作，更为贴切，更为有趣。这从上述历代拟作与历代牛郎、织女诗就可以看出，无一例外都是叙写男女之间的、叙写恋情的。或者说神话传说是诗歌的本事吧，表达的是男女恋人的爱情有所阻隔。

六、神话入诗

以神话故事叙写、抒发人间情感，成为中古诗歌的一个时尚。此处举曹植诗歌为例。曹植《野田黄雀行》，是一首很有名的诗，其云：

> 高树多悲风，海水扬其波。
>
> 利剑不在掌，结友何须多。
>
> 不见篱间雀，见鹞自投罗。
>
> 罗家得雀喜，少年见雀悲。
>
> 拔剑捎罗网，黄雀得飞飞。
>
> 飞飞摩苍天，来下谢少年。

刘勰《文心雕龙·隐秀》有"陈思之《黄雀》，公干之《青松》，格刚才劲，而并长于讽谕"数句，或认为《文心雕龙·隐秀》有明人伪托部分，此数句即在其内，但也可见曹植《野田黄雀行》给后人留下的深刻印象。自古至今，人们都认为《野田黄雀行》是有"讽谕"的，而且认为，此为悼友之作，悲伤自己失权，不能如少年拔剑捎罗网以救投罗黄雀。或以为悼丁氏兄弟，《三国志·任城陈萧王传》："植既以才见异，而丁仪、丁廙、杨修等为之羽翼……文帝即王位，诛丁仪、丁廙并其男口。"注引《魏略》："（丁仪）而与临淄侯亲善，数称其奇才。太祖既有意欲立植，而仪又共赞之。及太子立，欲治仪罪，转仪为右刺奸掾，欲仪自裁而仪不能……后遂因职事收付狱，杀之。"或以为悼杨俊，《三国志·杨俊传》："初，临淄侯与俊善，太祖适嗣未定，密访群司。俊虽并论文帝、临淄才分所长，不适有所据当，然称临淄犹美，文帝常以恨之。黄初三年，车驾至宛，以市不丰乐，发怒收俊。尚书仆射司马宣王、常侍王象、荀纬请俊，叩头流血，帝不许。俊曰：'吾知罪矣。'遂自杀。众冤痛之。"或以为悼杨修，《三国志·任城陈萧王传》："太祖既虑终始之变，以杨修颇有才策，而又袁氏之甥也，于是以罪诛修。植益内不自安。"注引《典略》曰："杨修字德祖，太尉彪子也。谦恭才博。建安中，举孝廉，除郎中，丞相请署仓曹属主簿。是时，军国多事，修总知外内，事皆称意。自魏太子已下，并争与交好。又是时临淄侯植以才捷爱幸，来意投修，数与修书……其相往来，如此甚数。植后以骄纵见疏，而植故连缀修不止，修亦不敢自绝。至二十四年秋，公以修前后漏泄言教，交关诸侯，乃收杀之。修临死，谓故人曰：'我固自以死之晚也。'其意以为坐曹植也。"又引《世语》曰："修年二十五，以名公子有才能，为太祖所器，与丁仪兄弟，皆欲以植为嗣……修与贾逵、王凌并为主簿，而为植所友。每当就植，虑事有阙，忖度太祖意，豫作答教十余条，敕门下，教出以次答。教裁出，答已入，太祖怪其捷，推问始泄。太祖遣太子及植各出邺城一门，密敕门不得出，以观其所为。太子至门，不得出而还。修先戒植：'若门不出侯，侯受王命，可斩守者。'植从之。故修遂以交构赐死。"

如果读到以下这则神话故事就知道，这首诗是悼念曹植的那些以杨修为主的支持者的。南朝梁吴均《续齐谐记》载"黄雀报恩"：

弘农杨宝，性慈爱。年九岁，至华阴山，见一黄雀为鸱枭所搏，逐树下，伤瘢甚多，宛转复为蝼蚁所困。宝怀之以归，置诸梁上。夜闻啼声甚切，亲自照视，为蚊所啮，乃移置巾箱中，啖以黄花。逮十余日，毛羽成，飞翔，朝去暮来，宿巾箱中。如此积年，忽与群雀俱来，哀鸣绕堂，数日乃去。是夕，宝三更读书，有黄衣童子曰："我，王母使者。昔使蓬莱，为鸱枭所搏，蒙君之仁爱见救，今当受赐南海。"别以四玉环与之，曰："令君子孙洁白，且从登三公事，如此环矣。"宝之孝大闻天下，名位日隆。子震，震生秉，秉生彪，四世名公。及震葬时，有大鸟降，人皆谓真孝昭也。蔡邕论曰："昔日黄雀报恩而至。"

文中黄雀报恩的四世名公为杨宝、杨震、杨秉、杨彪，杨修为杨彪之子，杨修的祖上于黄雀有恩，黄雀有报恩之举，如今杨修因为支持曹植，非但享受不到报恩，且有杀身之祸。联系"黄雀报恩"的故事来读《野田黄雀行》，其震撼力岂不更大？

　　曹植《野田黄雀行》叙写人与黄雀的相互帮助、相互支持，稍早于曹植的汉末蔡邕，亦有诗表达人与禽鸟的关系，其《翠鸟》曰：

> 庭陬有若榴，绿叶含丹荣。
>
> 翠鸟时来集，振翼修形容。
>
> 回顾生碧色，动摇扬缥青。
>
> 幸脱虞人机，得亲君子庭。
>
> 驯心托君素，雌雄保百龄。

这首是寓言诗，虞人即猎人，专以狩猎动物为务，而君子则与翠鸟为朋友，翠鸟与君子和谐相处。

第三章

采花与送花

涉江采芙蓉

涉江采芙蓉，兰泽多芳草。

采之欲遗谁？所思在远道。

还顾望旧乡，长路漫浩浩。

同心而离居，忧伤以终老。

一、"涉江"与"芙蓉"的隐喻

这是一首以思妇口吻吟咏的作品。"涉江采芙蓉"之"芙蓉",荷花的别名。《楚辞·离骚》:"制芰荷以为衣兮,集芙蓉以为裳。"洪兴祖补注:"《本草》云:其叶名荷,其华未发为菡萏,已发为芙蓉。"芙蓉特别适宜于在水池、滨岸生长,开花时波光花影,相映相辉,分外妍美妖娆。芙蓉,谐音"夫容",是女子对男子的印象。此诗全是叙写"涉江采芙蓉"之事,故称此诗为思妇之词。

首二句中,"兰泽多芳草"是配合"涉江采芙蓉"而言,到什么地方去"采芙蓉"呢?"涉江"到"兰泽"之地,那江边、水泽之地,到处是兰花、芳草、芙蓉之类。"兰泽"之"兰"有二义。或指兰花,多年生常绿草本植物,叶细长而尖,根簇生,圆柱形,春初开花,呈淡黄绿色,亦有秋季开花者。品种甚多,常见的有建兰、墨兰、蕙兰等。花幽香清远,可供观赏。或指兰草,即泽兰,多年生草本植物。叶卵形,秋季开白花,全草有香气,可制芳香油,亦可入药。古来崇尚"兰",《易·系辞上》:"同心之言,其臭如兰。"《左传·宣公三年》:"以兰有国香,人服媚之如是。"

于是引出第三、四句:"采之欲遗谁?所思在远道",来到此地采摘鲜花、芳草,是要赠送给思念的人儿,他身在远方啊!张玉谷《古诗赏析》说:"先就采花欲遗,点出己之所思在远。"身体活动的"采芙蓉",是在表达对"所思在远道"的思念。

第五、六句,思妇想到,此时此刻我在江边、水泽之地采花,要送给我思念的人儿，那么我思念的人儿他在做什么呢？思妇设想：他也许正"还顾望旧乡"，但"长路漫浩浩"，怎么回得来呢？张玉谷《古诗赏析》说，这是采用了"从对面曲揣彼意，言亦必望乡而叹长途"，即从丈夫着想，丈夫此时此刻是"还顾望旧乡"，但"长路漫浩浩"，他回不来啊！如此"从对面曲揣彼意"，给予思妇莫大的安慰，她感觉到，自己正在被对方思念，自己正存在于对方的意识之中。黑格尔在《美学》（第2卷）中说，在爱情里最高的原则是主体把自己抛舍给另一个性别不同的个体，把自己的独立意识和个别孤立的自为存在放弃掉，感到自己只有在对方的意识里才能获得对自己的认识。对爱情的真正感觉，并非仅意味着自己是如何地爱着对方，更重要的是还意味着自己要意识到对方在深深地爱着自己，并且从对方深深爱着自己这一事实意识到自己的爱又是多么的强烈。我们的女主人公不正是这样吗！

末二句"同心而离居，忧伤以终老"，但设想只是设想，真正的现实是：从上述"还顾望旧乡"，可知彼此是"同心"。尽管"心"是相通的，但是"身"不在一起，如此现实怎能让人不"忧伤"？"忧伤"啊"忧伤"，什么时候才能终结？丈夫不回来，什么时候都是"忧伤"，一直到"终老"。

诗的首句是"涉江采芙蓉"，"涉江"是屈原作品《涉江》的篇名，他的这首诗是其晚年放逐江南时所作，王逸《楚辞章句》曰："此章言己佩服殊异，抗志高远，国无人知之者，徘徊江之上，叹小人在位，而君子遇害也。"《涉江》是屈原离开故国所作，"同心而离居，忧伤以终老"，一辈子不能返回故乡啊！朱自清说，《涉江》是《楚辞》的篇名，屈原所作的《九章》之一。本诗是借用（涉江）这个成辞，一面也多少暗示着诗中主人的流离转徙——《涉江》篇所叙的正是屈原流离转徙的情形。（《古诗十九首释》）诗中的主人公流离转徙，"长路漫浩浩"，回不来啊！

二、《诗经》《楚辞》中折花相送的传统

采摘芳草、鲜花赠人，以表达爱慕、思念之情，《诗经》作品已经开创这个传统，《诗·郑风·溱洧》曰：

> 溱与洧，方涣涣兮。士与女，方秉蕑兮。女曰"观乎？"士曰"既且。""且往观乎？洧之外，洵訏且乐。"维士与女，伊其相谑，赠之以勺药。

诗作用现代话来说是这样：

> 溱水长，洧水长，溱水洧水哗哗淌。小伙子，大姑娘，人人手里兰花香。妹说："去瞧热闹怎么样？"哥说："已经去一趟。""再去一趟也不妨。洧水边上，地方宽敞人儿喜洋洋。"女伴男来男伴女，你说我笑心花放，送你一把勺药最芬芳。
>
> （周满江《诗经》译文）

本来两人相见已是手握兰花（毛传："蕳，兰也。"），见面游玩之时还要再送花（毛传："勺药，亦香草也。"郑玄笺："赠女以勺药，结恩情也。"）。花成为两人爱情的媒介，采花相送成为表达爱情的程序。

《楚辞》中更多折花送花的例子。《离骚》："溘吾游此春宫兮，折琼枝以继佩。及荣华之未落兮，相下女之可诒。"屈原来到青帝的春宫，折下琼玉之枝插到环佩上；趁着花儿盛开尚未凋零，要到下方寻找美女以馈赠鲜花。故有人说：此诗则"思友怀乡，寄情兰芷，《离骚》千言，括之略尽"（李因笃《汉诗音注》）。《九歌·湘君》："采芳洲兮杜若，将以遗兮下女。"采摘芳草之洲的杜若，将要馈赠给心中的女神。《九歌·湘夫人》："搴汀洲兮杜若，将以遗兮远者。"采摘芳香的杜若，馈赠给将要远行的男神。这里是男女神的对唱，馈赠的都是杜若。《九歌·大司命》："折疏麻兮瑶华，将以遗兮离居。""疏麻"为神麻，"瑶华"为玉色的花，赠花只为"离居"。《九歌·山鬼》："折芳馨兮遗所思。"折下鲜花送给思念的人儿。宋玉《登徒子好色赋》载：秦章华大夫在路上遇到美女，因称诗曰："遵大路兮揽子祛，赠以芳华辞甚妙。""芳华"，即芳草之花，此谓折芳草之花以赠之，恐对方不接受，故先以甜言妙辞进之。接受了"芳华"的女子，"俯仰异观，含喜微笑，窃视流眄"，与赠花之前的仪态大不一样。

汉代《古诗》还有与《涉江采芙蓉》内容相同的作品：

新树兰蕙葩，杂用杜衡草。

终朝采其华，日暮不盈抱。

采之欲遗谁？所思在远道。

馨香易销歇，繁华会枯槁。

怅望何所言，临风送怀抱。

诗作先说"新树兰蕙葩，杂用杜衡草"，这是说为爱人种下千朵万朵鲜花、芳草。"终朝采其华，日暮不盈抱"以下写采花、折花，就是为了馈赠远方的人儿，他（她）是思念之所在。诗作的特别之处，还在于"馨香易销歇，繁华会枯槁"，称采花馈送还当及时，否则花香易销、繁华会枯。末二句称，采花馈送终不曾实现，只有"怅望"并"临风送怀抱"而已。

到南北朝时，仍有折花馈赠远方的诗作，南朝乐府诗《西洲曲》首曰"忆梅下西洲，折梅寄江北"，女子见到正在盛开的梅花，回忆起和情人在梅下相会的情景，因而要到西洲去折一枝梅花，寄给在江北的情人。又，陆凯《赠范晔诗》：

折花逢驿使，寄与陇头人。

江南无所有，聊赠一枝春。

《荆州记》云："陆凯与范晔交善，自江南寄梅花一枝，诣长安与晔，兼赠诗。"唐汝谔《古诗解》则云："晔为江南人，陆凯代北人，当是范寄陆耳。"唐朝时，李白《秋山寄卫尉张卿及王征君》诗曰："何以折相赠？白花青桂枝。"也是以折花相赠表达相思之意。

前述"折麻"与折花同义，故后世又有以"折麻"喻离别思念之情，如南朝宋谢灵运《从斤竹涧越岭溪行》诗："握兰勤徒结，折麻心莫展。"把"握兰"与"折麻"并列而言。唐钱起《游辋川至南山寄谷口王十六》诗："折麻定延伫，乘月期招寻。"也是表达离别思念之情。

三、同心与同心结

诗末"同心而离居，忧伤以终老"二句，诗中"同心"一词，意味深长，对"同心"的吟咏，是一个很有意思的话题。

"同心"，一解作"齐心协力"，《易·系辞上》："二人同心，其利断金。"说齐心协力就可以发挥更大的力量，克服一切困难，这是大家最为熟悉的。二解作"共同的心愿"，即心思相同，在此解作"情投意合"，即志同道合，所谓"同心而离居，忧伤以终老"。此前有《诗·邶风·谷风》："黾勉同心，不宜有怒。""同心"，是说夫妇情感的融洽。又有《楚辞·九歌·湘君》："心不同兮媒劳，恩不甚兮轻绝。"后引申为知己，如唐王维《送别》诗："置酒临长道，同心与我违。"

"同心"，又有物质载体，即同心结。南朝梁武帝《有所思》

诗："腰中双绮带，梦为同心结。"唐刘禹锡《杨柳枝》词："如今绾作同心结，将赠行人知不知？"或简称为"同心"，唐长孙佐辅《答边信》诗："挥刀就烛裁红绮，结作同心答千里。"宋郑文妻孙氏《忆秦娥》词："闲将柳带，试结同心。"

　　同心结的编织很有意思，用锦带编成的连环回文样式的结子，用以象征坚贞的爱情。这是把"回文"显示物质化了。"回文"，指一首诗从末尾一字倒读至开头一字，另成一首诗，唐代吴兢《乐府古题要解》称："回文诗，回复读之，皆歌而成文也。"回文诗以十六国时前秦窦滔妻苏惠所作最为著称，她织锦为回文，五彩相宜，莹心辉目。纵广八寸，题诗二百余首，计八百余言。纵横反复，皆为文章。同心结把爱情的象征及表达方式——"同心"与"回文诗"——组合在一起，制作成一种新的表达爱情的物品，至今流行。

　　汉末的现实，确实有士子出游而"室人抱东山之哀"的情况，"东山"代指远征或远行之地。《诗经》的《豳风·东山》，首几句为："我徂东山，慆慆不归。我来自东，零雨其蒙。我东曰归，我心西悲。"长期东征在外的士卒听到将要归家的消息时，内心悲喜交加。"室人"即家里人，为思妇，《古诗十九首》中思妇的吟咏，是士子拟思妇而言或代思妇立言，吟咏她们对士子的"同心"，为何士子要以对象化的方式来吟咏"同心"呢？这是说在"妻以夫纲"的男性占主导地位的社会，男性直述面向妻子的"同心"愿望有碍其自尊之嫌；这也是丈夫对妻子的要求，是男性对女性的要求；

同样，士子对妻子有"同心"的要求，对朋友也有"同心"的要求。此类叙写，就是表达了汉末"交游"流弊中士子对真挚爱情、真挚友情的渴望，但这种渴望并不见得就能实现，它只是在相思中想象地实现，只是一种可望不可即的实现；即便是"同心"，也是"同心而离居"，是不可能在一起的。

四、陆机拟作对《诗经》的模仿

陆机《拟涉江采芙蓉》：

> 上山采琼蕊，穹谷饶芳兰。
> 采采不盈掬，悠悠怀所欢。
> 故乡一何旷，山川阻且难。
> 沉思钟万里，踯躅独吟叹。

《涉江采芙蓉》的采摘"芙蓉""芳草"，突出的是结果，即是所谓"欲遗""所思在远道"；而陆机拟作的"上山采琼蕊"，突出的是过程，因为"悠悠怀所欢"的思念而"采采不盈掬"，因为思念而采花不成。这里用的是《诗·小雅·采绿》的用意，其首二节：

> 终朝采绿，不盈一匊。予发曲局，薄言归沐。
> 终朝采蓝，不盈一襜。五日为期，六日不詹。

意思是说：采绿采了一早上，不满一手捧。我的头发乱蓬蓬，赶快回家去梳妆。采蓝采了一早上，不满一裙兜。约好五天就归家，丈夫六天不见影。说的是没心思"采绿""采蓝"。这也是《诗·周南·卷耳》之意："采采卷耳，不盈顷筐。嗟我怀人，置彼周行。"因为"嗟我怀人"而"采采卷耳"不成。这样，陆机的拟诗就不是采花而相送"远道"之人了，只是思念"远道"之人而采花不成。陆机拟作的后四句对应原作的"还顾望旧乡，长路漫浩浩。同心而离居，忧伤以终老"，进一步落实因"故乡一何旷，山川阻且难"，采花不成、送花不成，自己只能"悠悠怀所欢"了。

晋代傅玄承袭而作，称："有女殊代生，涉江采菱花。"（《失题》）殊代之女当有殊代之容貌、情怀，她也在"涉江"而采花，只是把"采芙蓉"泛化了，泛化成"采菱花"了，可见"涉江采芙蓉"的影响之深，女子总要"涉江"而采花的。北朝作家李谐《述身赋》讲："树先春而动色，草迎岁而发花。"南朝梁朝作家丘迟《与陈伯之书》写道："暮春三月，江南草长，杂花生树，群莺乱飞。"花是家乡，花是春天，进而花是青春、花是甜蜜，花是爱情，花是思念！花啊花，给爱人采花、送花，多么浪漫的事，能试想古代夫子与才女接到花时的情形吗？

第四章

楼上盈盈
倡家女

青青河畔草

青青河畔草，郁郁园中柳。

盈盈楼上女，皎皎当窗牖。

娥娥红粉妆，纤纤出素手。

昔为倡家女，今为荡子妇。

荡子行不归，空床难独守。

一、思妇的特殊类型

此诗的叙写，景、人、情三个层次非常分明。

诗作先是写景。"青青河畔草，郁郁园中柳"，言草、言柳，是说春日之盛。李因笃《汉诗音注》曰："起二句意彻全篇，盖闺情惟春独难遣也。"方廷珪《文选集成》曰："以物之及时，兴女之及时。"是啊，春日万物兴盛，春日的情景必定要引发春日的意兴。那么，诗作大肆描摹春景，它是要说什么呢？从"青青河畔草"说，《楚辞·招隐士》有"王孙游兮不归，春草生兮萋萋"，汉乐府《相和歌辞·饮马长城窟行》有"青青河畔草，绵绵思远道"；"郁郁园中柳"之"柳"，汉时离别有折柳相赠的习俗，以"柳"谐音"留"，寓意留客，《三辅黄图》即载：灞桥在长安东，"汉人送客至此，折柳赠别"。那么，首二句叙写大好春光，已暗示出某种离情别绪。

其次便是写人。本来，首二句的草生河畔，柳茂园中，就是面向窗牖而立才能见到的景色，此时点出主人公："盈盈楼上女，皎皎当窗牖。"吴淇《六朝选诗定论》曰："譬之绘事，置月必于轻云之间，鸟必于疏枝之上，旁然曲缀，所以助其势也。此诗若竟从'盈盈'句突起，亦自成诗，如画美人于素帧之上，无复帏帐、几物以衬贴之，便尔淡寞，即美人之丰神，亦无由显见也。唯先将'河草''园柳'，一青一郁，写成异样热艳排场，然后夹出'楼上女'来，如唐人舞拓枝于莲花瓣中，拆出个美人于翠盘之上，乃为丽瞩耳。"真是解释得妙！称前二句与此二句的关系，就是铺垫与主人公出场的关系。再看这位女子的风貌：一是"娥娥红粉妆"，古书《方言》曰："秦晋之间，美貌谓之娥。""娥"字相叠，也可谓美貌相叠，再配以"红粉妆"，美何以加。二是"纤纤出素手"，以局部写全身，以女子之"手"的柔细，或可见其身材的曼妙，或绰约可想见其情性之温柔。"昔为倡家女，今为荡子妇"，此刻方点出此女子的身份。"倡家女"，歌伎也，人尽可观赏聆听其舞姿歌喉；"荡子妇"，某人之家室也，自当门户，女主人也。诗作至此，是要说：女性主人公将要抒发其自我独有的情感。

末二句是诗歌的抒情："荡子行不归，空床难独守。"有一种说法，即称"荡子"为"有人去乡土游于四方而不归者，世谓之为狂荡之人也"（《列子》），此处说简单点，"荡子"就是出行之文人士子。这两句字面上是说：丈夫离家出行，我独自一人，空床如何独守！但也可以说是女性主人公吐露心声的开场白，以下要说的话就是：好不容易找到了心上人，成了家，生活、生命有了归宿，却不料丈夫出行远游，如今的生活、生命又无着落。只是诗作在此戛然而止，"此时无声胜有声"啊！

"倡家女"是思妇的某一特殊类型。"倡家女"本来就最少享受到家庭的温暖，本游离于家庭结构之外，于是她最重视嫁人以组织家庭、享受家庭的温暖。不幸的是，当她嫁为人妇，却成为"荡子妇"，她嫁人后没过上几天家庭生活，"荡子行不归"，她仍游离于家庭结构之外。以"倡家女"作为思妇，其特殊用意就在于，利用反差叙说"荡子行不归，空床难独守"的悲剧与痛苦。

二、叠字的魅力

本诗的语言运用，令人印象最为深刻的是六组叠字的使用。顾炎武指出如此叠字使用的传统与出处，其《日知录》卷二十一"诗用叠字"条："诗用叠字最难。《卫风》'河水洋洋，北流活活，施罛濊濊，鳣鲔发发。葭菼揭揭，庶姜孽孽'，连用六叠字，可谓复而不厌，赜而不乱矣。古诗'青青河畔草，郁郁园中柳。盈盈楼上女，皎皎当窗牖。娥娥红粉妆，纤纤出素手'，连用六叠字，亦极自然，下此即无人可继。"

《诗经》的那首"诗用叠字"，为《卫风·硕人》，全诗赞美卫国女子庄姜之美，第一节首二句说"硕人其颀，衣锦褧衣"，写仪态大方与穿着华丽；第二节全力叙写女子的美貌："手如柔荑，肤如凝脂，领如蝤蛴，齿如瓠犀，螓首蛾眉，巧笑倩兮，美目盼兮。"此连用六个比喻，用六件事物叙写女子的手、肤、领、齿、眉、目，但从感觉上讲，还是唯一没有用比喻的那句"巧笑倩兮"最美，或者说是六个比喻把人物神情的"巧笑倩兮"衬托出来了。第四节即"河水洋洋，北流活活。施罛濊濊，鳣鲔发发。葭菼揭揭，庶姜孽孽，庶士有朅。""洋洋、活活、濊濊、发发、揭揭、孽孽"六组叠字，以河水浩荡无际、哗哗流向北方、下网声儿刷刷、鳣鱼鲔鱼欢跳、芦荻青翠茂密、随从少女艳丽，来烘托气氛。于是，全诗实现了"比喻"与"叠字"交相辉映。比较起来，《诗经》的叠字多用于景物，而《青青河畔草》的"诗用叠字"，用于人物，又全为白描手法，以素淡透露出浓情，这也就是整个《古诗十九首》的艺术风格。

《日知录》卷二十一，又举例辞赋之"用叠字最难"曰："屈原《九章·悲回风》'纷容容之无经兮，罔芒芒之无纪。轧洋洋之无从兮，驰逶移之焉止。漂翻翻其上下兮，翼遥遥其左右。泛潏潏其前后兮，伴张弛之信期'，连用六叠字。宋玉《九辩》'乘精气之抟抟兮，骛诸神之湛湛，骖白霓之习习兮，历群灵之丰丰。左朱雀之茇茇兮，右苍龙之躣躣。属雷师之阗阗兮，通飞廉之衙衙。前轻辌之锵锵兮，后辎乘之从从。载云旗之委蛇兮，扈屯骑之容容'，连用十一叠字。后人辞赋，亦罕及之者。"可谓叠字是优秀作家习用的写作手法，后代盛称李清照《声声慢》词叠字运用之妙，其曰："寻寻觅觅，冷冷清清，凄凄惨惨戚戚。乍暖还寒时候，最难将息。"莫不是叠字的运用，令本来的行为、情感的程度翻了一番或者数番，人们盛赞的是如此的效果。

三、有关"倡家女"的论争

王国维《人间词话》说："昔为倡家女，今为荡子妇。荡子行不归，空床难独守"可谓"淫词之尤"，这种说法是建立在"空床难独守"的情感抒发上，认为这样说，自然就不是"贞妇"。但王国维又说，之所以历代无视其为"淫词"者，"以其真也，五代、北宋之大词人亦然，非无淫词，然读之者但觉其沉挚动人"，这是盛赞其情感抒发之"真"，于是有着"沉挚动人"的艺术效果。

今人彭玉平觉得以"淫词之尤"来评价这首诗，"很可能是有问题的"，他说，"倡家女"即歌舞妓，"荡子"即游子，倡家女与荡子妇这两重身份都使得这位思妇在今昔的对照中感觉生活的空虚和无聊，独守空床之"难"便从这种对比中显现出来。但这是否就说明此思妇不是贞妇呢？（彭玉平《人间词话疏证》）他又称朱自清"便不赞同这种说法，他也认为此诗的'作意只是怨'，不过是把怨写得'刻露'了"。

朱自清这样说："有人以为诗中少妇'当窗''出手'，未免妖冶，未免卖弄，不是贞妇的行径。《诗经·伯兮》篇道：'自伯之东，首如飞蓬；岂无膏沐，谁适为容。'贞妇所行如此。还有说'空床难独守'，也不免于野，不免于淫。总而言之，不免放滥无耻，失性情之正，有乖于温柔敦厚、怨而不怒的诗教。""那样说的人只是凭了'昔为倡家女'一层，将后来关于'娼妓'的种种联想附会上去，想着那荡子妇必有种种坏念头、坏打算在心里。那荡子妇会不会有那些坏想头，我们不得而知，但就诗论诗，却只说到'难独守'就戛然而止，还只是怨，怨而不至于怒。这并不违背温柔敦厚的诗教。至于将不相干的成见读进诗里去，那是最足以妨碍了解的。"（《古诗十九首释》）人们都觉得，朱自清的解读是值得重视的。

四、拟作与翻唱

曹植《七哀诗》，诗中四句"借问叹者谁？云是宕子妻。君行逾十年，孤妾常独栖"，即出自这篇《青青河畔草》的"昔为倡家女，今为荡子妇。荡子行不归，空床难独守"，但是曹植《七哀诗》比较含蓄，只是述说现状的"孤妾常独栖"，而不是述说愿望的"空床难独守"。

陆机《拟青青河畔草》曰：

> 靡靡江离草，熠耀生河侧。
> 皎皎彼姝女，阿那当轩织。
> 粲粲妖容姿，灼灼美颜色。
> 良人游不归，偏栖独只翼。
> 空房来悲风，中夜起叹息。

拟作是五组叠字，原作是六组叠字。拟作首二句以景物抒情，次二句，"皎皎"直述"彼姝女"之美，"当轩织"叙写其当前的行为动作，"阿那"，柔美舒徐之貌，既是"当轩织"的劳动之美，又是人物自身之美。"阿那"带出对女性容貌的赞美，以叠字"粲粲""灼灼"强化其"妖容姿""美颜色"。以下抒情，以"偏栖独只翼"来比拟"良人游不归"情况下自己的处境。末二句"空房来悲风，中夜起叹息"，直抒其情，比起原作只是叙述"空床难独守"，此拟作更有深入的叙写，中夜时分，"空房"之外有"悲风"吹来，"空房"之内有"姝女""叹息"。总之，拟作与原作抒情结构基本对应，写景、比喻的意义指向也是对应的，其物景虽然不同却是相似的，表达着共同的情感。

《玉台新咏》卷三录南朝刘铄《代青青河畔草》：

> 凄凄含露台，肃肃迎风馆。
> 思女御棍轩，哀心彻云汉。
> 端抚悲弦泣，独对明灯叹。
> 良人久徭役，耿介终昏旦。
> 楚楚秋水歌，依依采菱弹。

作品是四组叠字，比陆机《拟青青河畔草》更少了。"凄凄""肃肃"渲染出景色有点凄寒，故女性是"哀心彻云汉"，是"端抚悲弦泣"，比起陆机的"中夜起叹息"，情感更加强烈。末二句以歌、曲强化抒情，即《毛诗序》所谓"诗者，志之所之也。在心为志，发言为诗。情动于中，而形于言。言之不足，故嗟叹之，嗟叹之不足，故永歌之"，诗之"言之不足""嗟叹之不足"，故"永歌之"。

南朝宋时大诗人鲍照之妹鲍令晖，有《拟青青河畔草》，载《玉台新咏》卷四，其曰：

> 袅袅临窗竹，蔼蔼垂门桐。
>
> 灼灼青轩女，泠泠高台中。
>
> 明志逸秋霜，玉颜艳春红。
>
> 人生谁不别，恨君早从戎。
>
> 鸣弦惭夜月，绀黛羞春风。

此处用了四组叠字，显示出能用叠字就用叠字，但也有才穷之时，比起原作来叠字用得少了。首二句的"袅袅""蔼蔼"描摹景物，后二句的"灼灼""泠泠"让人物出场。"明志逸秋霜，玉颜艳春红"，以"明志"与"玉颜"相映衬，称说女性的品质，也是向征夫诉说自己的坚贞之志、高洁之趣。"人生谁不别，恨君早从戎"点出离别是"从戎"，这是因为南朝宋时的拟古文学思潮，其习惯拟古的题材之一是边塞战争，故"从戎"替代了先前泛指的"荡子"。末二句，"鸣弦"抒情无人倾听，女子只有惭对"夜月"，"绀黛"秀色无人欣赏，女子无奈羞对"春风"。鲍令晖的拟作，借旧题而发新意，颇有创造性。

唐代诗人王昌龄有"诗家夫子王江宁"之称，以擅长七绝而名重一时，其七绝《春闺》是从《青青河畔草》变化出来的，诗曰：

> 闺中少妇不知愁，春日凝妆上翠楼。
>
> 忽见陌头杨柳色，悔教夫婿觅封侯。

这位少妇也是在春日里登楼，"凝妆上翠楼"可谓"皎皎当窗牖"

的。"忽见"句，大好春色下不能与丈夫在一起，于是"闺中少妇"有相思、有哀怨，这种相思、哀怨以"悔教夫婿觅封侯"表现出来，而前述《青青河畔草》"荡子妇"的相思、哀怨，是通过"空床难独守"抒发出来的。

孟浩然也有拟作，其《赋得盈盈楼上女》：

> 夫婿久别离，青楼空望归。
> 妆成卷帘坐，愁思懒缝衣。
> 燕子家家入，杨花处处飞。
> 空床难独守，谁为报金徽？

"赋得"，凡摘取古人成句为诗题，题首多冠以"赋得"二字。科举时代的试帖诗，因试题多取成句，故题前均有"赋得"二字。亦应用于应制之作及诗人集会分题。孟浩然以《青青河畔草》中的"盈盈楼上女"句为题赋诗，那就是专咏"盈盈楼上女"了。诗作首句"夫婿久别离"就点明抒情的背景，次句点明主题，诗作是吟咏"青楼空望归"之人的，"青楼"是古代女子居所的通称，因"夫婿久别离"，故她有"青楼"相望远方之举。以下接着叙来，她因"青楼空望归"而"愁思"，什么都懒得做，但此时此刻，外在世界正是"燕子家家入，杨花处处飞"的喧闹。末二句又进一步点明"愁思"的原因，在于"空床难独守"，在于孤独，这种情绪，寄托在琴弦之中，那又为谁来弹琴呢？

第五章

梦中见游子

凛凛岁云暮

凛凛岁云暮，蝼蛄夕鸣悲。

凉风率已厉，游子寒无衣。

锦衾遗洛浦，同袍与我违。

独宿累长夜，梦想见容辉。

良人惟古欢，枉驾惠前绥。

愿得常巧笑，携手同车归。

既来不须臾，又不处重闱。

亮无晨风翼，焉能凌风飞？

眄睐以适意，引领遥相睎。

徙倚怀感伤，垂涕沾双扉。

一、思念之极而反面着笔

这是一首思妇之辞，叙写思妇梦景。诗作前四句先从"游子"说起，讲岁暮景象：寒气凛凛已是岁之将冬，蟋蟀夜鸣的凄切更是令人深感悲凉，还有凉风迅疾猛烈地吹刮着，此时此刻，思妇并未操心自己的冷暖，而是想到"游子寒无衣"，思妇想到外出游子在这天寒地冻之时，会不会没有御寒的冬衣、会不会挨冻？五、六句，叙写思妇在担心"游子寒无衣"之时的另一种焦虑，思妇又想到：不是明明给他寄去寒衣了，又听说他把寒衣锦被留在了洛水之滨，"同袍与我违"，他是不是已经违背了夫妻恩爱而另有新欢？思之切、爱之深的时候，不免会从反面考虑问题、抒发情感，觉得丈夫已经与自己不同心同意了。诗作为什么如此反面着笔？只是想说，我是多么地关心、关切你啊！

第五句"锦衾遗洛浦"，混合了两个故事。一是相传伏羲氏之女宓妃游于洛浦，溺死洛水，成为洛水之神，男子常常在洛浦艳遇宓妃。二是郑交甫在汉江遇二女，皆丽服华装，腰佩两明珠，便下车以赠橘为名而求其佩。二女手解其佩以赠，交甫放在怀里，行数十步，空怀无佩，回头看二女，忽然不见。"锦衾遗洛浦"者，与女子交换礼物，表示男子有异心而另寻新欢。

第六句，"同袍"，此犹同衾，是夫妻间的互称。"同袍与我违"者，指丈夫已与我非同心同德了。但从前述"游子寒无衣"的担忧，可知这只是猜拟之辞而已。

以上诗作的第一部分，此中，"凉风率已厉，游子寒无衣"却"锦衾遗洛浦"，意谓寒来无衣却把锦被留在洛浦，以丈夫的行为动作表达出他的变心。由此叙写女性对丈夫的思念、担忧，又叙写思念、担忧之中，对丈夫的猜疑，以后者的反面着笔衬托前者，正反两面都写到，方才更深切地表达了情感。

二、魂牵梦萦思良人

这位思妇思念之极，不仅只是在担忧之中对丈夫有所猜疑，而且，思念之极、思念之深又进入梦境，所谓"独宿累长夜，梦想见容辉"。此诗"独宿累长夜"以下八句，就叙写思深而梦。"独宿"而"梦想见"点明以下所叙为梦境。她梦到了什么呢？俗话说日有所思、夜有所梦，但俗话又说，梦是反的，梦与现实生活是相反的。果然，现实生活中思妇猜疑丈夫"锦衾遗洛浦，同袍与我违"，梦中遇到的却是夫妻恩爱："良人惟古欢，枉驾惠前绥"，"良人"指丈夫；"惟"，只有；"古欢"即故欢、旧欢，旧有的恩爱；"枉驾"，委屈他亲自驾车前来；"惠"，赐予；"绥"，手拉上车的绳子。女子梦见丈夫驾车前来，像新婚时迎亲一样，前来接自己上车。《礼记·昏（婚）义》载："出御妇车，而婿授绥，御轮三周。"是说结婚时，丈夫驾着车去迎接妻子，把"绥"递过去，引新娘上车，并驾车转圈三周，向亲友嘉宾们展示，这是古代的风俗和礼节，也是这位女子所经历过的，故女子有这样的梦境，也是理所当然的。"愿得常巧笑，携手同车归"，这是梦境中丈夫的话，既是当年新婚时丈夫的誓言，又是梦境中丈夫的重申，可以说，女子是最需要这样一番话的、最爱听这样一番话的。张玉谷《古诗赏析》说："撰出一初嫁来归之梦，叙得情深义重，惝恍得神，中腰有此波澜，便增多少气色。"梦中这段事件，给予思妇多大的幸福感受啊！"良人惟古欢，枉驾惠前绥。愿得常巧笑，携手同车归"的身体活动，此刻则表达着"徙倚怀感伤，垂涕沾双扉"的感伤。

以梦见心上之人来表达自己的思念，在汉武帝的《李夫人赋》中就有描述。《汉书·外戚列传》载：李夫人去世，汉武帝刘彻思念不已，"方士齐人少翁言能致其神。乃夜张灯烛，设帷帐，陈酒肉，而令上居他帐，遥望见好女如李夫人之貌，还幄坐而步。又不得就视，上愈益相思悲感，为作诗曰：'是邪，非邪？立而望之，偏何姗姗其来迟！'令乐府诸音家弦歌之"。他没有真正见到李夫人，只是在幻觉中见到了李夫人。汉武帝为伤悼李夫人，又自己作了一篇赋，在赋中，汉武帝写到自己思极、思深而有梦："欢接狎以离别兮，宵寤梦之芒芒。""寤梦"，《周礼·春官·占梦》："一曰正梦，二曰噩梦，三曰思梦，四曰寤梦。""寤梦"谓醒时有所见而成之梦，与无所见而全凭想象者异。即半睡半醒、似梦非梦的状态，恍惚如有所见，与李夫人见面，此诗也是如此。"独宿累长夜，梦想见容辉"，晚上梦到了自己的丈夫，如此情形可谓半睡半醒、似梦非梦而又半真半假。

汉乐府也有女性口吻的思念之深方有梦的作品,《饮马长城窟行》(《玉台新咏》为蔡邕作)古辞曰:"青青河边草,绵绵思远道。远道不可思,宿昔梦见之。梦见在我傍,忽觉在他乡。他乡各异县,展转不可见。枯桑知天风,海水知天寒。"女子夜来有梦,梦到丈夫来到身旁,一会又到他乡。"枯桑"二句,就是以事物到了极致来说思之极、思之深则方有梦。

接下来两句却风云突变,所谓好梦不长:"既来不须臾,又不处重闱。"丈夫来了没有一会("不须臾"),又不进到自己的房间,梦境至此,情感抒发有所反转,似乎并不是那么恩爱。但如此写来自有妙处:一是十分符合梦境的现实,尤其适合于"瘖梦"的叙写,梦就是恍恍惚惚的,前述《饮马长城窟行》就有"梦见在我傍,忽觉在他乡"之语;二是表达出女子对爱情婚姻是否巩固还是有忧虑的;三是诗歌抒情,既有高潮,又有波折,事情有反复,本应如此。

自"亮无晨风翼"是诗的第三部分,叙写梦后的现实。"亮无晨风翼,焉能凌风飞"二句,"亮",同"谅",即确实;"晨风",鸟名,常在早晨鸣叫求偶,此处也可说是善鸣的"晨风"打断了美梦。清醒以后才知道,这只是一场梦而已,丈夫根本没有来过,而自己也确实没有像晨风鸟那样的双飞翼,不能像它一样迎风展翅而飞,飞到丈夫身旁。末四句,"眄睐",斜视,向旁边看;"引领",伸长脖子。这是说,四处张望寻求适意,最终还是伸颈望向远方,徙倚徘徊非常感伤,眼泪哗哗洒下。诗作还是两边写到,或是"适意",或是"感伤",在对立中追求情感的抒发。

三、《诗经》在汉代的影响

汉代时，《诗经》俨然登上了经典的殿堂，传《诗》者有四家。《汉书·艺文志》曰："汉兴，鲁申公为《诗》训诂，而齐辕固生，燕韩生皆为之传。"是为"三家诗"，属今文学派，其特点是"或取《春秋》，采杂说，咸非其本义"。在西汉时列于学官，颇为盛行。另一家为毛亨、毛苌所传的《诗》，称为"毛诗"，属古文学派，东汉时，列于学官。

战国时期如孟子、荀子的"著述引诗"对西汉人影响很大，如韩婴《韩诗外传》、董仲舒《春秋繁露》、刘安《淮南子》、刘向《列女传》《说苑》《新序》等书，都大量引诗，或讲伦理道德、或论政治，天文地理、风俗礼仪以及古今得失，无所不至。此引《韩诗外传》所论之一例：

> 哀公问孔子曰："有智寿乎?"孔子曰："然。人有三死而非命也者，自取之也。居处不理，饮食不节，劳过者，病共杀之。居下而好干上，嗜欲无厌，求索不止者，刑共杀之。少以敌众，弱以侮强，忿不量力者，兵共杀之。故有三死而非命者，自取之也。"《诗》云："人而无仪，不死何为!"

所引诗句在《鄘风·相鼠》，诗的本义是讽刺贵族统治阶级荒淫无耻的丑恶行径的，此用以说明"劳过者""求索不止者""忿不量力者"，"不死何为"，为礼教的说理。又如《春秋繁露·尧舜不擅移汤武不专杀》为例：

> 且天之生民，非为王也，而天立王以为民也。故其德足以
> 安乐民者，天予之；其恶足以贼害民者，天夺之。《诗》云：
> "殷士肤敏，裸将于京，侯服于周，天命靡常！"言天之无常
> 予，无常夺也。

所引诗句在《大雅·文王》篇，意思是说，殷朝的大夫都到周朝京
城参加祭礼，表示臣服于周，可见天命并不常保商王，周王有德，
天命就归于周了。这种以"德"感天，而得到天命的思想，汉朝统
治者也需要用它巩固自己的政权，董仲舒用诗句为根据，正说明
汉人天命思想的来源。《后汉书·刘陶传》载刘陶上奏议："臣尝诵
《诗》，至于鸿雁于野之劳，哀勤百堵之事，每喟尔长怀，中篇而
叹。近听征夫饥劳之声，甚于斯歌。"也是先引《诗》而论。

《诗经》对汉代文学的影响，从这首诗也可以看出来。此诗就
多用《诗经》的成语典故。如：

"锦衾遗洛浦"句，《诗经·唐风·葛生》："角枕粲兮，锦衾
烂兮。予美亡此，谁与独旦？""角枕""锦衾"都是夫妻共享之物，
故下文说"予美亡此，谁与独旦"。那么，"锦衾遗"者，就有夫妻
情感分离之意。

"同袍与我违"句，《诗经·秦风·无衣》："岂曰无衣？与子同
袍。王于兴师，修我戈矛，与子同仇。"袍，披风，此处以"同袍"
比拟夫妻之间的互称，可谓"同衾"；那么"同"就有夫妻之心相

同如一、相亲相爱的意思。而"与我违",则述"同袍"相反之意。

"愿得常巧笑"句,《诗·卫风·硕人》"巧笑倩兮","巧笑"是妇女一种美的姿态,这儿是对丈夫亲昵的表情。

"携手同车归"句,《诗·邶风·北风》:"北风其喈,雨雪其霏。惠而好我,携手同归。"又,《诗·郑风·有女同车》:"有女同车,颜如舜华。"这里运用成语,表现夫妇间亲切的爱情。

诗作运用《诗经》的成语典故,表现出作者对《诗经》的熟悉,也表现出文人的特色,算是显示一下自己的学识吧!

四、梦中相会通情意

以梦来表达夫妻情感、表达男女之情感,建安时期的阮瑀《止欲赋》曰:"还伏枕以求寐,庶通梦而交神。神惚恍而难遇,思交错以缤纷,遂终夜而靡见,东方旭以既晨。"这是说现实中不能相会,那就期望梦中相会,但也"神惚恍而难遇"。陈琳《神女赋》"想神女之来游",现实中不能实现,只好"仪营魄于仿佛,托嘉梦以通精",是梦中"通精"。晋人潘岳《寡妇赋》的"愿假梦以通灵兮",人已逝去,只有期望梦中相见。姜任修(自芸)《古诗十九首绎》述说此诗以"梦"抒发情感:

　　　　恶媒绝路阻,不得已而托梦通精诚也。天寒袖薄,独宿衾单。所思不见，惟有梦耳。然当古欢枉驾，以为惠绥同车，得以永偕欢笑；乃其倏来倏逝，背我分飞，安能假翼往来耶？相见虽博一欢，而目送翻滋涕泪，乃知梦里良缘人生亦不可多得。《惜诵》云："昔予梦登天兮，魂中道而无杭。"此诗所本也。

此说以梦助良缘（梦里良缘）亦是人生不可多得者，也会有许多遗憾，一是指与佳人在梦中，本是难得之事；二是指梦中相遇，结局就是"相见虽博一欢，而目送翻滋涕泪"，终究还是分离。此中又说此诗本于屈原，其《惜诵》的意思是说：从前我曾梦到过登天，魂到中途失掉了航路。姜任修称本诗的主旨亦在于此，虽然有梦中的相会，但实在是太短暂了，最终还是孤苦一人，这就是诗末的"感伤"。那么，"托梦通精诚也"之"通"，也是很有遗憾的。

以梦中相会来表达相慕与爱情，是有来源的。先秦楚人宋玉有《神女赋》，即述说楚王在梦中与神女相会：楚襄王与宋玉游于云梦之浦，其夜，王睡梦中与神女相遇，她的容貌模样十分俏丽。楚襄王十分惊异，第二天告诉了宋玉，并述说梦中情形："晡夕之后，精神恍忽，若有所喜，纷纷扰扰，未知何意。目色仿佛，乍若有记。见一妇人，状甚奇异，寐而梦之，寤不自识。罔兮不乐，怅然失志。于是抚心定气，复见所梦。"夜中醒来，回忆起与神女的梦中相会，于是"抚心定气"，又一次进入梦中与神女相会。他向宋玉介绍神女的"状何如也"："茂矣美矣，诸好备矣。盛矣丽矣，难测究矣。上古既无，世所未见，瑰姿玮态，不可胜赞。其始来也，耀乎若白日初出照屋梁；其少进也，皎若明月舒其光。须臾之间，美貌横生，晔兮如华，温乎如莹，五色并驰，不可殚形。详而视之，夺人目精。其盛饰也，则罗纨绮缋盛文章，极服妙采照万方。振绣衣，被袿裳，秾不短，纤不长，步裔裔兮曜殿堂。忽兮改容，婉若游龙乘云翔。嫣被服，倪薄装，沐兰泽，含若芳，性和适，宜侍旁。顺序卑，调心肠。"其描摹从三方面进行，一是形态，二是服饰，三是情性，不过前者是所见的，后者是从形态、服饰而揣拟的。但最终还是分离："意离未绝，神心怖覆。礼不遑讫，辞不及究。愿假须臾，神女称遽。徊肠伤气，颠倒失据。黯然而暝，忽不知处。情独私怀，谁者可语。惆怅垂涕，求之至曙。"翻译为白话：情意虽未断绝，神情动摇反覆。礼节未及讲求，语辞不及全述。真想再假片刻时光，神女连称时已仓猝。情绪回肠荡气，神情颠倒无凭。忽然眼前一片黯然，不知自己身处何地。情怀只有自己知晓，又可以去告诉谁呢？不觉惆怅眼泪滴垂，上下求索直到天明！总是以悲伤结束。

后世诗词亦多夫妻梦中相会的描摹，著名者如苏轼《江城子·乙卯正月二十日夜记梦》，最为感人，词曰：

> 十年生死两茫茫，不思量，自难忘。千里孤坟，无处话凄凉。纵使相逢应不识，尘满面，鬓如霜。
>
> 夜来幽梦忽还乡，小轩窗，正梳妆。相顾无言，惟有泪千

行。料得年年肠断处，明月夜，短松冈。

苏轼日夜思念的，是自己逝去的妻子，"夜来幽梦忽还乡"，今夜梦到还乡，回到共度甜蜜岁月的地方。重逢妻子，"小轩窗，正梳妆"，不正是婚后幸福时光的一刻吗？但此时此刻又是"相顾无言，惟有泪千行"，是梦中？是醒来？迷茫之中更显思念之深、思念之极。于是落笔到"料得年年肠断处，明月夜，短松冈"，哀痛之极。词作未叙写梦中夫妻之间的"通"，而加些自己的"痛"，这样更合乎他的真实心境吧！

隋代僧人释真观有《梦赋》（《广弘明集》卷三十九），其中曰："昨夜眠中，意识潜通。类庄生之睹蝴蝶，如孔子之见周公。虽梦想之虚伪，亦心事而冥同。"所谓"意识潜通"，所谓"梦想之虚伪"而"心事而冥同"，道尽梦的真谛，道尽此诗"梦想见容辉"的真谛。

五、比兴寄托之意

刘履《古诗十九首旨意》称此诗的比兴意味：

此忠臣见弃，而其爱君忧国之心不能自已，故托妇人思念其夫而作是诗。言岁暮虫鸣，以比世道渐衰，而小人得时也。凉风厉而游子无衣，以比阴邪既盛，而君无匡辅之者。且君虽

> 有贤者而不能用，亦犹锦衾遗于洛浦而不以御，如我夙昔与之同袍者，亦相违远，使之独宿。既久常于梦寐想见而不敢忘，其或精诚感通，君怀旧欢而枉顾我，顾携手以同归；然皆梦中所遇，不久与处，徒虚美耳。于斯时也，皆不能奋飞以相从，则惟瞻望自适，不免感伤发垂涕，此可见其爱之深、思之切，不自知若此也。

刘履称此诗虽然是"爱君忧国之心"的"爱之深、思之切"，但最终还是"不免感伤发垂涕"，还是悲伤结束的。诗作有如此"比兴"，虽然说来也是句句落实，看起来也可以，但似乎太过。倒是方廷珪《文选集成》中曰："此篇见人不可忘旧姻。推之弃妇思夫，逐臣思君，同此心胸眼泪。"以此诗可推衍开来，由"弃妇思夫"推衍到"逐臣思君"的"同此心胸眼泪"，则合情合理。士人游宦、任职，就有一个君臣关系，《易·序卦》："有父子，然后有君臣。有君臣，然后有上下。"孔子讲"君君、臣臣、父父、子子"，即是如此。诗作写的是夫妇相思、爱情相思，日有所思、夜有所梦，如果真要说这是逐臣思君，也未尝不可，以逐臣思君来分析、品赏诗作，也是可以的，还给我们分析、品赏诗作多出一条思路、多出一种可能。

第六章

仰观众星
书札来

孟冬寒气至

孟冬寒气至，北风何惨栗！

愁多知夜长，仰观众星列。

三五明月满，四五蟾兔缺。

客从远方来，遗我一书札。

上言长相思，下言久离别。

置书怀袖中，三岁字不灭。

一心抱区区，惧君不识察。

一、书札三年字不灭

此诗分为上下两个部分。

诗的首二句先说冬季来临，"孟冬"为初冬时期，天气已经是北风"寒气至"，宇宙间透露着凛人寒气。那么，到了深冬时候，天气寒凉更何以堪。就"诗缘情"看来，这里一方面是实写气候，另一方面则是以气候写心境、写心情。为什么会有如此心境、如此心情呢？与上首诗《凛凛岁云暮》写寐而"梦想"不同，这首诗写不寐。以"愁多知夜长"句，点出思妇在"北风何惨栗"的孟冬之夜，忧愁绵长，怎么也睡不着，愁如夜长，夜如愁长，二者相间，人怎么受得了？以"仰观众星列"的身体动作，表达自己"愁多"的情怀。睡不着，只好睁大眼睛望月亮，夜夜如此啊！明月照着思妇，思妇望着明月，夜夜看着月亮度过，初一到十五，从月缺到月圆；十五到初一，从月圆到月缺。张庚《古诗十九首解》曰："因见'众星列'而追数从前之月圆月缺，不知经历多少孤凄之夜矣。以见别离之久，起下'客从'云云；故'三五''四五'连叙，非真见月也。""蟾兔"，即蟾蜍、兔，月的代称，古籍中多称月中有兔和蟾蜍，如《楚辞·天问》即言月中有兔，《淮南子》"羿请不死之药于西王母，羿妻姮娥窃之奔月，托身于月，是为蟾蜍，而为月精"，《汉乐府·董逃行》"白兔长跪捣药虾蟆丸"。

自"客从远方来，遗我一书札"以下为诗的下部分，追述收到丈夫书札的情况。书札的开头"上言长相思"，书札的结尾"下言久离别"，从头到尾是满满的相思离别之意。思妇收到书札，更是加深了自己的思念，但也得到安慰，心中也为之踏实，远行的人儿啊，还是在挂念自己的，还有书信来。思妇无比珍爱丈夫的书札，"置书怀袖中"，时刻不离身。"置书怀袖中"之语出自《韩诗外传》，春秋时，赵简子书写简牍，使赵简子少子无恤诵之。三年后，赵简子问书所在，无恤出其书于衣袖，依赵简子之令又诵习一遍。"三岁字不灭"义有双关，非但是书札的"字不灭"，其寓意还在字字句句已铭刻在心。以"置书怀袖中"的动作，表达自己对爱情的珍惜。

"一心抱区区，惧君不识察"，此时此刻，思妇又"诵习"书札，一方面是从书札中得到安慰，另一方面则又焦虑：我对丈夫一心一意抱着拳拳之心，我是最怕你不能识察我的心思啊！张琦《古诗录》曰："一书之后，旷邈三岁，在远者或忘之，岂知区区之心，宝爱珍重如此？故曰'惧君不识察'。不言怨，深于怨矣。"吴淇《古诗十九首定论》说："'一心'二句，括尽一部《离骚》。"屈原《离骚》中曰："岂余身之殚殃兮，恐皇舆之败绩。忽奔走以先后兮，及前王之踵武。荃不察余之中情兮，反信谗而齌怒。"意即楚王完全体会不到自己的忠心耿耿。那么，思妇这里的意思，也就是表白自己对爱情的忠贞不移而"惧君不识察"，最怕游子体会不到啊！

诗作的抒情，把思念、忧愁、安慰、焦虑一一展开，有起伏，有波澜，细腻地表达了思妇的心理状态。诗作重身体活动的叙写，以"愁多知夜长，仰观众星列"的身体活动，引发回忆往年"客从远方来，遗我一书札"之事；以"置书怀袖中，三岁字不灭"，作为"一心抱区区"的情感之诚的证明，情感与具象相互引发与印证，强化了诗作的抒情。

二、鸿雁传书与鲤鱼传书

书札往来，相托于人最为可靠，故此处称"客从远方来，遗我一书札"，是"客"捎来的书札。但中国古时对书札往来的叙说，在现实的基础上更有浪漫的说法，以下略举数例。

一为鸟类的传书。首先是鸿雁传书，《汉书·李广苏建传》载：苏武出塞，被匈奴扣留，后昭帝即位数年，匈奴与汉朝和亲，汉朝向匈奴索要苏武等人，匈奴诡言苏武已死。汉朝使者复至匈奴，苏武的属下常惠请求其看守者与自己一起去见汉使，于是乘夜晚私下里去见汉使，述说了事情的整个经过。常惠并教使者可以这样对单于说："天子在上林苑中打猎，射得一只大雁，大雁足爪系有帛书，写着苏武等在某某荒泽中。"汉使大喜，按照常惠之语以质问单于。单于环顾其左右臣下而大惊，没办法，只好向汉使道歉说："苏武等人确实还活着。"这个故事被视为鸿雁传书最早的来源之一。

为什么传书要靠鸿雁？鸿雁有"信（信用）"，鸿雁极忠贞，如果伴侣死亡，宁可单飞也不再另觅佳偶；鸿雁作为候鸟，总是按时节迁往温暖的地方，随阳而动；鸿雁又有远飞的经验与经历。因此选用鸿雁传书最为可靠。

又有青鸟为信使的神话传说，称青鸟为西王母取食传信的神鸟。《山海经·西山经》："又西二百二十里，曰三危之山，三青鸟居之。"郭璞注："三青鸟主为西王母取食者，别自栖息于此山也。"旧题汉班固《汉武故事》："七月七日，上（汉武帝）于承华殿斋，正中，忽有一青鸟从西方来，集殿前。上问东方朔，朔曰：'此西王母欲来也。'有顷，王母至，有两青鸟如乌，侠侍王母旁。"（《艺文类聚》卷九一）后遂以"青鸟"为信使的代称。南朝陈国的伏知道《为王宽与妇义安主书》称"玉山青鸟，仙使难通"。唐李商隐《无题》诗："蓬山此去无多路，青鸟殷勤为探看。"

又有传书鸽，五代王仁裕《开元天宝遗事》一书中有"传书鸽"的记载："张九龄少年时，家养群鸽。每与亲知书信往来，只以书系鸽足上，依所教之处，飞往投之。九龄目为飞奴，时人无不爱讶。"

二为鲤鱼传书。古辞有"烹鱼得书"，或言鱼腹中有书，或言汉时书札以绢素结成双鲤，或言鱼沉潜之物，以喻隐秘等。蔡邕《饮马长城窟行》："客从远方来，遗我双鲤鱼。呼儿烹鲤鱼，中有尺素书。"所谓"双鲤鱼"，是指用两块刻成了鲤鱼的形状的木板，书札夹在两块木板里的，两块鲤鱼形木板合在一起，用绳子把木板捆绕起来。两块木板合起来拼成一条木刻鲤鱼，即诗中的"双鲤鱼"。后因以"鲤鱼"代称书信，唐元稹《贻蜀·张校书元夫》诗：

"劝君便是酬君爱，莫比寻常赠鲤鱼。"又借指传递书信者。唐孟浩然《送王大校书》诗："尺书能不吝，时望鲤鱼传。"唐元稹《苍溪县寄扬州兄弟》诗："凭仗鲤鱼将远信，雁回时节到扬州。"宋人赵蕃《独行·烹鱼得素书》诗："烹鱼得素书，欲读字半漫。上如说相思，下如祝加餐。"都是表达相似之义。

在我国古诗文中，鱼被看作传递书信的使者，并用"鱼素""鱼书""鲤鱼""双鲤"等作为书信的代称。唐代李商隐在《寄令狐郎中》一诗中写道："嵩云秦树久离居，双鲤迢迢一纸书。"古时候，人们常用绢帛书写书信，到了唐代，进一步流行用织成界道的绢帛来写信，或称常用一尺长的绢帛写信，故书信又被称为"尺素"（"素"指白色的生绢）。捎带书信时，人们常将尺素结成双鲤之形，所以就有了李商隐"双鲤迢迢一纸书"的说法。"双鲤"并非真正的两条鲤鱼，而只是结成双鲤之形的尺素。

三、征衣传书与流水传书

古代传书之物的故事不少。唐代时，又有把书札诗作夹在征衣之中，被守边将士得到的故事，所谓"征衣传书"。孟棨《本事诗》载：

　　开元中，颁赐边军纩衣，制于宫中。有兵士于短袍中得诗

　　曰："沙场征戍客，寒苦若为眠。战袍经手作，知落阿谁边？蓄意多添线，含情更著绵。今生已过也，重结后身缘。"兵士以诗白于帅，帅进之。玄宗命以诗遍示六宫曰："有作者勿隐，吾不罪汝。"有一宫人自言万死。玄宗深悯之，遂以嫁得诗人，仍谓之曰："我与汝结今身缘。"边人皆感泣。

　　宫女制寒袍，诗作附在其中，叙说对守边将士的爱慕之心，后得到诗作的兵士竟然娶得制此寒袍的宫女。

　　又有"流水传书"。古时有书札依借水流传送的故事。《隋书》卷五十三载：隋朝时，高智慧等作乱江南，大将军杨素率军征讨，隋朝名将史万岁以行军总管身份，"率众二千，自东阳别道而进，逾岭越海，攻陷溪洞不可胜数。前后七百余战，转斗千余里"。但因为是别道进军，与杨素不通音讯百余日，大家都以为史万岁部队全军覆没了。史万岁也想尽方法要与杨素联系，"以水陆阻绝，信使不通，乃置书竹筒中，浮之于水。汲者得之，以言于素。"他把书札置于竹筒之中，顺水流漂下，被汲水者得到，报告给杨素。杨素大喜，上报朝廷，记功行赏。

　　到唐代时，就是"红叶题诗"的"流水传书"故事。孟棨《本事诗》载：

　　　　顾况在洛，乘闲与三诗友游于苑中，坐流水上，得大梧叶，题诗上曰："一入深宫里，年年不见春。聊题一片叶，寄与有情人。"况明日于上游，亦题叶上，放于波中。诗曰："花

落深宫莺亦悲，上阳宫女断肠时。帝城不禁东流水，叶上题诗
欲寄谁?"后十余日，有人于苑中寻春，又于叶上得诗以示况。
诗曰:"一叶题诗出禁城，谁人酬和独含情? 自嗟不及波中叶，
荡漾乘春取次行。"

中唐诗人顾况在洛阳时，闲暇时与三位诗友在上阳宫宫廷苑囿内游
玩。看到流水从宫墙内漂来一片大梧桐树叶，上面写有一首诗。顾
况第二天走到流水的上游，也题了一首诗在叶上，让它顺着水流入
宫墙内。过了十多天，有人到苑中踏春，又在红叶上得到一首诗，
拿来给顾况看。此故事在唐人范摅《云溪友议》、五代孙光宪《北
梦琐言》、宋代王铚《补侍儿小名录》、刘斧《青琐高议·流红记》
等著述中，更有衍化。

　　历代关于"传书"还有许多著名的故事，如"柳毅传书"之
类。古代最重要的就是家书，唐诗多有对家书的吟咏，如杜甫有
"烽火连三月，家书抵万金"的叹息和"亲朋无一字，老病有孤舟"
的凄凉，还有杜牧那"凭君莫射南来雁，恐有家书寄远人"的对家
书的眷顾，以及岑参"马上相逢无纸笔，凭君传语报平安"向家人
报平安的急切。

四、汉时夫妇的来往书信

古代文学史上最早也最著名的夫妻往来书札，是汉时秦嘉、徐淑夫妇所作，秦嘉有《留郡赠妇诗三首》，徐淑有《答秦嘉诗》，这是分离之时所作。《玉台新咏》载，秦嘉，字士会，陇西人也。为郡上计掾，要进京汇报本郡的财政。临行前，其妻徐淑，因为生病回娘家了，秦嘉派车去接她，但因为病重不能来，就写书札托来车带回。秦嘉不能与妻子当面告别，就赠诗以别。诗的第一首曰：

> 人生譬朝露，居世多屯蹇。忧艰常早至，欢会常苦晚。
> 念当奉时役，去尔日遥远。遣车迎子还，空往复空返。
> 省书情凄怆，临食不能饭。独坐空房中，谁与相劝勉。
> 长夜不能眠，伏枕独辗转。忧来如循环，匪席不可卷。

诗的首四句谈人生，所谓人生短促、人生在世"多屯蹇"，以及"忧艰早至""欢会苦晚"。什么事情令诗人对人生如此悲观呢？"念当奉时役"以下四句叙事，原来是自己"奉时役"出门，妻子病重不能前来相送。"省书"以下八句，叙写读到妻子书札的情形，诗人读了送来的告别信，吃不下饭，睡不着觉，翻来覆去，全是"忧"环绕着自己。末句"匪席不可卷"，用《诗经·邶风·柏舟》"我心匪石，不可转也；我心匪席，不可卷也"之意，指自己的思念之"忧"是盘石，是"不可转也""不可卷也"。《柏舟》也是抒发"忧情"的，其首句即"泛彼柏舟，亦泛其流。耿耿不寐，如有隐忧"，表明自己"忧"的不可改易。

秦嘉《赠妇诗》的第二首，着重叙写"远别离"路途中情感：

> 皇灵无私亲，为善荷天禄。伤我与尔身，少小罹茕独。
>
> 既得结大义，欢乐苦不足。念当远离别，思念叙款曲。
>
> 河广无舟梁，道近隔丘陆。临路怀惆怅，中驾正踟蹰。
>
> 浮云起高山，悲风激深谷。良马不回鞍，轻车不转毂。
>
> 针药可屡进，愁思难为数。贞士笃终始，恩义可不属。

首八句写自己的婚姻，感叹"欢乐"的日子没有过够，就进入"念当远离别"的"思念"。"河广"以下八句诉说自己在路途中的艰辛、思念与"踟蹰"，末四句表达自己的"愁思"难以克制，而自己作为贞士，即结为恩爱夫妻当终始如一，永不变心。属，意为委弃。

徐淑《答秦嘉诗》，为骚体：

> 妾身兮不令，婴疾兮来归。沉滞兮家门，历时兮不差。
>
> 旷废兮侍觐，情敬兮有违。君今兮奉命，远适兮京师。
>
> 悠悠兮离别，无因兮叙怀。瞻望兮踊跃，伫立兮徘徊。
>
> 思君兮感结，梦想兮容辉。君发兮引迈，去我兮日乖。
>
> 恨无兮羽翼，高飞兮相追。长吟兮永叹，泪下兮沾衣。

叙写了事情的整个过程，对自己没能送别而"无因兮叙怀"，感到深深的遗憾，只能"瞻望兮踊跃，伫立兮徘徊"，只能"长吟兮永叹，泪下兮沾衣"。

由此可知，书札与赠答诗作，有时是合而为一的。

五、代言体的夫妇来往诗作

汉末建安时兴起为人作诗、代人作诗的风气，如潘文则《思亲诗》，即王粲为他代作。又有作诗代人立言，曹丕有《代刘勋出妻王氏诗》，曹植有《代刘勋出妻王氏见出为诗》，此二诗均以刘勋之妻王宋口吻叙出。曹丕又有《寡妇诗》，其序曰："友人阮元瑜早亡，伤其妻子孤寡，为作此诗。"因此，这诗该是"代阮元瑜妻作"，或"代寡妇诗"，全诗是以阮元瑜妻的口吻抒情的。徐干有《为挽舡士与新娶妻别诗》，全诗以挽舡士新娶妻的口吻出之。

西晋时，代他人夫妇作赠答来往诗作形成风气，如陆机有《为陆思远妇作》《为顾彦先赠妇二首》《为周夫人赠车骑》，其弟陆云也有《为顾彦先赠妇二首》等。此举陆机《为顾彦先赠妇二首》以示例。诗曰：

> 其一：辞家远行游，悠悠三千里。
> 　　　京洛多风尘，素衣化为缁。
> 　　　修身悼忧苦，感念同怀子。
> 　　　隆思乱心曲，沉欢滞不起。

欢沉难克兴，心乱谁为理。

愿假归鸿翼，翻飞浙江汜。

其二：东南有思妇，长叹充幽闼。

借问叹何为，佳人渺天末。

游宦久不归，山川修且阔。

形影参商乖，音息旷不达。

离合非有常，譬彼弦与筈。

愿保金石躯，慰妾长饥渴。

前一首是夫赠妇之辞，诗中说：辞别家人来到远方，离家已是遥遥三千里路。京都洛阳多有风尘，白衣一会就被染黑。失意修身心中悲苦，感念同样怀抱的您。纷繁思绪搅乱心曲，欢情沉滞不起。欢情沉滞再难兴起，心乱如麻有谁能理？愿借归飞鸿鹄双翼，翩翩回到浙江家乡。后一首是思妇答辞，诗中说：东南有位思妇，深闺之中长叹。若问为何叹息，丈夫远在天边。他乡为宦久久不归，山川阻隔悠长广阔。你我本如形影，如今是参商互不相见音讯不通。人生离合不可常，好比弦与箭接触短暂。只愿你保重身体健康，方可抚慰我如饥似渴的思念。

　　诗作题为"赠妇"，实则是夫妇赠答，相互之间的思念、关切，跃然诗中。现实生活中难以相见互诉衷肠，只有寄托于书信往来，诗人们又把这种情怀的互诉往来，以诗歌的形式表达出来，增多几分艺术趣味。但本质上，夫妇书信往来，就如南朝梁徐悱《赠内》

诗所云:"聊因一书札,以代九回肠。"书札赠答诗作就是抒发思念之情感。

孟棨《本事诗》记载了一个故事,叙说自"作寄内诗",又"代妻作诗答":

> 朱滔括兵,不择士族,悉令赴军,自阅于球场。有士子容止可观,进趋淹雅。滔自问之曰:"所业者何?"曰:"学为诗。"问:"有妻否?"曰:"有。"即令作寄内诗。援笔立成,词曰:"握笔题诗易,荷戈征戍难。惯从鸳被暖,怯向雁门寒。瘦尽宽衣带,啼多渍枕檀。试留青黛着,回日画眉看。"又令代妻作诗答,曰:"蓬鬓荆钗世所稀,布裙犹是嫁时衣。胡麻好种无人种,合是归时底不归?"滔遗以束帛,放归。

此士子以会作诗,且会"代妻作诗答"而被君主放回。

六、拟作

此诗陆机无拟作,刘休玄有《拟孟冬寒气至诗》,见《玉台杂咏》卷三,其曰:

> 白露秋风始,秋风明月初。
> 明月照高楼,白露皎玄除。

迨及凉风起，行见寒林疏。

客从远方至，赠我千里书。

先叙怀旧爱，末陈久离居。

一章意不尽，三复情有余。

愿遂平生眷，无使甘言虚。

诗的前六句对应原诗，既是写秋景，也有明月意象。后六句写主人公收到"千里书"的情况，其中先述以往相聚时相爱，临别后的相思，恐怕不能完全地表达情感，于是再三述说，情意满满。末二句表达心愿，期望书札中所述"怀旧爱"的"甘言"，都会在现实中实现，不要让它成为虚诞之言。诗作自有出新意之处。

第七章

礼物有深意

客从远方来

客从远方来，遗我一端绮。

相去万余里，故人心尚尔。

文采双鸳鸯，裁为合欢被。

著以长相思，缘以结不解。

以胶投漆中，谁能别离此。

一、礼物所含深意

"客从远方来，遗我一端绮"，一端，即半匹。古时二丈为一端，二端为一匹。首四句，有客从远方而来，送来半匹绫罗锦缎。啊！原来是我的丈夫托付远客送来的，他远在万里之外，还有这样的心境与举动，还在思念着我，给我送来礼物！收到礼物，想到远方的丈夫还是初心不变，思妇我心中是万分的温暖。

次四句，那两丈绫罗锦缎，上面绣着成双的鸳鸯，我要把它制成合欢之被。"鸳鸯"，比喻夫妻。汉司马相如《琴歌》之一："室迩人遐独我肠，何缘交颈为鸳鸯。""合欢"，具双关义。一为植物名，又名马缨花，落叶乔木，羽状复叶，小叶对生，夜间成对相合，故俗称"夜合花"。夏季开花，头状花序，合瓣花冠，雄蕊多条，淡红色。古人用以赠人，谓能去嫌合好。三国魏嵇康《养生论》就说："合欢蠲忿，萱草忘忧。"晋崔豹《古今注·草木》说："合欢，树似梧桐，枝叶繁互相交结，每风来，辄身相解，了不相牵缀，树之阶庭，使人不忿，嵇康种之舍前。"又，"合欢"的字面意思即联欢、和合欢乐。此处所谓"合欢被"，指织有对称图案花纹的联幅被，象征男女欢爱。合欢之被"著以长相思"，"著"是以棉絮填充，"长相思"是丝绵絮，思、丝谐音双关。"缘以结不解"，沿着被子的四边缝缀，使之结而不解。打结的方法有两种，可解的结叫纽，不可解的结叫缔，制被缘边，用的是后一种打结法，更为牢固，难解难分。缘，既是缝缀被子的四边，又是姻缘，同音谐义。《侯鲭录》曰:"《文选·古诗》云:'著以长相思,缘以结不解',注:'被中著绵谓之长相思,绵绵之意,缘被四边,缀以丝缕,结而不解之意',余得一古被四边有缘。"此即今之被套,用时直接把里被套进去,不用时直接把里被抽出来即可,不用拆缝。而这被套比喻姻缘牢固,永不相解。

末二句"以胶投漆中,谁能别离此"是比喻,用以普遍性地比喻事物的牢固结合。《韩非子·安危》:"尧无胶、漆之约于当世而道行。"比喻尧与世人没有胶、漆般牢固的契约关系,但是其"道"却像与世人有着胶、漆般的牢固关系,能在当世顺利实施。《韩诗外传》卷四:"夫习之于人微而著,深而固,是畅于筋骨,贞于胶、漆。"这是说习俗与人是紧密相连、不可分割的。"胶""漆"二者都有粘性,两者相合,无法分开。这两丈绫罗锦缎,丈夫购置,思妇缝制,色彩图案、内容形式,都浑然一体,以比拟夫妻一体的关系。

"文彩双鸳鸯,裁为合欢被,著以长相思,缘以结不解",一件礼物引出这么多的话来,张玉谷《古诗赏析》说,"因绮文想到裁被,并将如何装绵,如何缘边之处,细细摹拟。嵌入'合欢''长相思''结不解'等字面,著色敷腴",以身体活动直接抒情,述说"以胶投漆中,谁能别离此"的永不相离之情。

二、爱情婚姻相赠礼物

呈送礼物，是古代某些礼仪场合所必须的。如纳采，古婚礼六礼之一。男方向女方送求婚礼物。《仪礼·士昏（婚）礼》："昏（婚）礼：下达纳采，用雁。"为什么要叫"纳"？贾公彦疏："纳采，言纳者，以其始相采择，恐女家不许，故言纳。"行"纳采"礼，用大雁作为贽（礼物），据说是因为雁系随阳之鸟，取其顺阴阳往来，即大雁叶落时南翔，冰融时北徂，而丈夫为阳、妻子为阴，用大雁来作礼物，亦取妇人从丈夫之义，因此婚姻送礼用大雁。秦汉以后，除大雁外，贽礼也有用羔羊、合欢、嘉禾、胶漆等物的，都用以象征夫妇牢固和睦之义。

古代有女子向男子抛掷水果，以表示爱慕之情的风俗，如《诗经·召南·摽有梅》：

> 摽有梅，其实七兮。
>
> 求我庶士，迨其吉兮。
>
> 摽有梅，其实三兮。
>
> 求我庶士，迨其今兮。
>
> 摽有梅，顷筐塈之。
>
> 求我庶士，迨其谓之。

这首诗作的核心是"求我庶士"，是女求士之诗，即追求如意郎君之诗。"摽"意即抛掷，"顷筐塈之"，全筐都取走。闻一多先生

《诗经新义》曰："则摽梅亦女以梅摽男，而以梅相摽，亦正所以求之之法耳。意者，古俗于夏季果熟之时，会人民于林中，士女分曹而聚，女各以果实投其所悦之士，中焉者或以佩玉相报，即相约为夫妇焉。"

《诗经》中还有一首男女因爱慕而相赠礼物的作品，《卫风·木瓜》曰：

> 投我以木瓜，报之以琼琚。
> 匪报也，永以为好也！
> 投我以木桃，报之以琼瑶。
> 匪报也，永以为好也！
> 投我以木李，报之以琼玖。
> 匪报也，永以为好也！

这是一首描写青年男女互赠礼物以示爱慕之情的恋歌。反复描写男子在接到女子抛来的表示爱慕之情的"木瓜""木桃""木李"等水果后，用"琼琚""琼瑶""琼玖"之类的佩玉回赠对方，并申明这种回赠并非出于报答的礼尚往来，而是用它们表达深厚的情感，礼物越贵重就是情意越深厚，表明将永结同心。晋人陆机《为陆思远妇作诗》云："敢忘桃李陋，侧想瑶与琼"，这是女子口吻，说我大胆地忘记了自身桃李卑陋，而想得到珍贵的佩玉。南朝宋人何承天《木瓜赋》："愿佳人之予投，想同归以托好，顾《卫风》之攸珍，虽琼瑶而匪报。"闻一多先生《诗经新义》说，这是最符合《诗经》

之作的主旨的。

至晋代时仍保留着这种向男子抛掷水果以表示爱慕之情的习俗，《晋书·潘岳传》载：潘岳美姿仪，"少时常挟弹出洛阳道，妇人遇之者，皆连手萦绕，投之以果，遂满车而归。时张载甚丑，每行，小儿以瓦石掷之，委顿而反"。有意思的是，记载中还有人物"甚丑"而被"以瓦石掷之"的对比。另一种说法是："潘岳妙有姿容，好神情。少时挟弹出洛阳道，妇人遇者，莫不连手共萦之。左太冲绝丑，亦复效岳游邀，于是群妪齐共乱唾之，委顿而返。"（《世说新语·容止》）这就是美与丑的差别啊！

三、致礼相聘

古时郑重场合所送的礼物，还多用"玄纁羔币"。玄纁，黑色和浅红色的布帛；币，泛指车马皮帛玉器等礼物。而之所以送礼要执羔羊，董仲舒《春秋繁露》曰："凡贽卿用羔，羔有角而不用，类仁者；执之不鸣，杀之不嚎，类死义者；羔饮其母必跪，类知礼者，故以为贽。"称羔羊类仁、类死义、类知礼。

古代朝廷也多有致礼相聘。汉时，帝王多用"玄纁羔币"作延聘贤士的礼品。《后汉书·周燮传》载：周燮，字彦祖，汝南安城人，生而面丑骇人，其母欲弃之，其父不听，曰："吾闻贤圣多有异貌。兴我宗者，乃此儿也。"于是养之。周燮幼年时就知廉让，十岁就学，能通《诗》《论》。及长，专精《礼》《易》。不读非圣之书，不修贺问之好。其先人有草庐结于冈畔，下有陂田，周燮住于此，勤劳以自给，非身所耕渔，则不食也。乡党宗族很少见到如此品德之人，于是举孝廉、贤良方正，朝廷特别征召他，他都以疾病推辞。延光二年（123），汉安帝以玄𫄧羔币聘周燮及南阳冯良，二郡各遣丞掾致礼。或稍简则用"玄𫄧"，如《后汉书·隐逸列传》载："桓帝乃备玄𫄧之礼，以安车聘之。"三国蜀诸葛亮《便宜十六策·举措》说："玄𫄧以聘幽隐。"

朝廷对待僧徒，也往往要敬礼致物。《高僧传》载：十六国时竺僧朗，京兆人，居泰山，"秦主苻坚钦其德素，遣使征请，朗同辞老疾，乃止，于是月月修书贶遗"。"及后，秦姚兴亦佳叹重，燕主慕容德钦朗名行，假号东齐王，给以二县租税，朗让王而取租税，为兴福业。晋孝武致书遗，魏主拓跋珪亦送书致物""至今犹呼金舆谷为朗公谷也"。帝王对僧徒是"送书致物"表达致敬，僧朗表示感谢并宣扬佛教，以书笺联络感情，共同崇尚佛教、弘扬佛教。

四、相思送礼

在中国古代，文学作品中所叙写的都是离别相思时的互赠礼物，这并不是说夫妻在一起时就不赠送礼物，而是要表达离别相思时的互赠礼物更为珍贵、更加意味深长。诗中叙说礼物互赠，以张衡《四愁诗》四首为著，其一曰：

> 我所思兮在太山。欲往从之梁父艰，侧身东望涕沾翰。美
> 人赠我金错刀，何以报之英琼瑶。路远莫致倚逍遥，何为怀忧
> 心烦劳。

赠者"金错刀"，报者"英琼瑶"，但这些礼物是象征性的，诗作要突出的是"路远莫致"，即互赠礼物这个事情未曾实现，于是感到深深的遗憾。另三首中互赠的礼物分别是："美人赠我金琅玕，何以报之双玉盘""美人赠我貂襜褕，何以报之明月珠""美人赠我锦绣段，何以报之青玉案"，且都是以"路远莫致"为结局，于是只能是"何为怀忧心烦劳"的抒情。

此后，西晋的傅玄有《拟四愁诗》，与张衡之作《四愁诗》格式相同，诗的首段曰：

> 我所思兮在瀛洲，愿为双鹄戏中流。
> 牵牛织女期在秋，山高水深路无由。
> 愍予不遘婴殷忧，佳人赠我明月珠。
> 何以报之比目鱼，海广无舟怅劳劬。
> 寄言飞龙天马驹，风起云披飞龙逝。
> 惊波滔天马不厉，何为多念心忧泄。

此处多出"海广无舟怅劳劬，寄言飞龙天马驹"二句，为了克服张衡诗中"路远莫致"的遗憾，"寄言"是说要托更为可靠、强劲的

传送者。以下互赠的礼物分别是："佳人赠我兰蕙草，何以报之同心鸟。火热水深忧盈抱，申以琬琰夜光宝""佳人赠我苏合香，何以报之翠鸳鸯。悬度弱水川无梁，申以锦衣文绣裳""佳人赠我羽葆缨，何以报之影与形。永增忧结繁华零，申以日月指明星"。值得注意的是，在张衡之作互赠礼物二句之后，傅玄之作又多出二句，"申以"句是说要送更能表达心意的礼物。

前述秦嘉为郡上计出差京城，其妻因病在娘家不能相送，其《留郡赠妇诗》说到的礼物，则既是实实在在的，又是颇具意义的：

> 肃肃仆夫征，锵锵扬和铃。
>
> 清晨当引迈，束带待鸡鸣。
>
> 顾看空室中，仿佛想姿形。
>
> 一别怀万恨，起坐为不宁。
>
> 何用叙我心？遗思致款诚。
>
> 宝钗好耀首，明镜可鉴形。
>
> 芳香去垢秽，素琴有清声。
>
> 诗人感木瓜，乃欲答瑶琼。
>
> 愧彼赠我厚，惭此往物轻。
>
> 虽知未足报，贵用叙我情。

首八句讲自己将要出发，但妻子因病回娘家未能来相送，于是"顾看空室中"而"起坐为不宁"。以下说"何用叙我心？遗思致款诚"，这是说要用送礼物来表达心意。送"宝钗""明镜""芳香""素琴"四样礼物，各有用意。又叙说送礼物报答"赠我厚"，于是"惭此往物轻"，只是"叙我情"而已。

五、拟作

南朝宋鲍令晖有拟作。鲍令晖是位女诗人，是"元嘉三大家"之一鲍照的妹妹。鲍照对宋孝武帝这样说："臣妹才自亚于左芬。"（《诗品》下卷）鲍照在这里是自谦，然而把鲍令晖与左芬相提并论，并为有似左芬一样才华的妹妹而自豪。钟嵘《诗品》评令晖诗："崭绝清巧，拟古尤胜。"就特别称赞其"拟古"之作。其《拟客从远方来》曰：

> 客从远方来，赠我漆鸣琴。
>
> 木有相思文，弦有别离音。
>
> 终身执此调，岁寒不改心。
>
> 愿作阳春曲，宫商长相寻。

表达深切地理解对方所送礼物的意味，且礼物的各个部分都有其意味，所送之琴，自身就带有"相思""别离"之义。诗作又表达，自我一定是会按照礼物的意味去做的，所谓"阳春曲"之"阳春"，比喻恩泽，此称时时要弹奏表达感恩的"阳春曲"。

第八章

月光皎皎 人徘徊

明月何皎皎

明月何皎皎，照我罗床帏。

忧愁不能寐，揽衣起徘徊。

客行虽云乐，不如早旋归。

出户独彷徨，愁思当告谁。

引领还入房，泪下沾裳衣。

一、"游子之歌"还是"思妇之辞"

明亮皎洁的月光，洒照在绫罗床帏上，我是怎么也睡不着，披衣起坐翻身下床徘徊。我那思念的人儿，虽说在外游荡也有很多快乐的事，但是不如早早回来吧！我迈步出门独自彷徨不定，内心思念的忧愁能跟谁说呢？伸颈远望一无所见，还是回到屋内，泪水哗哗而下沾满衣裳。明月之夜，月光普照，主人公因思念忧愁而不寐，因不寐而披衣徘徊，想起在外虽有快乐，但还是回家为好！不能排遣忧愁，于是更加彷徨久之，这些愁思又可告诉谁呢？于是只有回屋独自流泪罢了。

这是"游子之歌"还是"思妇之辞"？刘履《选诗补注》曰："旧注李周翰以此为妇人之诗，谓'其夫客行不归，忧愁而望思之也。'曾原以为'独醒之人，忤世无俦，抚时兴悲之作'。今详味其辞气，大概类妇人，当以前（李）说为是。"说它是"思妇之辞"，就是妇人思念外出之人而"忧愁不能寐，揽衣起徘徊"。说它是"游子之歌"，就是游子愤世嫉俗、孤独无俦。

张玉谷《古诗赏析》曰："此亦思妇之诗，首四即夜景引起空闺之愁，中二申己之望归也，却反从彼边揣度，客行虽乐，不如早归，便觉笔曲意圆。"而诗中"客行虽云乐，不如早旋归"是代游子而设想，不管怎么样，还是在家好啊！在家千般好，出门万事难啊！

亦有称此诗为游子之歌，刘光蕡《古诗十九首注》分析此诗的结构曰："月明夜静，对影寂寥。外无所扰，内念自惺。忧愁之感，忽从中来。不能成寐，揽衣徘徊。默计生平，与其纷营于外，驰世味之乐，不如反本归根，研性命之旨也。'出户彷徨'，苦无人与质证；'入房''泪下'，又觉悔悟之已迟，而光阴不我待也。末三句如后世之情诗，清澈幽微，沁人肺腑。"所谓"客行虽云乐，不如早旋归"为游子的"默计生平"，更觉"光阴不我待也"。

姜任修《古诗十九首绎》亦称此诗为游子之歌，"伤末路计无哭之也"，其称："此为遇主终无期。故以月兴曰，生憎明月，偏照愁眠，久客无裨，终竟何乐？悔不旋归矣！计之不早，归尚无期，不忍此心之长愁，而陈志无路也。能不悲哉！《九辩》云：'车既驾兮朅而归，不得见兮心伤悲。倚结軨兮长太息，涕潺湲兮下沾轼。'此诗情景似之。"姜任修分析出此诗抒情的波折，一则是不能归家而"生憎明月，偏照愁眠"，二则就是想"早旋归"，"出户"也无路可循，只有"引领还入房，泪下沾裳衣"而已。

诗作中"揽衣起徘徊""出户独彷徨"之类的身体动作，表达的是相思之苦，张玉谷《古诗赏析》说："末四，只就出户入房彷徨泪下，写出相思之苦，收得尽而不尽。"其实，"游子之歌"还是"思妇之辞"，两者都说得通，只看怎么来理解了。

二、游宦之乐何在

诗作的中心句之一是"客行虽云乐，不如早旋归"，方东树《昭昧詹言》即曰："以'客行'二句横著中间，为主句归宿。"汉乐府《艳歌行》也有"石见何累累，远行不如归"的相似说法，这应该是远客他乡的人们最真实的感受，尤其是在其孤独之时。陈祚明《采菽堂古诗选》曰："客行有何乐？故言乐者，言虽乐亦不如归，况不乐乎？"这是一种递进式的论证：一是客行有何"乐"，二是即便为"乐"但不如归，三是客行"不乐"时又是一种怎么样的感受？朱筠《古诗十九首说》曰："把客中苦乐，思想殆遍，把苦且不提，'虽云乐'，亦是'客'，'不如早旋归'之为乐也。"他说，诗作兜来兜去是要说"旋归"为"乐"，即"客行"为"不乐"。

方廷珪《文选集成》曰："为久客思归而作。凡商贾仕宦，俱可以类相求。"他把"客行虽云乐，不如早旋归"当作普遍现象、人类共有情感来论述，所以因商贾出行、因仕宦出行都是如此。以下我们检索一下汉魏叙说"客行""不乐"的诗句，来看看汉魏时人们有着怎样的"客行""不乐"的情感抒发。

汉乐府《战城南》："战城南，死郭北，野死不葬乌可食。为我谓乌：'且为客豪（嚎）。野死谅不葬。腐肉安能去子逃。'"这是"客"死战场而且"野死谅不葬"，多么悲哀。

李陵诗："连翩游客子，于冬服凉衣。去家千里余，一身常渴饥。"此述"游客子""去家"的寒、渴、饥。故《古诗》曰："离家千里客，戚戚多思复。"这些诗句与《古诗十九首》同调。

王粲《从军行》（其五）称："悠悠涉荒路，靡靡我心愁。四望无烟火，但见林与丘。城郭生榛棘，蹊径无所由。雚蒲竟广泽，葭苇夹长流。日夕凉风发，翩翩漂吾舟。寒蝉在树鸣，鹳鹄摩天游。客子多悲伤，泪下不可收。"如此当然"客行""不乐"。诗以下叙说来到曹操统治下的"谯郡界"："鸡鸣达四境，黍稷盈原畴。馆宅充廛里，士女满庄馗。自非贤圣国，谁能享斯休。诗人美乐土，虽客犹愿留。"此处称说"乐"与"不乐"，全看在什么样的地盘上，这里涉及世人对天下太平的渴望。阮瑀《苦雨诗》："苦雨滋玄冬，引日弥且长。丹墀自歼殪，深树犹沾裳。客行易感悴，我心摧已伤。登台望江沔，阳侯沛洋洋。""客行"而"苦雨"，于是"我心摧已伤"，以此强调"客行易感悴"。阮瑀《七哀诗》："临川多悲风，秋日苦清凉。客子易为戚，感此用哀伤。揽衣起踯躅，上观心与房。""心与房"即二十八宿中的心宿与房宿，游宦远行，客子戚戚，踯躅徘徊，观星遣怀，其情感抒发与《明月何皎皎》相似。陈琳《诗》："高会时不娱，羁客难为心。殷怀从中发，悲感激清音。"直述"羁客"之"悲感"。

曹丕《燕歌行》，以"秋风萧瑟天气凉，草木摇落露为霜，群燕辞归雁南翔。念君客游多思肠，慊慊思归恋故乡，何为淹留寄他方"三句写丈夫在外地也思恋家乡，那么为什么还要淹留他方不即刻回家呢？从对方着眼，既抒发"客行"之情，又写自己的哀怨。曹丕《杂诗》：

> 西北有浮云，亭亭如车盖。
>
> 惜哉时不遇，适与飘风会。
>
> 吹我东南行，行行至吴会。
>
> 吴会非我乡，安得久留滞。
>
> 弃置勿复陈，客子常畏人。

以"客子常畏人"叙写"客行"的窘境。

曹植《门有万里客》：

> 门有万里客，问君何乡人。
>
> 褰裳起从之，果得心所亲。
>
> 挽裳对我泣，太息前自陈。
>
> 本是朔方士，今为吴越民。
>
> 行行将复行，去去适西秦。

他乡遇到同乡，都是"客行"之人，都渴望"行行将复行，去去适西秦"，回到家乡。

后世更多述"客行"之悲，典型的如唐人温庭筠《商山早行》：

> 晨起动征铎，客行悲故乡。
>
> 鸡声茅店月，人迹板桥霜。
>
> 槲叶落山路，枳花明驿墙。
>
> 因思杜陵梦，凫雁满回塘。

"客行悲故乡"，一句说尽"客行虽云乐，不如早旋归"的全部意味。

三、"明月"意象

《明月何皎皎》一诗，首句"明月何皎皎"就触人心魄，吴淇《六朝选诗定论》说："无限徘徊，虽主忧愁，实是明月逼来。若无明月，只是捶床、捣枕而已，那得出户入房许多态。"吴淇称"明月"是诗作的核心意象，引发出人物的种种行动，所以他又称，假如没有"明月"意象，诗作会怎么样呢？那么人物情感抒发"只是捶床、捣枕而已"，于是诗作便没有了美感。

南朝宋人谢庄作《月赋》，其中以王粲的口吻称说月亮：

> 沉潜既义，高明既经。日以阳德，月以阴灵。擅扶光于东沼，嗣若英于西冥。引玄兔于帝台，集素娥于后庭。朒朓警阙，朏魄示冲。顺辰通烛，从星泽风。增华台室，扬采轩宫。委照而吴业昌，沦精而汉道融。

称天地开辟，沉潜者为地，高明者为天。日以阳为德，月以阴显灵。在东方汤谷（即旸谷）照亮了扶桑，又在西方之昧谷照亮了若英。月光引着玄兔来到帝王之台，又招来嫦娥集合于后妃之庭。上弦月和下弦月警告帝王的行为有所缺失，月初升和月将灭显示人君的行为谦冲和美。顺着时辰而普遍烛照，跟随星座而时雨时风。使三台星座增加华光，使轩辕星座更放异彩。月光下照而使吴业昌盛，月精下沉而使汉道融明。这是以神话化的月亮的自然属性，展示月亮的政治属性。

但是，把"明月"视作诗歌意象，其审美意味也紧紧吸引着广大读者。诗的起首，就以"明月"高悬于读者之前。"明月"，或只是述说季节，如《明月皎夜光》的首二句"明月皎夜光，促织鸣东壁"，只是说这是秋季之时；进而，"明月"以其皎洁明亮，成为某种场景，衬托着美好之物的出现，如傅毅《舞赋》："夫何皎皎之闲夜兮，明月烂以施光。"是说明月之下的舞会即将开始。刘桢《赠五官中郎将》："明月照缇幕，华灯散炎辉。"也是说只有明月相伴，宴会方能开始。曹丕《芙蓉池》："丹霞夹明月，华星出云间。上天垂光采，五色一何鲜。"这是描摹月夜的景色。但是，在更多的场合，"明月"以其明亮，衍生出比拟意、象征意，而为文学作品增色、为抒情铺垫。

其一，月光明亮则皎洁，以月光皎洁来比拟人物。如宋玉《神女赋》："其少进也，皎若明月舒其光。"即述说光鲜照人的神女如明月般出场，给予人们极大的震撼。以"明月"来塑造人物并抒发情感，或出自《诗经·陈风·月出》月下的思念，其曰：

> 月出皎兮，佼人僚兮，舒窈纠兮，劳心悄兮。
> 月出皓兮，佼人懰兮，舒忧受兮，劳心慅兮。

月出照兮，佼人燎兮，舒夭绍兮，劳心惨兮。

"皎、皓、照"都是光亮皎洁之义。"佼人"，即美人，"佼"同姣。"僚、燎"都是形容身材姣好之词。"窈纠、忧受、夭绍"也都是形容身材姣好之词。以上是以月亮来比喻美人。"劳心"，指忧心忡忡，"悄、慅、惨"，形容忧心忡忡之词，最后一句是叙写对美人的思恋，思恋的原因就在于美人的姣好，美人的姣好是由"月出皎兮"映照出来的。

东汉时又以"明月"比拟某些高尚人物的品行，如《后汉书·黄宪传》中，就有以"明月"比拟黄宪。黄宪字叔度，汝南慎阳人，世贫贱，但人品高洁，同郡陈蕃、周举常相谓曰："明月之间不见黄生，则鄙吝之萌复存乎心。"即把黄宪比拟为"明月"下之人，无所"鄙吝"之人。于是，颍川荀淑对黄宪曰："子，吾之师表也。"

其二，月光明亮，在空旷的天空里无可比拟、无可陪伴，以此显示出孤独。司马相如《长门赋》："日黄昏而望绝兮，怅独托于空堂。悬明月以自照兮，徂清夜于洞房。"汉武帝陈皇后，因妒而别居长门宫，愁闷悲思，只有"悬明月以自照"，无比孤独。曹丕《燕歌行》"援琴鸣弦发清商，短歌微吟不能长，明月皎皎照我床"，以弹琴吟歌显示自己的万分孤独。曹叡《伤歌行》曰："昭昭素明月，辉光烛我床。"曹子建《七哀诗》"明月照高楼，流光正徘徊。上有愁思妇，悲叹有余哀"，都是表达主人公在"明月"之下的孤独感。南朝孔稚珪《北山移文》中"使我高霞孤映，明月独举"，直接以"明月独举"表达自我的皎洁和孤独。

谢庄《月赋》有歌曰："美人迈兮音尘阙，隔千里兮共明月。"与美人共在明月之下而未得相见，在《古诗十九首》中没有这样的意味，苏轼《水调歌头》的"但愿人长在，千里共婵娟"，表达得最为透彻。

四、拟作

"明月"下的抒情形成古典诗词的一种传统，魏时阮籍《咏怀》（其一）曰："夜中不能寐，起坐弹鸣琴。薄帷鉴明月，清风吹我襟。""明月"之下，似乎是爽畅，却总带给人们一种清苦的感觉。

陆机有《拟明月何皎皎》：

> 安寝北堂上，明月入我牖。
>
> 照之有余晖，揽之不盈手。
>
> 凉风绕曲房，寒蝉鸣高柳。
>
> 踟蹰感节物，我行永已久。
>
> 游宦会无成，离思难常守。

诗作写月光"照之有余晖，揽之不盈手"写得很好，此二句出自《淮南子》："天地之间，巧历不能举其数。手微惝恍，不能揽其光也。"高诱注曰："天道广大，手虽能微，其惚恍无形者，不能揽得日月之光也。"以"不能揽其光"来比拟自己不能"早旋归"的无奈，此二句显示出陆机诗歌的咏物功夫。诗作所下的功夫又在抒情，以"踟蹰感节物"来抒发"游宦会无成"之情，再加上"离思难常守"，更令人难以忍受。陆机最有名的诗作为《赴洛道中作》二首，其一称："总辔登长路，呜咽辞密亲。借问子何之，世网婴我身。"这是指自己深有离家别亲之悲，但仍远仕他方，这完全是"世网"所缱。其《于承明作与士龙》也说"牵世婴时网，驾言远徂征"。他把"客行"与"旋归"的矛盾归结为"世网"所缱，他在拟作中把对"明月入我牖"的孤独之感，归结为"游宦会无成"，所以不能"早旋归"。

刘铄有《代明月何皎皎》：

> 落宿半遥城，浮云蔼曾阙。
>
> 玉宇来清风，罗帐延秋月。
>
> 结思想伊人，沉忧怀明发。
>
> 谁谓客行久，屡见流芳歇。
>
> 河广川无梁，山高路难越。

诗中的"秋月"，既表示季节，又是表达"结思"的一种象征，似乎面对"秋月"必定有所相思。"谁谓"二句表达"客行久"，不是说时间久远，而是以屡次出游来叙说。"流芳歇"用潘岳《悼亡诗》"流芳未及歇"，潘岳的意思是妻子去世而其遗像还有余芳，刘铄

《代明月何皎皎》用"屡见"，则说屡次告别妻子而不及回家，翻出新意。《明月何皎皎》原作对无法还家只是说"客行虽云乐，不如早旋归"，是含蓄的表达，此诗则有所强调，突出不能"早旋归"的原因在于"河广川无梁，山高路难越"，则是直接叙说。

第三编

立身须趁早

文人的生命意识

　　一边经历着出门远游的宦官生涯，一边忍受着离别相思的煎熬，在这双重压力的碰撞之下，东汉文人思考人生的意义到底是什么？令人惊异的是，东汉文人的思考人生，是上升到哲学层面，上升到生死的交集，上升到生命意识的思考。

　　《荀子·礼论》："礼者，谨于治生死者也。生，人之始也；死，人之终也。"

　　《庄子·大宗师》："死生，命也，其有夜旦之常，天也。人之有所不得与，皆物之情也。"生死有命的"命"，这是自然规律，这是"物之情"，人的一始一终，是人所不能干预，也没有办法干预的。

　　东汉后期人仲长统，字公理，《后汉书》本传载，他"常以为凡游帝王者，欲以立身扬名耳，而名不常存，人生易灭，优游偃仰，可以自娱。欲卜居旷野以乐其志"，他期望以"优游偃仰，可以自娱"来解决生命不长在、名声不常存的问题。但这能行得通吗？

　　《古诗十九首》叙写出东汉文人的生命意识，《回车驾言迈》以"人生非金石，岂能长寿考"，叙写出群体对生命的体验，对人生规律的认识。《去者日以疏》以"去者日以疏，来者日以亲"而产生人生最终走向丘与坟的联想，表达"荣名"是难以实现的。《生年不满百》认为一切无望，千岁之忧不能解决，那就及时行乐吧！那就服药与追逐求仙吧！但这样能解决千岁之忧的问题吗？

第一章

人生奄忽
涉长道

回车驾言迈

回车驾言迈，悠悠涉长道。

四顾何茫茫，东风摇百草。

所遇无故物，焉得不速老？

盛衰各有时，立身苦不早。

人生非金石，岂能长寿考？

奄忽随物化，荣名以为宝。

一、"人生非金石"之叹

诗人驾车走在远行的大路上，大路悠悠漫长；路途之中，诗人四顾，辽阔茫茫，东风刮起，百草摇曳飘零。钟惺说："写得旷而悲，不必读下文矣。"（《古诗归》）"悲"在何处？"悲"在"所遇无故物，焉得不速老"。《世说新语·文学》载：东晋时，"王孝伯在京，行散（吃了药后走路消散）至其弟王睹户前，问：'古诗中何句为最？'睹思未答。孝伯咏'所遇无故物，焉得不速老?'"称"此句为佳"。之所以称"所遇无故物，焉得不速老"最为佳句，就是因为它道出了生命的自然规律。人一天天生长，一天天成长，亦可谓一天天老去，这也是自然界生命运转的根本所在。诗人从远行大路上的"所遇无故物"体悟到：一路所见的自然景物都不是过去的那个样子了，那么人呢？人也不是原来的那个样子了，人在快速地变老——"焉得不速老!"于是诗人感叹道：万物由盛而衰，都有时间的限制，人的生命更是如此。人生既然如此，那么，人所努力的，应该是追求"立身"要"早"，也就是追求"盛"能够尽可能长一些，最为遗憾的就是"立身苦不早"。

末四句，诗人重申，人的生命哪能像"金石"一般坚固呢，哪能永远活下去呢？"奄忽随物化"，《庄子》曰："圣人之生也天行，其死也物化。"《文选》李善注曰："化，谓变化而死也。不忍斥言其死，故言随物而化也。"不忍言"死"，但最终还是要死的，这一辈子以什么为"宝"呢？或者说人的生命以什么为"宝"呢？长生既然是不可能追求到的，那么就追求"荣名以为宝"吧！"荣名以为宝"者，即"立名"，所谓树立名声，就是让名声能够流传后世。《史记·伯夷列传》："闾巷之人，欲砥行立名者，非附青云之士，恶能施于后世哉？"这是说欲"立名"便要"附青云之士"。北齐颜之推《颜氏家训·名实》："上士忘名，中士立名，下士窃名。"这里的中心意思，就是"立名"是很难的啊！这些真是东汉文人在人生道路上的另一种境界啊！官不要做、财不要贪、福不要享，唯要"立名"。那么，前述"悠悠涉长道"而"所遇无故物"，出游活动所见，是要抒发"人生非金石，岂能长寿考""奄忽随物化"的悲哀。

二、人生自有命，但恨生日希

对人生短促的感叹，最集中的表现是在面对逝者之时。汉末建安二十二年（217），大疫，魏诸文士多死，曹丕《与吴质书》尽情表达了自己的哀痛：

> 昔年疾疫，亲故多离其灾：徐（干）、陈（琳）、应（玚）、刘（桢），一时俱逝，痛可言邪！昔日游处，行则连舆，止则接席，何曾须臾相失！每至觞酌流行，丝竹并奏，酒酣耳热，仰而赋诗。当此之时，忽然不自知乐也。谓百年己分，可长共

> 相保，何图数年之间，零落略尽，言之伤心！顷撰其遗文，都
> 为一集。观其姓名，已为鬼录，追思昔游，犹在心目。而此诸
> 子，化为粪壤，可复道哉！

曹丕的悲痛，本来以为"百年己分，可长共相保"，可与诸子一起尽情地享受人生，不料疫情凶猛，诸子"数年之间，零落略尽"。可谓"徐（干）、陈（琳）、应（玚）、刘（桢），一时俱逝"，他们未走完正常的人生历程。故书中曰："（应）德琏常斐然有述作之意，其才学足以著书，美志不遂，良可痛惜！"对应玚因病而亡，不曾完成"著书"而"良可痛惜"。作品可以流传后世，"名"可以流传后世，这就是"立名"，这就是曹丕对建安诸子早逝的悲痛，他们没能继续作诗、著书以"立名"。

面对比自己年幼的逝者之时，文人的作品尤为哀痛。如孔融有《杂诗》二首，其一中有曰"人生有何常？但患年岁暮"，就是对人生暮年的思考，"但患年岁暮"又如何呢？其二曰：

> 远送新行客，岁暮乃来归。
>
> 入门望爱子，妻妾向人悲。
>
> 闻子不可见，日已潜光辉。
>
> 孤坟在西北，常念君来迟。
>
> 褰裳上墟丘，但见蒿与薇。
>
> 白骨归黄泉，肌体乘尘飞。
>
> 生时不识父，死后知我谁？

孤魂游穷暮，飘飘安所依？

人生图嗣息，尔死我念追。

俯仰内伤心，不觉泪沾衣。

人生自有命，但恨生日希。

本诗悼儿。诗的前八句，写回到家中急于见到儿子，不料闻儿之死。"褰裳上墟丘"以下十二句，叙写到儿子墓地，想象儿子"白骨归黄泉，肌体乘尘飞"的情形及表达自己的伤心。诗作最后二句以"人生自有命，但恨生日希"，痛其子早夭。汉末亦多以"伤夭""悼夭"名题的辞赋，如王粲《伤夭赋》、曹丕《悼夭赋》之类。"夭"，指短命、早死。《尚书·高宗肜日》："降年有永有不永，非天夭民，民中绝命。"孙星衍疏："夭者，《释名》云：'少壮而死曰夭，如取物中夭折也。'"古时少数民族有"老而死，子孙不哭；少死，则曰夭枉，乃悲"的习俗（《新唐书·西域传上·党项》），这就是认为，年老而死是走完了人生历程，自然而然；年少而死，不曾经历完整的人生，故为之而"悲"。

　　故面对死亡，文人有两大思考，一为是否完成了人生历程而寿终正寝；另一为追求，其人生是否享受到了、经历到了、得到了所谓应然之物，而文人的应然之物就是"文"，是能够以"立言"而"立名"。此处是肯定"荣名以为宝"，除了它，还有哪些是应该追求的呢？

三、"立身苦不早"

中国现代作家张爱玲说："啊，出名要趁早呀，来的太晚，快乐也不那么痛快。个人即使等得及，时代是仓促的，已经在破坏中，还有更大的破坏要来。"古诗说"立身苦不早"是什么意思？

乐府诗有《长歌行》：

> 青青园中葵，朝露待日晞。
>
> 阳春布德泽，万物生光辉。
>
> 常恐秋节至，焜黄华叶衰。
>
> 百川东到海，何时复西归？
>
> 少壮不努力，老大徒伤悲。

乐府诗篇题的《长歌》《短歌》，或是指"歌声有长短"，《乐府诗集》谓："按：古诗云：'长歌正激烈'，魏文帝《燕歌行》云：'短歌微吟不能长'，晋傅玄《艳歌行》云：'咄来长歌续短歌'，然则歌声有长短，非言寿命也。"但《长歌》《短歌》亦有另外的说法，《古今注》曰："《长歌》《短歌》，言寿命长短定分，不可妄求。"从诗中所言"少壮不努力，老大徒伤悲"可见，人生短暂则更当努力，这就与人生长短有关系了。时节变换得很快，光阴一去不返，因而要珍惜青年时代，发奋努力，使自己有所作为。全诗以景寄情，由情入理，将"少壮不努力，老大徒伤悲"的人生哲理，寄寓于朝露易干、秋来叶落、百川东去等鲜明形象中。借助朝露易晞、花叶秋落、流水东去不归来，发出了时光易逝、生命短暂的浩叹，鼓励人们紧紧抓住随时间飞逝的生命，趁少壮年华奋发努力有所作为。于是可知"少壮不努力，老大徒伤悲"，换句话说就是"立身苦不早"，是一个时代的主题，时代号召人们须在"少壮"之时便加紧努力，恐怕人生盛时一下迁移而尚未立身、立名。前述《今日良宴会》"何不策高足，先居要路津"，也是这个意思。而东汉时现实的例子，如《后汉书·党锢列传》所列的名士，许多是少年成名的：刘淑"少学明《五经》"；杜密"为人沈（沉）质，少有厉俗志"；魏朗"少为县吏。兄为乡人所杀，朗白日操刃报仇于县中，遂亡命到陈国"；夏馥"少为书生，言行质直。同县高氏、蔡氏并皆富殖，郡人畏而事之，唯馥比门不与交通，由是为豪姓所仇"；范滂"少厉清节，为州里所服，举孝廉，光禄四行"；蔡衍"少明经讲授，以礼让化乡里"；羊陟"少清直有学行，举孝廉"；陈翔"少知名，善交结"；孔昱"七世祖霸，成帝时历九卿，封褒成侯。自霸至昱，爵位相系，其卿相牧守五十三人，列侯七人。昱少习家学，大将军梁冀辟，不应"；苑康"少受业太学，与郭林宗亲善"；檀敷"少为诸生，家贫而志清，不受乡里施惠"；何颙"少游学洛阳。颙虽后进，而郭林宗、贾伟节等与之相好，显名太学"；等等。对少年成事成学而成名者，时人是很欣赏的。"立身苦不早"者，在汉代的意味之一就是早有立志、早有作为！

"立身苦不早"的另一个反面事例，即《史记·孔子世家》所载："孔子晚而喜《易》，序《彖》《系》《象》《说卦》《文言》。读

《易》，韦编三绝。曰：'假我数年，若是，我于《易》则彬彬矣。'"
孔子当然是古代成功的"立身"者，但他还希望活得更长久一些，
就是为了把《易》钻研透彻。反过来说，"立身"若早，于《易》
早就"彬彬"了。

四、"立身"即"立言不朽"

"立身苦不早"之"立身"，人们多称是"立功立事"，其实，
对文人来说，更应该是以"立言"为"立身"，即所谓"立言不
朽"。《左传》提出了"立德、立功、立言"之"三立"，称"鲁有
先大夫曰臧文仲，既没，其言立"，"虽久不废"，此为"不朽"。
"立言不朽"对后世文人的影响极大，就汉代而言，孔颖达称说
"立言不朽"的汉代人物："贾谊、扬雄、马迁、班固以后，撰集史
传及制作文章，使后世学习，皆是立言者也。"（《春秋左传正义》）
那么，如何以"立言"为"立身"呢？

司马谈曾嘱咐其子司马迁曰："孝始于事亲，中于事君，终于
立身。扬名于后世，以显父母，此孝之大者。"因此，称人生的最
终目的就是"立身"，而史家的"立身"就是"立言"，既是个人的
事业，又是家族的事业，所谓"无忘吾所欲论著矣"。当司马迁遭
受变故，他认为古时优秀的"立言"，"大抵贤圣发愤之所为作也"，
以坚定自己作史的决心与信心，这也是"立身"所在。司马迁的

"立身"，就是以作《史记》而"立言不朽"。

班固，其《幽通赋》曰：殷末微子、箕子、比干三仁以及伯夷、柳下惠，还有护佑魏之段干木、求兵存荆之申包胥、保卫刘邦之纪信、颐志之四晧，都是立德、立功之人，都是"没世而不朽"之人，是先民乃至自己"所程（效法）"之人，而自己不能"立功立事"，那就只有以"立言"为"立身"。

又，后汉王符，其《潜夫论·叙录》篇曰："夫生于当世，贵能成大功，太上有立德，其下有立言。阘茸而不才，先器能当官，未尝服斯役，无所效其勋。中心时有感，援笔纪数文，字以缀愚情，财令不忽忘。刍荛虽微陋，先圣亦咨询。"王符对其"立言"有着充分的自信，所谓"刍荛虽微陋，先圣亦咨询"，相信其"立言"一定能够得到社会的肯定，是能够"立身"的。

上举数人追求"立言不朽"的例子，也就是"立身"，是要论述汉代人既然"立身苦不早"，那就极力追求"立言"以"立身"，"立言不朽"是他们的努力追求之一。因此，诗作高呼"立身苦不早"，是东汉文人在抒发怀才不遇的牢骚吧！东汉末文人郦炎，其《见志诗》（其二）：

> 灵芝生河洲，动摇因洪波。
>
> 兰荣一何晚，严霜瘁其柯。
>
> 哀哉二芳草，不植太山阿。
>
> 文质道所贵，遭时用有嘉。

绛灌临衡宰，谓谊崇浮华。

贤才抑不用，远投荆南沙。

抱玉乘龙骥，不逢乐与和。

安得孔仲尼，为世陈四科。

郦炎，字文胜，范阳（故城在今河北省定兴县）人，有文才，解音律，言论敏捷，人多服其能理。本诗"哀哉"各种芳草，或生于河洲不植泰山，不处其地，或"严霜瘁其柯"，不逢其时，比喻贤才不为世用，如贾谊虽为贤才，却被当权的绛侯周勃及灌婴排抑。不逢善相马者伯乐、善识玉者卞和，多少有本事的人只有穷死而已。现在世上哪有孔子那样的人物呢？他设置"四科"，培养了多少人才啊！《论语·先进》载孔子认为自己门下的人才："德行：颜渊、闵子骞、冉伯乐；言语：宰我、子贡；政事：冉有、季路；文学：子游、子夏。"因谓德行、言语、政事、文学为四科。郦炎诗作，抒发"立身苦不早"的牢骚，不平之气，充溢在字里行间。

五、"荣名以为宝"

"奄忽随物化，荣名以为宝"二句，人们大都没有注意到这是出自《国语》的典故，《国语·晋语九》载：

赵简子叹曰："雀入于海为蛤，雉入于淮为蜃。鼋鼍鱼鳖，

莫不能化，唯人不能。哀夫！"窦犫侍，曰："臣闻之：君子哀
无人，不哀无贿；哀无德，不哀无宠；哀名之不令，不哀年之
不登。"

动物能"化"，"化"而成他物以延续生命，人独不能，赵简子为此
感到悲哀！其身旁的窦犫曰："君子哀叹没有贤人，而不哀叹没有
财物；哀叹没有好的道德，不哀叹没有获得宠爱；哀叹名声不美善，
不哀叹年岁不高。""哀名之不令"（"令"即善、美好），最为重要，
这不是"荣名以为宝"吗？

　　先秦时"荣名以为宝"的例子甚多。如商鞅说秦孝公，秦孝公
曾称贤君者，"各及其身显名天下"是最大的愿望。而且，名声是
要流传下来的，"名"被记下来就是"铭"！古时称"夫铭，天子令
德，诸侯言时计功，大夫称伐"（《左传》），这是对立德、立功之
"名"的记载。退一步讲，不能让人批评自己的身后之名。《吕氏
春秋·长见》记载两个故事，一是荆文王以身后之名为虑，于是不
敢任意而为。茑嘻数次以义以礼而冒犯了荆文王，荆文王说："与
他相处我则不安，但时间长了我就有所获益。如果不给他封爵，后
世有圣人，就会批评我的。"于是封他为五大夫。又有申侯伯，善
解人意，荆文王有什么欲望，他都先想到了。荆文王说："他与我
相处得很好，但时间长了我就有麻烦了，如果不远离他，后世有
圣人，将要非罪于我。"于是就把他送到郑国去了。这就是荆文王
想到要特别注意留给后世的名声，不能因为名声而让后世的圣人批

评自己。还有一个故事："晋平公铸为大钟，使工听之，皆以为调矣。"师旷曰："不调，请更铸之。"并曰："后世有知音者，将知钟之不调也，臣窃为君耻之。"师旷说：当后世之人知道这座音声"不调"的钟是晋平公时代所铸造的，那您晋平公就将会被后世所嗤笑。因此，后世的名声好坏早就在当代人的思考之中了。

　　就汉代的现实而言，确实给予了那些名士一个好的称誉，《后汉书·党锢列传》载：因为当时的统治阶层"正直废放，邪枉炽结"，于是社会上给正直之士一些称号：

> 海内希风之流，遂共相标榜，指天下名士，为之称号。上曰"三君"，次曰"八俊"，次曰"八顾"，次曰"八及"，次曰"八厨"，犹古之"八元""八凯"也。窦武、刘淑、陈蕃为"三君"。君者，言一世之所宗也。李膺、荀翌、杜密、王畅、刘祐、魏朗、赵典、朱宇为"八俊"。俊者，言人之英也。郭林宗、宗慈、巴肃、夏馥、范滂、尹勋、蔡衍、羊陟为"八顾"。顾者，言能以德行引人者也。张俭、岑晊、刘表、陈翔、孔昱、苑康、檀敷、翟超为"八及"。及者，言其能导人追宗者也。度尚、张邈、王考、刘儒、胡母班、秦周、蕃向、王章为"八厨"。厨者，言能以财救人者也。

当时社会为"天下名士，为之称号"，有所谓"三君""八俊""八顾""八及""八厨"，此非"荣名以为宝"乎！

六、结语

《古诗十九首》中的某些诗句，如"人生天地间，忽如远行客""人生寄一世，奄忽若飙尘""所遇无故物，焉得不速老""人生非金石，岂能长寿考""四时更变化，岁暮一何速""人生忽如寄，寿无金石固"，等等，表现了对生命多么强烈的留恋之情，为什么？《六臣注文选》李周翰注"奄忽随物化，荣名以为宝"曰："奄忽，疾也。人非金石，将疾随万物同为化灭矣。将求荣名以为宝贵，扬名于后世，亦为美也。"此处以愤激之语气说，既然生命"岂能长寿考"，生命的意义就在于"立身"，"立身"且须"早"。生命的意义就在于"荣名以为宝"，在当代建立"荣名"，建立"荣名"就须"立功、立事、立言"，这样"荣名"才有延续的可能。这就是《回车驾言迈》这首诗的积极意义，非求长生而求有所作为。故有人说诗作的第一句"回车驾言迈"就是愤激之语："这首诗从悟后着笔，故起一句曰'回车驾言迈'言看破世事，不如归去也。"（朱筠口授、徐昆笔述《古诗十九首说》）所谓人生之路茫茫，何必跟随世情匆匆忙忙，"回车吧，回车"，不如归去，去走自己的路吧！

第二章

直视丘与坟

去者日以疏

去者日以疏，来者日以亲。

出郭门直视，但见丘与坟。

古墓犁为田，松柏摧为薪。

白杨多悲风，萧萧愁杀人。

思还故里闾，欲归道无因。

一、"去者"与"生者"

诗作首二句"去者日以疏，来者日以亲"，一开始就提出生与死的问题，亡故者与自己越来越"疏"，存世者与自己越来越"亲"。朱筠《古诗十九首说》曰："茫茫宇宙，'去''来'二字括之；攘攘人群，'亲''疏'二字括之。去者自去，来者自来；今之来者，得与未去者相亲，后之来者，又与今之来者相亲；昔之去者，已与未去者相疏；今之去者，又与将去者相疏；日复一日，真如逝波。"此二句既称"去者""来者"与自我的"亲疏"关系，又称"去者""来者"彼此之间的"亲疏"，实际上引发出下文的抒情要点：对"去者"的感怀。"去者日以疏"者，是指他人，而"去"——离开人间这件事，对自己而言，则是越来越近了。故《六臣注文选》李周翰曰："'去者'谓死也，'来者'谓生也。不见容貌，故疏也。欢爱终日，故亲也。"对自己在宇宙之间的各种关系，不是"去来"（死生），就是亲疏。

第三、四句"出郭门直视，但见丘与坟"，作者回到现实，指出上述感怀产生的原因，就是因为"出郭门直视，但见丘与坟"。接着作者更递进一层，"古墓犁为田，松柏摧为薪"者，"去者"在人世上消失了，进入了"丘与坟"，而且"去者"所进入的"丘与坟"，总有一天被"犁为田"，伴随坟墓生长的松柏，也被摧折为柴火，总有一天被毁灭殆尽。这些都是说，在世者将变为"去者"，"去者"的一切，总有一天会消失得无影无踪。

　　"白杨多悲风，萧萧愁杀人"二句，实为以墓地景色述说对"去者"如此境遇的悲伤。此二句叙写的妙处，一是"白杨"之叶被风吹动，发出萧瑟的声响。二是"萧萧"二字运用之妙，张戒《岁寒堂诗语》曰："'萧萧马鸣，悠悠斾旌'，以'萧萧''悠悠'字写出师整暇之情状，宛在目前，此语非惟创造之为难，乃中的之为工也。荆轲云：'风萧萧兮易水寒，壮士一去兮不复还。'自常人观之，语既不多，亦无新巧，然而此二语遂能写出天地愁惨之状，极壮士赴死如归之情，此亦所谓中的也。古诗：'白杨多悲风，萧萧愁杀人。''萧萧'两字，处处可用，然惟坟墓之间，白杨悲风，尤为至切，所以为奇。乐天云：'说喜者不得言喜，说怨者不得言怨。'乐天特得其粗尔；此句用'悲''愁'字，乃愈见其亲切处，何可少耶？诗人之工，特在一时情味，固不可预设法式也。"他的意思是说，"萧萧"两字，处处可用，但用在坟墓之间，最显悲切。

　　末二句"思还故里闾，欲归道无因"两层意思，一是"去者"有如此的悲哀，那就增加了诗人欲返"故里闾"的决心；二是"还故里闾"在当前却不可实现，或者是欲归无路，或者是欲归无因，或者是欲归无时。悲哀之述，至此更甚，而最终应该归结到自己的悲哀。自己也将成为"去者"，难道就这样"去"了吗？"去者"在临"去"之时而"思还"，这一点点愿望也不能实现吗？那么，"去者"在世上这一趟，意义到底是什么？也就是生命的意义到底是什么？

　　诗人"出郭门直视"而"但见丘与坟"，于是抒发眷恋故乡之情，但又以"欲归道无因"的身体活动，表达返归故乡的不可实现，全诗以各种身体活动表达出情感的波澜起伏。

二、"丘与坟"的联想

古时称墓之封土成丘者为坟，平者为墓。对称有别，合称相通。坟墓后指埋葬死人的墓穴和上面的坟头，常特指祖坟。《周礼·地官·大司徒》称："以本俗六安万民"，其中"一曰媺宫室，二曰族坟墓。"郑玄注曰："媺，美，善也。族犹类也。同宗者，生相近，死相迫。"即同宗族者，活着时房宅相近，死后住的地方也在一起。坟墓所在就是故里，宗族生生死死都在这块故土上。

守墓就是守在亲人身边，《列女传》载，楚国白贞姬，在丈夫白胜去世后，谢绝吴王的迎娶，曰："白公无恙时，妾幸得充后宫，执箕帚。今白公不幸而死，妾愿守其坟墓，以终天年。今王赐金璧之聘，夫人之位，非愚妾之所闻也。"《后汉书·马援传》载：马援的堂弟马少游常说："士生一世，但取衣食裁足，乘下泽车，御款段马，为郡掾史，守坟墓，乡里称善人，斯可矣。致求盈余，但自苦耳。"马援感叹，自己为国立功交趾，就做不到这样了，所谓"守坟墓"，就是守在亲人身边。《后汉书·郑玄传》载郑玄自称告老还乡，"将闲居以安性，覃思以终业"，除非"拜国君之命，问族亲之忧，展敬坟墓，观省野物"，就不再"扶杖出门"。而所谓"展敬坟墓"，即祭拜亲人坟墓，不管什么情况下都要去做的。

另外，坟墓又是寄托悲伤之地，见到坟墓就想起亡人，自然伤心不已。《楚汉春秋》载，汉惠帝去世，吕后要为他建一座高大的坟墓，使自己坐在未央宫就可以望见。东阳侯张相如垂泣谏曰："陛下日夜见惠帝冢，悲哀流涕无已，是伤生也，臣窃哀之。"太后乃止。又如西晋时潘岳的幼子去世，其作《伤弱子辞》，其中曰："奈何兮弱子，邈弃尔兮丘林，还眺兮坟瘗，草莽莽兮木森森。"即以眺望坟墓表达哀情。

"出郭门直视，但见丘与坟"，诗人要以"直视""丘与坟"来表达什么意味呢？

古时有专门掌管墓地的官职，《周礼·春官宗伯》载："冢人掌公墓之地，辨其兆域而为之图。先王之葬居中，以昭、穆为左右。凡诸侯居左、右以前，卿大夫士居后，各以其族。"这是墓穴的地位安排，而且还要画出图来："墓大夫掌凡邦墓之地域，为之图。令国民族葬，而掌其禁令。正其位，掌其度数，使皆有私地域。"至于发生争执，则主持判断，"凡争墓地者，听其狱讼。帅其属而巡墓厉，居其中之室而守之"，并且要巡逻。墓的精神意义是什么？墓意味着故里所在，《礼记·曲礼下》载：国君离开国家，就要制止他，质问曰："为什么离开所祭祀的土神和谷神（社稷）？"大夫离开封地，就要制止他，质问曰："为什么离开祭祀祖宗的庙宇（宗庙）？"士离开故里，就要制止他，质问曰："为什么离开安葬祖先的坟墓？"于是，墓也是故里的象征。

《礼记·檀弓下》载："子路去鲁，谓颜渊曰：'何以赠我？'曰：'吾闻之也，去国则哭于墓而后行，反其国不哭，展墓（省视坟墓）而入。'"子路要离开鲁国，对颜渊说："你有什么话赠我呢？"颜渊说："我听说，离开家国前，要到先祖的墓地上去哭告，然后上路。返回家国不用哭告，但要先到先祖的墓地上看一看，然后进家。"孔子的大弟子颜渊叙说了离开家国与归还家国时，应该在祖墓前举行的仪式，这表现出视祖墓为家国的象征。

《史记·郦生陆贾列传》载：汉高祖时，尉佗平南越，高祖派陆贾赐尉佗大印，命尉佗为南越王。尉佗非常傲慢地接待陆贾，所谓"魋结箕倨见陆生"，"魋结箕倨"即不戴冠带、岔开双腿。陆贾对尉佗曰："足下中国人，亲戚昆弟坟在真定。今足下反天性，弃冠带，欲以区区之越与天子抗衡为敌国，祸且及身矣。"称其为"中国人"，标志就是"亲戚昆弟坟在真定（今河北正定县）"。所以《春秋繁露·王道》曰："君者，将使民以孝于父母，顺于长老，守丘墓，承宗庙，世世祀其先。""孝"的表现之一就是"守丘墓"。

三、坟墓不存的象征

"丘与坟"是故里所在，"丘与坟"是故里的象征。于是引出以下要叙写坟墓不存的悲哀。

《礼记·檀弓下》载：颜渊谓子路曰："何以处我？"子路曰：

"吾闻之也，过墓则式，过祀则下。"颜渊对子路说："有什么话能使我安处鲁国吗?"子路说："我听说，经过墓地就要行礼，经过祭祀之祠就要下车。"对"丘与坟"的充分敬重，就是对故土、祖国的充分热爱，有如此的热爱，怎能不安处呢!

　　按照古典规则，无论发生什么情况，都要对坟墓表达充分尊重。如战争时进入敌国，是不能侵扰敌国的墓地的，故墓地往往成为避难之地，如《左传·襄公二十五年》载：郑国子展、子产率车七百乘攻伐陈国，夜间突然发动进攻，进入陈城。陈侯扶其太子偃师逃往墓地时，遇到司马桓子，曰："搭载我!"司马桓子曰："将巡城。"不载二人。陈侯遇到贾获搭载其母、妻的车，贾获让其母、妻下车，把车交给陈侯。陈侯说："让你母亲上车吧!"贾获推辞曰："男女同车不祥。"就与其妻搀扶其母逃往墓地，方免于难。又如《梁州记》记载：定军山中十余里，有诸葛武侯墓，钟会征蜀，至汉川，祭诸葛亮之庙，令军士不得于墓刍牧樵采，今松柏碑铭俨然。对诸葛亮尊敬，也要对诸葛亮墓有所尊敬。

　　另一种情况，敌国会以威胁侵扰墓地来逼迫对方就范，如《左传·僖公二十八年》载：晋国围攻曹国，攻打城门时多有死伤，曹国人把晋国军人尸体陈列于城上，晋侯很是忧虑。这时有个役卒献计曰："我们把部队驻扎到曹国墓地上去。"晋师迁移到墓地，曹人果然害怕，把晋军的尸体用棺材装好送出城，晋军乘机发起攻击。之所以是役卒献计而不是臣子献计，是因为受到古典规则教育的正人君子，是不会以侵扰墓地来威胁对方的。

又，《史记·伍子胥列传》载：春秋后期，楚平王听信谗臣费无忌之言，冤杀了楚国忠臣伍奢全家，只有伍奢次子伍子胥，逃到吴国。后吴国军队攻破了楚国国都郢，伍子胥为报父兄之仇，便令人掘开楚平王坟墓，怒鞭楚平王尸体三百下以泄私愤。此事遭到世人的批评，其好友申包胥使人对子胥曰："子之报仇，其以甚乎！吾闻之，人众者胜天，天定亦能破人。今子故平王之臣，亲北面而事之，今至于僇死人，此岂其无天道之极乎！"称掘墓"僇（侮辱）死人"为"无天道之极"。伍子胥也自知其行为不合天道，只好说："为我谢申包胥曰：'吾日莫途远，吾故倒行而逆施之。'"称自己的行为是"倒行逆施"。也有伍子胥只是"鞭坟"的说法，《吕氏春秋·首时》载：伍子胥"亲射王宫，鞭荆平之坟三百"。《穀梁传·定公四年》：伍子胥"挞平王之墓"。《淮南子·泰族训》和《越绝书·荆平王内传》也都说伍子胥鞭坟，是不合天道的。

古代坟墓保护制度的核心是"事死如生"，即以对待生者的态度对待死者，西汉时，衡山王刘赐"数侵夺人田，坏人冢以为田，有司请逮治衡山王"，在汉代侵犯坟墓及其周围土地的行为应判为重罪。而且，在中国传统社会的田土买卖契约中，对于田土中的祖坟和墓地通常要"除留"，不卖的。

对"丘与坟"的尊重，从《诗经》作品亦可见出，《陈风·墓门》："墓门有棘，斧以斯之。夫也不良，国人知之。知而不已，谁昔然矣。"《毛诗序》曰："《墓门》，刺陈佗也。陈佗无良师傅，以至于不义，恶加于万民焉。"郑玄曰："墓门，墓道之门。斯，析也。幽间希行，用生此棘薪，维斧可以开析之。"墓道是要经常打扫的，如今还有"扫墓"之说。

因此，当诗歌吟咏"古墓犁为田，松柏摧为薪"，一方面固然表达沧海桑田的感慨，更是表达一种生命不存、连尸骸灵魂的寄居点也不存的悲哀。《说苑》载："雍门子周以琴见孟尝君。"孟尝君，名田文，其曰："先生鼓琴，亦能令田文悲乎？"雍门子周曰："若干年之后，您居住的宫殿，高台既已坏，曲池既以堙，您的坟墓已被平塌，那些打柴割草的小孩子，欢跳着在上面唱歌，众人见之，无不愀然为您而悲伤，曰：'夫以孟尝君尊贵乃可使若此乎？'连外人都为您悲伤，您难道不悲伤吗？"

因此，当我们说"丘与坟"又是故里所在，"丘与坟"是故里的象征时，就可知古人对"古墓犁为田，松柏摧为薪"该是如何的悲哀！"丘与坟"本该是要受到充分的敬重的，是先人尸骸所在，是家族先世的象征，松柏则是"丘与坟"的象征。现在，这一切都被摧毁了！古乐府《梁甫吟》称：

> 步出齐城门，遥望荡阴里。里中有三坟，累累正相似。
>
> 问是谁家墓，田疆古冶氏。力能排南山，又能绝地纪。
>
> 一朝被谗言，二桃杀三士。谁能为此谋？相国齐晏子。

"丘与坟"尚在，人们尚可回忆起其人事迹，其人其事在世上尚有痕迹可寻，"古墓犁为田，松柏摧为薪"，其人其事在世上已了无音息、了无痕迹。

　　或有人称这是送葬哀挽之诗，"'去者'去其家乡，'来者'来至墓所也。中六，顶次句申写古墓惨景，言将来与之亲近，亦当如是。末二顶首句，申明欲归里闾，必不可得。"（张玉谷《古诗赏析》引）我认为此说法挺有道理。后世亦多自我送葬哀挽之诗，如陶渊明《挽歌辞》前半部分："荒草何茫茫，白杨亦萧萧！严霜九月中，送我出远郊。四面无人居，高坟正嶕峣。马为仰天鸣，风为自萧条。""白杨亦萧萧"正可见出。

　　李因笃《汉诗音注》曰："与上篇所触正同，彼欲聊遣，此则思归，又换出一意也。"《驱车上东门》篇以生命的短促，高唱及时行乐："不如饮美酒，被服纨与素。"本篇则高唱及时还家，"思还故里闾"。因此，一般以失意作为本诗的主旨所在。陆时雍曰："失意悠悠，不觉百感俱集。羁旅廓落，怀此首丘。若富贵而思故乡，不若是之语悴而情悲也。此诗其来无端，其止无尾。'去者日以疏，来者日以亲'，语特感伤。'白杨多悲风，萧萧愁杀人'，可补骚余未尽。"诗人以"丘与坟"的叙写为失意的衬托，可见失意之悲的深切。诗人"直视""丘与坟"，看到了别的人去世后的居所，于是想到了自己，自己能否回到故乡？能否"直视"故里的"丘与坟"？

四、我要回故里

"思还故里闾，欲归道无因"，诗人来到"丘与坟"，想到了"去者"，还想到"古墓犁为田，松柏摧为薪"，于是悲杀、愁杀，不禁呼喊道："我要回到故里，我要回家。"产生如此呼喊的原因，就是汉时文人士子多有客死他乡者，如汉末徐干《中论·谴交》就说："且夫交游者出也，或身殁于他邦。"

此处表达的是死也要死在家里、死也要回到故里，葬在故里，这是传统。《后汉书·独行列传》载：温序为朝廷伏剑而死，其主簿韩遵、从事王忠持尸归敛。汉光武帝闻而怜悯哀痛，命王忠送丧到洛阳，并赐城旁之地给温序安葬。其长子温寿，服丧后为邹平侯相，梦见其父对他说："久客思乡里。"称自己离开家乡已经太久太久，连死后也回不了故里。于是，温寿即弃官，上书乞求归葬其父骸骨。光武帝许之，温序返葬故里旧茔。

又，《后汉书·班梁列传》载：班超为人少时即有大志，曰："大丈夫无他志略，犹当效傅介子、张骞立功异域，以取封侯，安能久事笔研间乎？"于是投笔从戎，随窦固出击北匈奴，又奉命出使西域，在三十一年的时间里，平定了西域五十多个国家，为西域回归、促进民族融合，做出了巨大贡献。班超官至西域都护，封定远侯，世称"班定远"。永元十二年（100），班超自以久在绝域，年老思土，上疏朝廷曰："臣闻姜太公封在齐国，五代人死后都归葬成周，俗话说：'狐死首丘，代马依风。'周、齐同在中土，只是千里之间，我远处绝域，难道没有'依风、首丘'之思哉？我如今年衰齿落，常恐奄忽之间便僵仆离世，孤魂被弃捐在绝域荒国。我本以为寿终在西域职位上，也没有什么可遗憾的，但是恐怕后世以为我是战殁于西域的。我不敢奢望能回到家乡故里，也不敢奢望能回到酒泉郡，但愿活着进入玉门关就行了。"皇帝听了非常感动，于是征召班超回国。班超于永元十四年（102）八月至洛阳，病情加重，九月去世，葬于洛阳邙山之上。李因笃《汉诗音注》注此末二句："生仍冀归桑梓，班定远亦求入玉关，触目怵心，都感此意。"

《礼记·檀弓上》载："君子曰：'乐，乐其所自生，礼不忘其本。'古之人有言曰：'狐死正丘首，仁也。'"孔颖达疏："所以正首而向丘者，丘是狐窟穴根本之处，虽狼狈而死，意犹向此丘。"狼、狐之物死，还要头向自己所生长的洞丘，何况人呢！后以"首丘"比喻归葬故乡。屈原《九章·哀郢》最早在文学作品中用到"首丘"这个典故，其结尾之"乱曰"："曼余目以流观兮，冀一反（返）之何时？鸟飞反（返）故乡兮，狐死必首丘。信非吾罪而弃逐兮，何日夜而忘之？"屈原把故里与故国视为一体，以死也要死在故里，视为爱国的决心。

举上述的例子，证明诗人是要说：自己"欲归道无因"，自己回不去家乡啊！自己想死在家乡的愿望也实现不了，这该是多么的悲痛。

第三章

千岁忧与
及时乐

生年不满百

生年不满百，常怀千岁忧。
昼短苦夜长，何不秉烛游？
为乐当及时，何能待来兹？
愚者爱惜费，但为后世嗤。
仙人王子乔，难可与等期。

一、抉择的困难

此诗说理的意味颇浓。首二句"生年不满百，常怀千岁忧"，表面上看，是说"忧"之长，但实际上又含有对此观念的坚信不疑，认为其是千年不变的至理。此二句出自《荀子·王霸》："人无百岁之寿，而有千岁之信士，何也？曰：'以夫千岁之法自持者，是乃千岁之信士矣。'"这里关键的意思是"以夫千岁之法自持者"，"千岁之法"即千年不变的法则，以人类的发展来看，就是人生之"忧"。这就为以下的抒情铺垫了基调。

"昼短苦夜长，何不秉烛游"，是享受人生的形象说法。本来人类的活动规律是"昼行夜伏"，是白天活动、夜晚休息。既然嫌白昼短促夜晚漫长，那么，为什么不在长夜也游玩呢？长夜暗黑，不要紧，点起蜡烛来游玩。此处，以身体活动的"秉烛游"，来叙写"为乐当及时，何能待来兹"之情。王国维《人间词话》指出文学作品有"隔"与"不隔"，"隔"与"不隔"取决于运用艺术语言的能力，他认为只有"不隔"的作品才有"境界"。他称"生年不满百，常怀千岁忧。昼短苦夜长，何不秉烛游"四句曰："写情如此，方为不隔。"可谓直取人心。

"为乐当及时，何能待来兹"，此二句回答为什么要"秉烛游"。诗人称，对待人生的游乐享受，一定要抓紧时间，为什么要推到"来兹"（来年）呢?《文选》李善注以《吕氏春秋》的"今兹美禾，来兹美麦"来解释"来兹"，语义双关，"今兹""来兹"的"美禾""美麦"，都应该是"美"，都是"美"的享用。

"愚者爱惜费"，这是所谓"不忧之忧"。以"秉烛游"解决"千岁忧"的问题，这就能够"不忧"，但假如"秉烛游"者"惜费"，于是又有"爱惜费"之"忧"，对此诗人以"但为后世嗤"而嗤笑之，对钱财这些身外之物，何必要忧虑"爱惜费"呢？这些"爱惜费"者成为"愚者"。

"仙人王子乔，难可与等期"二句，对应"为乐当及时，何能待来兹"二句。俗话说"日月常在，何必忙坏"，但你又不是神仙，怎能与仙人王子乔相比，"日月常在"与你有什么关系？那么，还是抓紧时间享乐吧，还是"为乐当及时，何能待来兹"吧！

刘履《古诗十九首旨意》解释此诗曰："此勉人及时为乐，且谓仙人难可与并，使之省悟。盖为贪吝无厌者发也。其亦《唐风·山有枢》之遗意欤？"他说此诗的主旨有二：一是宣扬及时行乐，二是嗤笑那些"愚者爱惜费"的贪吝无厌。对"愚者爱惜费"贪吝无厌的嗤笑，来自《诗经·唐风·山有枢》，诗曰：

> 山有枢，隰有榆。子有衣裳，弗曳弗娄。子有车马，弗驰弗驱。宛其死矣，他人是愉。
>
> 山有栲，隰有杻。子有廷内，弗洒弗扫。子有钟鼓，弗鼓弗考。宛其死矣，他人是保。
>
> 山有漆，隰有栗。子有酒食，何不日鼓瑟？且以喜乐，且以永日。宛其死矣，他人入室。

称这些美好之物，如自然界所拥有的"山有枢，隰有榆"，而人类所拥有者，"子有衣裳""子有车马""子有廷内""子有酒食"等各种各类享乐之物，如若生前不去享受，"弗曳弗娄""弗驰弗驱"，那么，"宛其死矣，他人是愉""宛其死矣，他人是保""宛其死矣，他人入室"，全被别人享用。

先秦时宣扬及时行乐思想的是杨朱学派。《列子》一书，虽是经晋人整理补全的，但还保留了杨朱学派的基本思想。《列子·杨朱》载：

> 杨朱曰："百年，寿之大齐。得百年者千无一焉。设有一者，孩抱以逮昏老，几居其半矣。夜眠之所弭，昼觉之所遗，又几居其半矣。痛疾哀苦，亡失忧惧，又几居其半矣。量十数年之中，逌然而自得亡介焉之虑者，亦亡一时之中尔。则人之生也奚为哉？奚乐哉？为美厚尔，为声色尔。而美厚复不可常厌足，声色不可常玩闻。"

杨朱意思是说：人能活百年者，千无一人，假设是有，他的小孩时光、老耄时光占掉了一半；睡眠的时光，占掉了剩下一半的一半；生病等痛苦的时光，占掉了剩下一半的一半的一半。一生在几十年中，自得快乐而无忧的时光，就没有多少了。"美厚""声色"，人生是不能常常得到的。因此，人生"唯患腹溢而不得恣口之饮，力惫而不得肆情于色；不遑忧名声之丑，性命之危也"，这句话意思是说，人生忧患的应该是肚子吃饱却没有尝到美食，力气用尽却没有肆情声色；不应该担忧、也没有空去担忧你是否"名声之丑，性命之危"，而应该去"恣口之饮""肆情于色"，故要及时行乐。于是孟子批评说："杨子取为我，拔一毛而利天下，不为也。"（《孟子·尽心上》）称杨子的及时行乐就是极端地为了个人自我。

二、"忧"的种种表达

"生年不满百，常怀千岁忧"，此处既以人生之"不满百"与"忧"之"千岁"来对比。而且称"忧"为"千岁"，是以时间来直述"忧"之延续，又是以时间来形容"忧"之深、"忧"之切。对"忧"的形容，在《诗经》里就有很多例子。

忧心忡忡：《诗·召南·草虫》："未见君子，忧心忡忡。"忡忡，忧愁不安的样子。以人的样子、面容来形容"忧"。

忧心悄悄：《诗·邶风·柏舟》："忧心悄悄，愠于群小。"悄悄，忧愁不安的样子。以人的形象来形容"忧"。

忧心如醉：《诗·秦风·晨风》："未见君子，忧心如醉。"忧愁得神志不清；醉，饮酒过量、神志不清的样子。《诗·小雅·宾之初筵》："宾既醉止，载号载呶。乱我笾豆，屡舞僛僛。"以人的形象来形容"忧"。

忧心如捣：《诗·小雅·小弁》："我心忧伤，惄焉如捣。"忧愁得像有东西在捣心一样，形容十分焦急。以人的动作来形容"忧"。

又如《诗·邶风·柏舟》:"耿耿不寐,如有隐忧。"以身体动作的"耿耿不寐",述说"如有隐忧"。

后世文学作品对"忧"也多有形容,如汉乐府《伤歌行》:"忧人不能寐,耿耿夜何长。"一方面是说"忧人不能寐",于是觉得"耿耿夜何长";另一方面,实际上也是以"耿耿夜何长"来形容"忧人"之"忧",越觉得夜长,忧也就越长,以感觉来形容"忧"。三国魏曹植《释愁文》:"予以愁惨,行吟路边,形容枯悴,忧心如焚。"忧心如焚,心里忧愁得像火烧,形容十分焦急,曹植《释愁文》也是以感觉来形容"忧"。李白《秋浦歌》"白发三千丈,缘愁似个长",则以空间的长度来比拟"忧"。骇目惊心的夸张,劈空而来,乍一读,简直不近情理,曾自称是"长不满七尺"的李白,白发怎能有三千丈呢? 读到下一句,豁然明了,"缘愁似个长",原来"三千丈"的白发是因愁而生,因愁而长,愁生白发而又长达三千丈,这该有多么深重绵长的愁思啊! 此两句十个字的千钧重量落在一个"愁"字上,此时此刻,有形的可度量的白发与无形的不可度量的愁绪融合在一起。这也是以"白发三千丈"来形容"愁"(忧)。

三、"忧"之根源

东汉文人为什么而"忧"? 一是社会环境的恶劣。东汉末年,朝廷势力分为三派：外戚、宦官、文人官员。东汉中后期时，皇后、外戚势力强大，皇帝多有依靠身边的宦官掌握政权，于是养成宦官当权的局面，对此具有传统观念的文人最为不满，宦官当权也给文人官员造成很大的伤害。《后汉书·党锢列传》载东汉末年党锢之祸起：当汉灵帝下诏刊章讨捕张俭等人，权倾朝野的宦官、大长秋曹节"因此讽有司奏捕前党故司空虞放、太仆杜密、长乐少府李膺、司隶校尉朱宇、颍川太守巴肃、沛相荀翌、河内太守魏朗、山阳太守翟超、任城相刘儒、太尉掾范滂等百余人，皆死狱中。余或先殁不及，或亡命获免"。这次大逮捕，造成"百余人，皆死狱中"，除了先前去世的，也造成大规模的"亡命"。"自此诸为怨隙者，因相陷害，睚眦之忿，滥入党中。又州郡承旨，或有未尝交关，亦离祸毒，其死徙废禁者，六七百人"，于时"陷害"风起，多有无辜而招祸的文人。"熹平五年，永昌太守曹鸾上书大讼党人，言甚方切。帝省奏大怒，即诏司隶、益州槛车收鸾，送槐里狱掠杀之。于是又诏州郡更考党人门生故吏父子兄弟，其在位者，免官禁锢，爰及五属"，曹鸾上书汉灵帝为被禁锢的党人鸣冤叫屈，要求朝廷予以平反。灵帝大怒，下令收监，曹鸾在狱中被拷打致死。此次事件又演变为大规模的迫害，牵连到门生故吏父子兄弟。史官评价曰："凡党事始自甘陵、汝南，成于李膺、张俭，海内涂炭，二十余年，诸所蔓衍，皆天下善士。"所谓"天下善士"受到迫害，能不"忧"乎？

二是士大夫阶层对社会风气低下之"忧"。葛洪《抱朴子·审举篇》曰："灵、献之世，阉官用事，群奸秉权，危害忠良。台阁失选用于上，州郡轻贡举于下。夫选用失于上，则牧守非其人矣；贡举轻于下，则秀、孝不得贤矣。"称宦官当权下选人用人之"失"。而就社会风气来说，葛洪又举以下民谣：

> 举秀才，不知书；察孝廉，父别居。寒素清白浊如泥，高第良将怯如鸡。

说的是名不副实，而就正直之士而言，对此社会风气如何能够不"忧"！

三是"岁月忽已晚"之"忧"。士人从自己的生涯中看到，自己尚未"先据要路津"，而"岁月忽已晚"，已经没有机会了；自己尚未"极宴娱心意"，而"岁月忽已晚"，已经赶不上了；自己尚未"愿为双鸿鹄，奋翅起高飞"，而"岁月忽已晚"；自己尚未"含英扬光辉"，而"岁月忽已晚"；自己尚未"攀条折其荣，将以遗所思"，而"岁月忽已晚"；自己尚未"不如饮美酒，被服纨与素"，而"岁月忽已晚"。进而，自己尚在"立身苦不早"，而"岁月忽已晚"，甚至"奄忽随物化"，叫诗人如何不是"生年不满百，常怀千岁忧"呢！

四、及时行乐的风靡

"为乐当及时"在汉代颇为流行，汉乐府《相和歌辞·西门行》就有吟诵，其本辞所奏：

> 出西门，步念之，今日不作乐，当待何时？逮为乐，逮为乐，当及时。何能愁怫郁，当复待来兹。酿美酒，炙肥牛，请呼心所欢，可用解忧愁。人生不满百，常怀千岁忧。昼短苦夜长，何不秉烛游。游行去去如云除，弊车羸马为自储。

又，晋乐所奏《西门行》：

> 出西门，步念之。今日不作乐，当待何时？（一解）夫为乐，为乐当及时。何能坐愁怫郁，当复待来兹。（二解）饮醇酒，炙肥牛，请呼心所欢，可用解愁忧。（三解）人生不满百，常怀千岁忧。昼短而夜长，何不秉烛游？（四解）自非仙人王子乔，计会寿命难与期。自非仙人王子乔，计会寿命难与期。（五解）人寿非金石，年命安可期。贪财爱惜费，但为后世嗤。（六解）

此中亦有"人生不满百，常怀千岁忧。昼短苦夜长，何不秉烛游"之类的诗句。余冠英《汉魏六朝诗选·前言》曰："有些《古诗》可能是根据民歌加工改写的，痕迹显明者如《生年不满百》篇，将原系杂言的乐府民歌《西门行》改为五言。"马茂元《古诗十九首初探》曰："这里特别值得注意的是：从《西门行》本辞到这首诗的演化过程，正好说明了汉代诗歌的发展过程，乐府民歌怎样过渡到文人的制作，他们是怎样纯熟地驾驭民间原已流行的五言诗的形式，给杂言体的乐府民歌以加工改写，使之成为最精练的五言诗，因而从形式上奠定了五言诗的基础。"此以"人生不满百，常怀千岁忧。昼短苦夜长，何不秉烛游"本是汉乐府的语句，说明"古诗"有从民歌发展、改写而来的部分。

还有一段公案：因为与乐府《西门行》的字句相同者颇多，所以朱彝尊《玉台新咏跋》便说此诗初见于《文选》，这是文选楼诸学士裁剪长短句而作成的。钱大昕曾加以驳正："或疑《生年不满百》一篇隐括古乐府而成之，非汉人所作，是犹读魏武《短歌行》而疑《鹿鸣》之出于是也，岂其然哉？"（《古诗十九首说序》）这意思是说，不能因为"古诗"有"汉乐府"的句子，就称"古诗"是《文选》编纂者裁剪"汉乐府"而作成，进而否定"古诗"是东汉末文人所创作。

五、仙人王子乔的故事

最后，再赘述一点"仙人王子乔，难可与等期"的事迹。周灵王太子晋，字子乔，故后世又称王子乔，在周代就很有名。《国语·周语下》载"太子晋谏灵王壅谷水"的"立言"，长篇大论。

对水灾来了是疏导还是壅堵的现实问题的忧虑，从"古之长民者，不堕山，不崇薮，不防川，不窦泽"谈到山、薮、川、泽各有所司，于是提出以德治国，"若启先王之遗训，省其典图刑法，而观其废兴者，皆可知也；其兴者，必有夏、吕之功焉；其废者，必有共、鲧之败焉"。体现了周室贵族对历史经验的总结，所谓王朝的延续，则是"唯有嘉功，以命姓受祀，迄于天下。及其失之也，必有慆淫之心间之。故亡其氏姓，踣毙不振；绝后无主，湮替隶圉"。又有师旷代表朝廷对太子晋的考察，以"五称而三穷"的论辩游戏展开，即双方各自提出五个问题（"五称"），逼得对方回答不出三个（"三穷"），则为胜。"五称三穷"后，师旷称赏太子晋曰："王子，汝将为天下宗乎？"太子晋非常清醒地说："自太昊以下，至于尧舜禹，未有一姓而再有天下者，夫大当时而不伐，天何可得？"也就是说靠血缘之脉不一定能够延续王朝。《逸周书》载，太子晋又请师旷算命，师旷对曰："汝声清汗，汝色赤白，火色不寿。"太子晋曰："然。吾后三年，将上宾于帝所，汝慎无言，殃将及汝。"果然，未及三年，太子晋逝世。

现实中的太子晋早逝，后世以其能够预知其死，传称太子晋成了神仙，刘向《列仙传》："王子乔者，周灵王太子晋也，好吹笙作凤凰鸣。游伊洛之间，道士浮丘公接以上嵩高山。三十余年后，求之于山上，见柏良曰：'告我家：七月七日待我于缑氏山巅。'至时，果乘鹤驻山头，望之不可到。举手谢时人，数日而去。"本诗是说，凡人不可与太子晋相提并论，凡人的寿命也不可能与仙人王子乔

"等期"，连仙人王子乔乘鹤下凡也等不到。关于太子晋的传说很多，有一则说：太子晋墓在金陵。战国时，有盗墓者进入，毫无所见，只有一剑停在空中。盗墓者欲上前取之，剑发出龙鸣虎吼，遂不敢近前，俄而，剑径飞上天。

汉诗歌中多吟咏到王子乔，此举汉乐府一例，《善哉行》："来日大难，口燥唇干。今日相乐，皆当喜欢。经历名山，芝草翩翩。仙人王乔，奉药一丸。"再举曹操二例，其《气出唱》："遨游八极。乃到昆仑之山，西王母侧，神仙金止玉亭。来者为谁？赤松、王乔，乃德旋之门。乐共饮食到黄昏。多驾合坐，万岁长，宜子孙。"其《秋胡行》："天地何长久，人道居之短。天地何长久，人道居之短。世言伯阳，殊不知老，赤松、王乔，亦云得道。得之未闻，庶以寿考。歌以言志。天地何长久。"

第四章

服药与修仙

驱车上东门

驱车上东门，遥望郭北墓。

白杨何萧萧，松柏夹广路。

下有陈死人，杳杳即长暮。

潜寐黄泉下，千载永不寤。

浩浩阴阳移，年命如朝露。

人生忽如寄，寿无金石固。

万岁更相送，圣贤莫能度。

服食求神仙，多为药所误。

不如饮美酒，被服纨与素。

一、对人生的感怀

本篇列《古诗十九首》第十三首。李善注云："并云古诗，盖不知作者，或云枚乘，疑不能明也。诗云'驱马（车）上东门'，又云'游戏宛与洛'，此则词兼东都，非尽是（枚）乘，明矣。"此诗或以为枚乘所作，李善认为诗中说到汉代东都洛阳之事，因此不是枚乘所作。

方东树《昭昧詹言》对此诗有一个总的判断，他说："此诗意激于内，而气奋于外，豪宕悲壮，一气喷薄而下。前八句夹叙、夹写、夹议，言死者。'浩浩'以下十句，言今生人。凡四转，每转愈妙，结出归宿。"我们来看此诗是怎么个"四转"。

诗的前半部分写逝者。第一层次的四句是墓地景色。"上东门"，洛阳东城三门中最靠北的城门。"郭北"，郭，城的外墙，《风俗通》曰："葬于郭北，北首，求诸幽之道也。"郭北为城的最北端，为墓地所在。"白杨""松柏"是墓地常种的树木，既用以固定泥土，又用以作坟墓的标记。"萧萧"为风吹树叶之声，有人说："白杨叶圆如杏，有钝锯齿，面青背白，叶柄长，故易摇动，虽遇微风，其叶亦动，声萧瑟，殊悲惨。"（隋树森《古诗十九首集释》）至此，一派悲惨哀怨的气氛已经烘托出来。

第二层次"下有陈死人"四句，直叙墓中情况，墓地中逝者陈陈相因，在此处已是很久很久，永远是幽暗，永远是长夜。他们潜寐黄泉之下，千年百载永不醒来。

　　第三层次"浩浩阴阳移"六句，回过头来再写生者。先说春夏之阳、秋冬之阴，一年四季浩浩运行，永不停止，而人命却如早晨的露水，太阳一出便被晒干。如此说来，在这世界，人生只是旅居而暂住，一下子就要离开的，寿命可比不上金石之固。千万年来，一代一代相送逝者，大圣大贤，也不能避免被送到墓地安葬的结局。这是诗人面对墓地及逝者的感想。

　　第四层次"服食求神仙"四句，是诗人的感怀。历代以来许多的人，为了避免被送到墓地的下场，年年月月，他们服食丹药，向往成仙，追求长生。那么，是不是能够实现这种愿望呢？古人早就对这个问题做出了解答。《左传·昭公二十年》记载，齐景公与晏子一起饮酒，十分快乐。席间，齐景公突然说："古而无死，其乐若何！"晏子对曰："古而无死，则古之乐也，君何得焉？昔爽鸠氏始居此地，季萴因之，有逢伯陵因之，蒲姑氏因之，而后太公因之。古者无死，爽鸠氏之乐，非君所愿也。"齐景公说："如果自古以来就没有死亡，这样的欢乐会是什么样啊？"晏子回答说："如果自古以来没有死亡，现在的欢乐就是古代人的欢乐了。君王您能得到什么呢？从前爽鸠氏开始居住在这里，接着是季萴、逢伯陵、蒲姑氏居于此地，然后太公居于此地，如果自古以来没有死亡，那现在的欢乐就是爽鸠氏所享用的，这可不是您所希望的啊！"晏子的话，说得齐景公哑口无言。当然，现实中没有人能够实现自己长生的愿望，即便是服食丹药，也多被药所误而早逝，哪里能实现长生呢？于是诗人感叹道："何必呢？不如抓紧眼前的生活，喝好酒吃美食，绫罗绸缎，度过一生。"诗作至此戛然而止！

　　诗中，"驱车上东门，遥望郭北墓"的行为动作，是为了叙写墓地之景，于是才会有"浩浩阴阳移，年命如朝露。人生忽如寄，寿无金石固"之情，那么怎么办呢？既然"万岁更相送，圣贤莫能度"，那么只好"服食求神仙"，可又"多为药所误"，最终落脚为"不如饮美酒，被服纨与素"的身体活动和行为，表达对"人生忽如寄"作出的情感反应。

二、逝者的遐想

　　诗作中"下有陈死人，杳杳即长暮。潜寐黄泉下，千载永不寤"对墓中逝者的叙写，给世人开辟出无限遐想：人死后是怎么样的？人死后进入坟墓之中是怎么样的？无人有如此体验，于是有陆机、陶渊明创作的《挽歌》，假设自己死后在坟墓中的情形。

　　陆机《挽歌》有三首，系列讲述了卜择葬地、亲属相送、出丧赴墓地以及逝者安葬入土后的感觉与痛苦，以下为描述逝者入土后的情形：

> 重阜何崔嵬，玄庐窜其间。
>
> 旁薄立四极，穹隆放苍天。
>
> 侧听阴沟涌，卧观天井悬。

广宵何寥廓，大暮安可晨？

人往有返岁，我行无归年。

昔居四民宅，今托万鬼邻。

昔为七尺躯，今成灰与尘。

金玉素所佩，鸿毛今不振。

丰肌飨蝼蚁，妍姿永夷泯。

寿堂延魑魅，虚无自相宾。

蝼蚁尔何怨？魑魅我何亲？

拊心痛荼毒，永叹莫为陈。

诗作先是叙写逝者所见墓圹景象，重重山丘般高大的坟墓，其中有一个个逝者所居的"玄庐"。"玄庐"中的景象，如今我们参观开掘出来的陵墓也可见到，狭小的"玄庐"，仿佛也是一个宇宙空间，"阴沟""天井"是指墓圹壁画中的江河、天象，《史记·秦始皇本纪》载："以水银为百川江河大海，机相灌输，上具天文，下具地理。"秦始皇墓中的景象比起陆机所述，当然更为豪华。第七、八句"广宵何寥廓，大暮安可晨"，则说虽然墓圹中如天宫寥廓，但却是永远的长夜，永远不会有清晨到来。"人往"二句说，别人出门在外还有返家的时候，但像我这样一进入墓室，此行便永不再返。以前住在居民区，如今则与万鬼作邻，与魑魅为宾。我的肌肤被蝼蚁所食，以往姿容，今成灰与尘，永远泯灭。灵堂之上的来客尽是魑魅魍魉，哪里有人与我相宾相伴。蝼蚁、魑魅与我何怨、何亲，我痛苦长叹，莫可陈述。

陆机之作还是较为一般的叙写死后情形，而陶渊明《拟挽歌辞三首》则多少有调侃自己死后的意思，称自己死后的遗憾：第一首以"但恨在世时，饮酒不得足"煞尾。第二首以"在昔无酒饮，今但湛空觞；春醪生浮蚁，何时更能尝"起首，说自己在世时总是没有酒喝，现在满杯的酒白白摆在那里却喝不到。再述"肴案盈我前，亲旧哭我傍。欲语口无音，欲视眼无光"，亲戚朋友哭我，我想说话，嘴却发不出声；想看，眼却发不出光。第三首写得最有意思：

> 荒草何茫茫，白杨亦萧萧。
>
> 严霜九月中，送我出远郊。
>
> 四面无人居，高坟正嶣峣。
>
> 马为仰天鸣，风为自萧条。
>
> 幽室一已闭，千年不复朝。
>
> 千年不复朝，贤达无奈何。
>
> 向来相送人，各已归其家。
>
> 亲戚或余悲，他人亦已歌。
>
> 死去何所道，托体同山阿。

全诗以逝者口吻述出，先仿"白杨何萧萧，松柏夹广路"而来，以景物铺垫来叙写出丧，以景物的凄凉来表现情感，再写出丧结束后"亲戚或余悲，他人亦已歌。死去何所道，托体同山阿"，是逝者的感觉，从中可以想见逝者对人世炎凉的看法，其内心痛苦是沉重的。

三、服药能否修仙

古有嫦娥服不死之药奔月的故事。汉代人刘安《淮南子·览冥训》载：

> 羿请不死之药于西王母，姮娥窃以奔月，怅然有丧，无以续之。（高诱注：姮娥，羿妻。羿请不死之药于西王母，未及服之，姮娥盗食之，得仙奔入月中，为月精也。）

善射者羿从西王母处请来不死之药，羿妻姮娥（嫦娥）偷吃而成仙奔月。顺便宕开一笔把这个故事讲完整了，《说郛》载《三余贴》有这样的故事：

> 嫦娥奔月之后，羿昼夜思惟成疾，正月十四夜，忽有童子诣宫求见，曰："臣，夫人之使也，夫人知君怀思，无从得降。明日乃月圆之候，君宜用米粉作丸团，团如月，置室西北方，呼夫人之名三夕可降。"如期果降，复为夫妇如初。今言月中有嫦娥，大谬，盖月中自有主者，乃结璘，非嫦娥也。

这是个嫦娥返回人间的故事，时间安排在正月十五月圆之时。

现在再回到"服食求神仙",既然有对死亡的恐惧或遗憾,就有对长生的追求与努力。但长生、成为神仙是有条件的,就是要吃药,故"服食求神仙"自有传统。如秦始皇就派方士徐市等入海求神药,《史记·秦始皇本纪》载:

> (秦始皇)还过吴,从江乘渡。并海上,北至琅邪。方士徐市等入海求神药,数岁不得,费多,恐谴,乃诈曰:"蓬莱药可得,然常为大鲛鱼所苦,故不得至,愿请善射与俱,见则以连弩射之。"始皇梦与海神战,如人状。问占梦,博士曰:"水神不可见,以大鱼蛟龙为候。今上祷祠备谨,而有此恶神,当除去,而善神可致。"乃令入海者赍捕巨鱼具,而自以连弩候大鱼出射之。自琅邪北至荣成山,弗见。至之罘,见巨鱼,射杀一鱼。遂并海西。

这是始终没有找到仙药的故事。但又有自己炼仙药的故事。

汉代社会上还盛传淮南王刘安吞服丹药升天的故事。西汉淮南王刘安笃好神仙黄白之术,宾客甚众,其中苏飞、李尚、左吴、田由、雷被、伍被、毛周、晋昌八人才华甚高,称之"八公"。八公会聚在山上炼丹,丹药方成,刘安因被告谋反而畏罪自杀,除雷被一人外其他均被诛戮。世上又相传,武帝派宗正前往捕解,刘安吞服丹药与八公携手升天,鸡犬啄食余下的丹药,亦随之升天,从此这座山得名为八公山,"一人得道,鸡犬升天"的神话亦广传今古。汉时王充《论衡·道虚》则批判这种说法:"《儒书》言:淮南王学道，招会天下有道之人，倾一国之尊，下道术之士。是以道术之士，并会淮南，奇方异术，莫不争出。王遂得道，举家升天。畜产皆仙，犬吠于天上，鸡鸣于云中。此言仙药有余，犬鸡食之，并随王而升天也。好道学仙之人，皆谓之然。此虚言也。"

　　王充之前，世上就有对"服食求神仙"的否定。《战国策》记载这样的故事：

> 　　有献不死之药于荆王者，谒者操以入。中射之士问曰："可食乎?"曰："可。"因夺而食之。王怒，使人杀中射之士。中射之士使人说王曰："臣问谒者，谒者曰：'可食。'臣故食之。是臣无罪，而罪在谒者也。且客献不死之药，臣食之，而王杀臣，是死药也。王杀无罪之臣，而明人之欺王。"王乃不杀。

有人向君王献"不死之药"，被中射之士（宫廷侍卫官）擅自吃了，于是，荆王发怒要杀中射之士，中射之士说：我吃了"不死之药"，而王要杀我，这不是"不死之药"，而是"死药"。他以悖论的方式证明"不死药"的不可信。

　　长生、成为神仙另一个条件是找到仙人，请他们引导人类成仙，秦汉时代人们偏偏相信"求神仙"的，如《后汉书·东夷列传》载："传言秦始皇遣方士徐福将童男女数千人入海，求蓬莱神仙不得。"又，《后汉书·祭祀志》载："初，孝武帝欲求神仙，以扶方者言黄帝由封禅而后仙，于是欲封禅。"汉武帝"东上泰山，乃上石立之泰山颠。遂东巡海上，求仙人，无所见而还"。《三国志·魏书》载："昔汉武信求神仙之道，谓当得云表之露以餐玉屑，故立仙掌以承高露。"上有所好，下必甚焉，汉武帝把祭神、封禅与求仙结合起来，使得《郊祀歌》表现出了浓郁的渴望升仙不死的情绪。汉乐府诗对"不死药"多有吟咏，如《善哉行》称"仙人王乔，奉药一丸"；《长歌行》古辞：

> 仙人骑白鹿，发短耳何长。
>
> 导我上太华，揽芝获赤幢。
>
> 来到主人门，奉药一玉箱。
>
> 主人服此药，身体日康强。
>
> 发白复更黑，延年寿命长。

向神仙讨要神药，说得活灵活现。汉乐府《董逃行》：

> 吾欲上谒从高山，山头危险大难。遥望五岳端，黄金为阙，班璘。但见芝草，叶落纷纷。百鸟集，来如烟。山兽纷纶，麟、辟邪；其端鹍鸡声鸣。但见山兽援戏相拘攀。小复前行玉堂，未心怀流还。传教出门来："门外人何求？"所言："欲从圣道求一得命延。"教敕凡吏受言，采取神药若木端。白兔长跪捣药虾蟆丸。奉上陛下一玉柈，服此药可得神仙。服尔神药，莫不欢喜。陛下长生老寿，四面肃肃稽首，天神拥护左右，陛下长与天相保守。

此次向神仙讨要神药，讲的是帝王之事。

汉末曹操时期，更对服药成仙不甚相信。如《异苑》载：曹操见一高岗上不生百草，建安七子之一的王粲说："这是古冢，此人在世服矾石死，而矾石生热，热气蒸腾出外，故草木燋灭。"曹操就令凿开来看，果然是大墓，有矾石满莹。矾石是仙药的一种，这就是说明服食矾石一类药物的危险性。曹丕有《折杨柳行》，诗的前半部分写求药："西山一何高，高高殊无极。上有两仙童，不饮亦不食。与我一丸药，光耀有五色。服药四五日，身体生羽翼。轻举乘浮云，倏忽行万亿。"但又写道："流览观四海，茫茫非所识。"称天上的世界是不真实的，于是接着说："彭祖称七百，悠悠安可原，老聃适西戎，于今竟不还。王乔假虚辞，赤松垂空言。达人识真伪，愚夫好妄传。追念往古事，愦愦千万端。百家多迂怪，圣道我所观。"称彭祖、老聃、王乔、赤松等神仙，是"愚夫好妄传"，是"多迂怪"，于是诗末说，应该坚持"圣道"，即儒道。

曹植也云："虚无求列仙，松子久吾欺。"曹植作《辩道论》曰："世有方士，吾王悉所招致，甘陵有甘始，庐江有左慈，阳城有郤俭。始能行气导引，慈晓房中之术，俭善辟谷，悉号三百岁。卒所以集之于魏国者，诚恐斯人之徒，接奸宄以欺众，行妖慝以惑民，故聚而禁之也。岂复欲观神仙于瀛洲，求安期于海岛，释金辂而顾云舆，弃六骥而羡飞龙哉？自家王与太子及余兄弟咸以为调笑，不信之矣。"一方面说当时"服食求神仙"之人众多，另一方面说曹操（自家王）与曹氏兄弟的不相信。三国时的东吴，也多不信神仙，《三国志·吴书》载："（虞）翻性疏直，数有酒失。（孙）

权与张昭论及神仙，翻指昭曰：'彼皆死人，而语神仙，世岂有仙人邪！'"就是一例。

道教兴于汉末，王充《论衡·自纪篇》云："适辅服药引导，庶冀性命可延。""服食求神仙"、求长生，至曹魏后期时兴起，何晏服食寒食散，面色红润有"神效"，于是服药兴起。《世说新语·言语》篇注引秦丞相《寒食散论》，其曰："寒食散之方虽出汉代，而用之者寡，靡有传焉。魏尚书何晏首获神效，由是大行于世，服者相寻。"后世对寒食散有所探讨，俞正燮《癸巳存稿·七》云："《通鉴注》言寒食散盖始于何晏，又云炼钟乳、朱砂等药为之，言可避火食，故曰'寒食'。按寒食言服者食宜凉，衣宜薄，惟酒微温饮，非不火食。其方汉张机制，在《金匮要略》中。发解制度备见隋巢元方《诸病源候》卷六所载皇甫谧语，皇甫谧深受其毒，故知之最详。"世人多受其毒，以西晋大学者皇甫谧为甚。

四、愤激之语

陈祚明《采菽堂古诗选》称《驱车上东门》主旨曰："此诗感慨激切甚矣，然通篇不露正意一字。盖其意所愿，据要路，树功名，光旗常，颂竹帛，而度不可得，年命甚促，今生已矣，转瞬与泉下人等耳。神仙不可至，不如放意娱乐，勿复念此。其无复念此者，正不能不念也。夫饮酒被纨素，果遂足乐乎？与'极宴娱心意''荣名以为宝'同一旨，妙在全不出正意，故佳。愈淋漓，愈含蓄。"陈祚明称这是诗作主人公不能建功立业而发出的愤激之言，说"服食求神仙，多为药所误"，那么"不如饮美酒，被服纨与素"，但正面的意思诗中不曾明白说出，所以"故佳"，诗作好就好在这里，"愈淋漓，愈含蓄"。全诗的确是愤激之语，诗中大段地叙写墓地景物，要紧的是点出"人生忽如寄，寿无金石固"，他是领悟到自己这辈子一事无成，难道没有理想？难道没有努力？也曾立下远大志愿，也曾东走西奔奔赴前程，那么结果呢？党锢之祸的社会现实，令他失望，岁月一天天过去，他还不是"万岁更相送"，即生命岁月"更相送"，他怎能不愤激！愤激之下，出路是什么？去"服食求神仙"吧，古往今来多少痴迷"服食求神仙"之人，只落得个大败而归。于是，就只有"不如饮美酒，被服纨与素"一条路了，所谓吃好点、喝好点、穿好点，再进一步就是醉生梦死。故历代就有批评此诗消极人生、颓废主义的。但我们说这只是当时文人士子找不到出路的一种愤激之语。

而董讷夫曰："因墓中之人，而思人生如寄，神仙皆妄，不如饮酒被服，以乐余生。虽以自遣，而忧益迫矣。"称其心中有不能建功立业之忧，故以愤激之语"不如饮美酒，被服纨与素"来"自遣"，其"忧益迫矣"点出了此诗愤激之语的本质。

于是我们看到《古诗十九首》对生命短促的数种处理方案：生命短促故"服食求神仙"，生命短促故"不如饮美酒，被服纨与素"，生命短促故以"立身苦不早"来勉励自己加紧努力，生命短促故以"荣名以为宝",等等。有些是消极的,有些是积极的,有些是实话,有些是愤激之语。

五、凡间有神仙

在汉代,神仙与药是联系在一起的,甚至神仙的人间身份或许就是药师、医师,《后汉书·方术列传》载:汝南人费长房,曾为市场的管理员。市场中有一个老翁卖药,悬一药壶在其药摊之上,到散市时,就跳入药壶之中。市场中没有人看见,只有费长房在楼上看到,感到十分惊异,因此上前叩拜再三,并奉上酒水、肉脯。老翁带他一起进入壶中。只见壶内玉堂严丽,旨酒甘肴,满布其中,两人共饮,饮毕而出。老翁自称是神仙之人,因为过错而被责罚,如今事情解决了,就该回去了。

汉末时,神仙或成为一种象征,如《后汉书·郭符许列传》载:

> 郭太字林宗,太原介休人也。家世贫贱。早孤,母欲使给事县廷。林宗曰:"大丈夫焉能处斗筲之役乎?"遂辞。就成皋屈伯彦学,三年业毕,博通坟籍。善谈论,美音制。乃游于洛阳。始见河南尹李膺,膺大奇之,遂相友善,于是名震京师。后归乡里,衣冠诸儒送至河上,车数千辆。林宗唯与李膺同舟

济，众宾望之，以为神仙焉。

神仙本为神话传说中的人物，有超人的能力，可以超脱尘世，长生不老。而东汉时最重神仙风度，把"善谈论，美音制"且人品高尚、气度高雅者，称为神仙。

当神仙成为一种象征的观念深入人心时，人们往往表达神仙就是"超然独达，遂放世事，纵意于尘埃之表"者。如《三国志·魏书》载魏末时嵇喜为嵇康作《传》曰：

> 家世儒学，少有俊才，旷迈不群，高亮任性，不修名誉，宽简有大量。学不师授，博洽多闻，长而好老、庄之业，恬静无欲。性好服食，尝采御上药。善属文论，弹琴咏诗，自足于怀抱之中。以为神仙者，禀之自然，非积学所致。至于导养得理，以尽性命，若安期、彭祖之伦，可以善求而得也；著《养生篇》。知自厚者所以丧其所生，其求益者必失其性，超然独达，遂放世事，纵意于尘埃之表。

像嵇康这样"禀之自然"的人，就有成为神仙的根本品质，再加上"旷迈不群，高亮任性，不修名誉，宽简有大量"，那么，就是精神上"超然独达，遂放世事，纵意于尘埃之表"的神仙。

第四编

天涯觅知音

文人的友情交游

我们的传统文化极重交友,《周易》曰:"二人同心,其义断金,同心之言,其臭如兰。"就是讲交友的"同心",在言与行两方面的巨大效益。古来诗歌多有对交友的吟咏,《诗经·小雅·伐木》曰:

> 伐木丁丁,鸟鸣嘤嘤。出自幽谷,迁于乔木。
>
> 嘤其鸣矣,求其友声。相彼鸟矣,犹求友声。
>
> 矧伊人矣,不求友生?神之听之,终和且平。

这是说一只鸟儿嘤嘤鸣唱,飞出深山,飞上高树。鸟儿在嘤嘤鸣唱,它在呼朋唤友。鸟儿尚且如此,何况人呀,怎能不和朋友来往?神也喜欢看到人间相友的情况,于是社会终将和平。《诗序》解释这首诗曰:"《伐木》,燕(宴)朋友故旧也。自天子至于庶人,未有不须友以成者。"这里说得对,世上任何人,自天子到一般的老百姓,都有待朋友的支持才能成就事业、成就自身。

既然是交友,那么交友之道就显得格外重要。古代经典讲交友之道,先秦时《荀子·君道》说:"其交游也,缘类而有义。"这就是讲同一类人才能以"义"相交。《礼记》曰:"君子之交淡如水,小人之交甘如醴,君子淡以成,小人甘以坏。"这是讲交友是以"义"相交,讲究的是内核,不能把个人利益放在第一位,交友之道不是表面上的甜甜蜜蜜,更看重的是对朋友的理解。历史上津津乐道管夷吾、鲍叔牙的友情,《列子》载:"管夷吾、鲍叔牙,二人相友。管仲曰:'吾与鲍叔贾,分财多自与,鲍叔不以我为贪,知吾有亲也；吾尝为鲍叔谋事，大穷困，鲍叔不以我为愚，知时有不利也；吾尝三仕三见逐，鲍叔不以我为不肖，知不遭时也。知我者鲍叔，生我者父母。'"鲍叔牙理解管仲，不以外在的表现来看待管仲为"贪""愚""不肖"，而之所以理解是有原因的，故管仲称鲍叔为"知我者"，"知我者"即知音，这就是交友的最高境界。

交友之道重在志同道合，共同的事业理想是交友之道的首位，为了正义的事业共同前进！故《礼记》又说："儒有合志同方，营道同术，并立则乐，相下不厌，久不相见，闻流言不信，其行本方，立义，同而进，不同而退，其交友有如此者。"志同道合则交友，志不同道不合就不交友。于是，《论语·季氏》载，孔子就大讲精神上的交友，与好的精神品质交友："益者三友，损者三友，友直，友谅，友多闻，益矣；友便辟，友善柔，友便佞，损矣。""直、谅、多闻"即正直、诚信、见闻广博，"便辟、善柔、便佞"即存心不良、说人坏话、阿谀逢迎。这也就是说，交友之道最看重"以友辅仁"。

"出门靠朋友"，文人出门在外，也是要靠朋友的。朋友的最高境界是知音，能够相互理解，懂得对方的心事，进而是从事共同的事业，共进共退，能够相互支持，后世好汉间所谓"为朋友两肋插刀"。最令人伤心之事是朋友的背叛，《古诗十九首》中多有交友之道的叙写，也多有对朋友的期待，也有对朋友背叛的痛心与痛斥。其抒情的总趋向，是表达寻求知音的渴望，表达对寻求共同前进的朋友的渴望，他们的愿望能否实现呢？

第一章

高楼曲传情

西北有高楼

西北有高楼，上与浮云齐。

交疏结绮窗，阿阁三重阶。

上有弦歌声，音响一何悲！

谁能为此曲？无乃杞梁妻。

清商随风发，中曲正徘徊。

一弹再三叹，慷慨有余哀。

不惜歌者苦，但伤知音稀。

愿为双鸿鹄，奋翅起高飞。

一、楼高音远声悲

诗中说：城的西北有一座高高的楼阁，楼顶高耸直上，与浮云齐平。它的窗格交错刻镂，细绢窗帘飘拂，四面曲檐三重台阶。高楼之高，是为了突出楼上的乐曲音声能够远扬，高楼之美是为了衬托歌曲之美，诗作在这里尚未写到歌曲，却已做足了铺垫。果不其然，这时楼中传出弹奏乐曲之声，曲调音响是何其幽怨而悲伤。什么人能弹出如此幽怨而悲伤的曲调？那只有哭倒长城的杞梁之妻，可以与其比拟。凄凉的清商之曲低回悠婉，随风飘飘扬扬，传向远方，待到乐曲中段，旋律更是往复回荡、悠扬徘徊。弹完一曲，曲声刚落，便又听到一声连着一声的叹息，慷慨之中悲哀意绪袅袅不绝。世人啊，不必去顾惜那歌者的声声哀苦，我只是伤感世上能够懂得这首曲的知音太少太少！诗人这样说，就是在表达自己是懂得歌曲传达的情感的，歌者遇到自己，可谓真是遇到知音了。此时此刻，诗人或许想到了自己的身世，自己也是满怀慷慨悲哀的人啊，自己与歌者"同是天涯沦落人"，歌者弹出了心声，对方也是自己的知音。进而，他深感知音难遇，他期望与知音一起，化作鸿鹄，双双展开翅膀飞向高高的天空，飞向远方。或许，这样才能解除自己与歌者的"慷慨有余哀"，这样才能实现自己与歌者的某些愿望。这是《西北有高楼》的大致意思。

诗末"愿为双鸿鹄，奋翅起高飞"，是当时诗作惯用语句。《古诗十九首》之《东城高且长》篇末有"思为双飞燕，衔泥巢君屋"；

《苏子卿诗四首》第二首袭用本诗的地方很多，篇末也说"愿为双黄鹄，送子俱远飞"；《古诗》："步出城东门，遥望江南路。前日风雪中，故人从此去。我欲渡河水，河水深无梁。愿为双黄鹄，高飞还故乡。"成双成对高飞远翔，这是人们对结交朋友的渴望，想要结交有共同理想的朋友，共同奔赴前程。因此，聆听"清商随风发，中曲正徘徊"的"弦歌"，转化为寻找知音、奋翅高飞的志同道合的行动。

二、"杞梁妻"的故事

诗作叙说"歌者"心中的哀苦，以"杞梁妻"的悲哀痛苦来比拟歌者的悲哀痛苦。据顾颉刚考证，"杞梁妻"的故事有一个发展演变的过程。

《左传·襄公二十三年》载：齐国攻打莒国，齐国大夫杞梁，名殖，不幸战死，齐侯在郊外遇到来迎接灵柩的杞梁之妻，向她吊唁。杞梁之妻说："杞梁若有罪，则不足以吊唁；如果没有罪，我们也是有住所的人家，您应该到家里去吊唁，我不能接受'郊吊'"。古时贱者才受"郊吊"，因此杞梁之妻这样说。于是齐侯到杞梁家去吊唁。

《礼记·檀弓下》曰："齐庄公袭莒于夺，杞梁死焉。其妻迎其柩于路而哭之哀。"故事增加了"哀哭"的一段故事。

由"哀哭"之杞梁妻而又有"善哭"之杞梁妻。《孟子·告子下》有"华周、杞梁之妻，善哭其夫，而变国俗"之说，是说杞梁之妻"善哭其夫"，而令其国俗也"善哭"。

西汉末年的刘向编纂《列女传》，先重述《左传》记载的故事，又继续衍化："杞梁之妻无子，内外皆无五属之亲。既无所归，乃就其夫之尸于城下而哭，内诚动人，道路过者莫不为之挥涕，十日，而城为之崩。既葬，曰：'吾何归矣？夫妇人必有所倚者也。父在则倚父，夫在则倚夫，子在则倚子。今吾上则无父，中则无夫，下则无子。内无所依，以见吾诚。外无所倚，以立吾节。吾岂能更二哉！亦死而已。'遂赴淄水而死。"

汉代有《琴操》，其中有《杞梁妻叹》曲，据说是蔡邕所作解题，曰："《杞梁妻叹》者，齐邑杞梁（殖）之妻所作也。殖死，妻叹曰：'上则无父，中则无夫，下则无子，将何以立吾节？亦死而已。'援琴而鼓之。曲终，遂自投淄水而死。"又给"杞梁妻"的故事增加了"援琴而鼓之"的内容。晋崔豹《古今注·音乐》称此曲："《杞梁妻》，杞植妻妹明月之所作也。杞植战死，妻叹曰：'上则无父，中则无夫，下则无子，生人之苦至矣。'乃抗声长哭，杞都城感之而颓，遂投水而死。其妹悲其姊之贞操，乃为作歌，名为《杞梁妻》焉。"

杞梁战死，其妻知礼而使齐君到家里吊唁，这是最初的故事，之后陆续增添了人情化的细节，一是其妻的"哀哭""善哭"，在此基础上，又有哭而"城为之崩"内容，夸大"哀哭""善哭"的力量。二是增加"赴淄水而死"。三是有琴曲的吟咏。以上就是"谁能为此曲？无乃杞梁妻"二句所本。至于说男主人公由春秋时期人变成了秦朝人，而且是建造长城劳累而死，男主人公妻子的名字也变成孟姜女，那是后话。

为什么要称"杞梁妻""为此曲"呢？这与汉魏以悲为美的风气是分不开的，即汉魏时人认为"悲"是最难抒发的情感。整个中古时期的诗歌，其情感抒发或者豪壮，或者淡泊，或者绮靡，或者俊发，或者含蓄，但贯穿一致的却是悲慨。代言体的"苏李诗"，刘宋人颜延之《庭诰》称"至其善篇，有足悲者"，钟嵘《诗品》称"苏李诗""文多凄怆，怨者之流"。钟嵘《诗品》称《古诗十九首》"意悲而远""哀怨"。建安时三曹及诸子之诗虽说是慷慨雄壮，但亦有另外一面，此即刘勰《文心雕龙·乐府》称之为"辞不离哀思"。就个体来说，钟嵘《诗品》称曹操之诗"甚有悲凉之句"，称王粲之诗"发愀怆之词"，等等。阮籍之诗，《咏怀》八十二首为其代表作，其首篇所称"忧思独伤心"即为全诗的基调，唐人李善注《文选》称之为"忧生之嗟"。这种贯穿中古时期诗坛始终的悲慨之情，有诸多方面的产生原因，既有时人认为只有"悲"才是情感抒发的最深最痛彻者，而更主要的还是社会与时代的动乱不安对人心的影响。

三、"知音"：由音乐到至交

"但伤知音稀"，对"知音"的渴望，是所有音乐人的最大愿望。知音，首先是要懂音乐，懂得自己弹奏的乐曲表达的是什么样的情感。《礼记·乐记》："是故不知声者不可与言音，不知音者不可与言乐，知乐则几于礼矣。"称懂得音乐才能谈论音乐。历史上最著名的"知音"的故事，是关于俞伯牙、钟子期的。《列子·汤问》载："伯牙善鼓琴，钟子期善听。伯牙鼓琴，志在高山。钟子期曰：'善哉，峨峨兮若泰山！'志在流水，钟子期曰：'善哉，洋洋兮若江河。'""知音"包括两方面，一是俞伯牙的"善鼓琴"，如《荀子·劝学篇》就有"伯牙鼓琴，而六马仰秣"的记载；二是钟子期的"善听"，钟子期从琴音中听出了俞伯牙的心思。因此，《吕氏春秋》又载："善听"的钟子期去世，俞伯牙破琴断弦，终生不再鼓琴，因为"知音"已逝，鼓琴给谁听呢？于是，"知音"已转化为至交、最能理解自己的朋友。

汉桓谭《新论》："音不通千曲以上不足为知音。"此述"知音"是一个专业问题，是要经过长期的音乐训练的。音乐是抽象的，因此，"知音"是有难度的。"知音"从"善听"到更进一步，就是懂得音乐中的深切含义，懂得弹奏者的心思。怎么才能懂得音乐中的情感意味？只有透彻地理解音乐者心中所想才能做到。这从南朝齐时咏物诗的情况可以看出。以王融、沈约、谢朓的《同咏乐器》为例。王融《咏琵琶》：

> 抱月如可明，怀风殊复清。丝中传意绪，花里寄春情。
>
> 掩抑有奇态，凄锵多好声。芳袖幸时拂，龙门空自生。

在《咏琵琶》中，诗人一定要探究"丝中传意绪"的"意绪"是什么，如同理解"花里寄春情"的"春情"是什么，由此而探究弹琵琶女心中到底要表达怎样的情感。沈约《咏篪》：

> 江南箫管地，妙响发孙枝。殷勤寄玉指，含情举复垂。
>
> 雕梁再三绕，轻尘四五移。曲中有深意，丹诚君讵知。

这里沈约说得更透彻，"寄玉指"，着重于"玉指"相弹是有"寄"、有寄托的，弹奏动作的"举复垂"是"含情"的，"曲中"是"有深意"的。弹奏女怕"君讵知"，生怕"君"不是"知音"。谢朓《咏琴》：

> 洞庭风雨干，龙门生死枝。雕刻纷布濩，冲响郁清卮。
>
> 春风摇蕙草，秋月满华池。是时操《别鹤》，淫淫客泪垂。

弹奏《别鹤》而令"客""淫淫客泪垂"，那么这个"客"一定是知音了。

在这些诗中，虽然是咏物，但物是被动的，人是主动的，是人在操纵物，是弹奏者在以物抒发情感。从咏物诗说，当诗人感到所咏之物不能满足诗人抒情的期望时，诗人便寻求另一种形式以构成物与人的关系来抒情。于是，咏物诗便有了通过描写乐器当前的形态、状况，带出人物并吟咏其思想感情、举止行动，以咏"知音"表达诗歌情意。把宴会上的乐器与在宴会上演奏这些乐器的人联系起来吟咏，点出其动作，渲染其情感，该是自然而然之事。所吟咏的是乐器，只有"知音"才能领会其中的情感表达。宴会上演奏这些乐器的人当然多是歌妓、舞者、侍女，这些女性具有的现实情感，都在乐曲声中，如对主人的企盼、对乐曲的理解、对个人身世的感慨，等等。那么，她们期盼"知音"就是一定的了。诗人对演奏者情感的把握，就有视其为"知音"的暗示，或直接表述自己为"知音"。

在此诗中，"知音"的意味又深入一步，既相互理解，又深化为"知音"间的共同行动，此即诗末所云："愿为双鸿鹄，奋翅起高飞。"

四、"知音"在文学上的意义

刘勰《文心雕龙》有《知音》篇，其曰："知音其难哉！音实难知，知实难逢，逢其知音，千载其一乎！"这是讲文学上的"知音"，一指对作品能够深刻理解、正确评价是很难的；二指能够遇到对作品有所深刻理解、正确评价的人更难。在辞赋发展史上，汉武帝可谓司马相如的知音。《汉书·司马相如传》载：汉武帝读了《子虚赋》后十分欣赏，以为是古人所写，感叹道："朕独不得与此人同时哉！"可惜啊！我与这位赋家不能生活在同一时代。后来得知是司马相如所作，便召见了他。司马相如说："然此乃诸侯之事，未足观，请为天子游猎之赋。"赋成上奏天子，天子大悦。汉武帝对辞赋的重视，为赋家的"知音"，极大地促进了汉代辞赋的发展。

以下为《后汉书·文苑列传》记载有关汉代"知音"的故事。

杜笃，字季雅，被人嫉恨下狱。此时大司马吴汉薨，汉光武帝诏诸儒为吴汉作诔，杜笃在狱中为诔，辞语最为优秀，获得光武帝的赞美，非但免刑，而且赐帛奖赏。汉光武帝可谓杜笃的知音。

王延寿，字文考，有俊才。少游鲁国，作《灵光殿赋》。后来蔡邕亦造此赋，还未完成时，见到了王延寿所作，特别赏识与看重，于是辍翰不为，蔡邕可谓王延寿的知音。

刘梁，字曼山，一名岑，疾恨当世多以利相交，以邪曲不正相党，乃著《破群论》。当时颇有知音，认为："仲尼作《春秋》，乱臣知惧。今此论之作，俗士岂不愧心！""知音"看出了著《破群论》是有所指而作。

有官员出督幽州，百官祖饯于长乐观，赋诗相送，高彪乃独作箴，议郎蔡邕等甚美其文，认为没有人能比得上。蔡邕可谓高彪知音。

又有建安时期的曹丕，与建安七子互为"知音"，成为文学史的佳话。其《典论·论文》评价建安诸子的文学成就曰："盖君子审己以度人，故能免于斯累（文人相轻），而作《论文》。王粲长于辞赋，徐干时有齐气，然粲之匹也。如粲之《初征》《登楼》《槐赋》《征思》，干之《玄猿》《漏卮》《圆扇》《橘赋》，虽张蔡不过也。然于他文，未能称是。琳、瑀之章、表、书、记，今之隽也。

应场和而不壮，刘桢壮而不密。孔融体气高妙，有过人者，然不能持论，理不胜词，以至乎杂以嘲戏，及其所善，扬班俦也。"他能够准确评价建安七子，指出其优缺点，可谓"知音"。建安七子中的数人去世，曹丕《与吴质书》痛悼曰："徐（干）、陈（琳）、应（场）、刘（桢），一时俱逝，痛可言邪……伯牙绝弦于钟期，仲尼覆醢于子路，痛知音之难遇，伤门人之莫逮。"曹丕痛伤徐干、陈琳、应场、刘桢这些诗友的逝世，他们生前一起"良宴会"，一起进行诗歌创作，相互欣赏彼此的诗歌作品，徐干、陈琳、应场、刘桢是自己文学上的"知音"，而"知音"难遇，哪里还能找到"知音"呢？曹丕自诩为建安诸子的"知音"，但他又说："痛知音之难遇。"称建安诸子也是他的"知音"。曹丕与建安诸子互为"知音"，相互理解、欣赏对方的作品，这应该是"知音"的最高境界吧！

曹丕更肯定他们的文学成就，其《与吴质书》曰：

> 而伟长（徐干）独怀文抱质，恬淡寡欲，有箕山之志，可谓彬彬君子者矣，著《中论》二十余篇，成一家之言，辞义典雅，足传于后，此子为不朽矣。德琏（应场）常斐然有述作之意，其才学足以著书，美志不遂，良可痛惜。间者历览诸子之文，对之技泪，既痛逝者，行自念也！孔璋（陈琳）章表殊健，微为繁富。公干（刘桢）有逸气，但未遒耳。其五言诗之善者，妙绝时人。元瑜（阮瑀）书记翩翩，致足乐也。仲宣（王粲）独自善于辞赋，惜其体弱，不足起其文。至于所善，

古人无以远过。

作为知音，曹丕为徐干、陈琳、应玚、刘桢编撰作品集。在孔融被曹操处死后，曹丕因深好孔融文辞，称他为扬雄、班固一类的人，并以金帛募取孔融文章，想必也是为了撰为一集。又如阮瑀卒，曹丕作《寡妇赋》，亦命王粲作之，曹丕《寡妇赋序》曰："陈留阮元瑜，与余有旧，薄命早亡。每感存其遗孤，未尝不怆然伤心。故作斯赋，以叙其妻子悲苦之情，命王粲并作之。"甚至还有这样一件趣事，《世说新语·伤逝》载：

> 王仲宣（粲）好驴鸣，既葬，文帝（曹丕）临其丧，顾语同游曰："王好驴鸣，可各作一声以送之。"赴客皆一作驴鸣。

这深切体现了文人间的友情。

五、忠言不用而隐

或称此诗是"比兴"而作。刘履《选诗补注》引曾原一曰："此诗伤贤者忠言之不用而将隐也。高楼重阶，比朝廷之尊严；弦歌音响，喻忠言之悲切。杞梁妻念夫而形于声，此则念君而形于言。徘徊而不忍忘，慷慨而怀不足，其切切于君者至矣。歌者苦而知音稀，惜其言不见用，将高举而远去。"称这是以"歌者""听者"比

拟忠臣与君王，期望社会"知音"、君王"知音"，能够理解自己的
"忠言"，那就不会"惜其言不见用，将高举而远去"。

张玉谷《古诗赏析》也说："此忠言不用，而思远引之诗，通
首用比。首四，以'高楼'比君门，君门在西北，故曰'西北'；
'结窗''重阶'，有谗谄蔽明意；中八，以悲曲比忠言，孤臣寡妇
正是一类，故以杞妻为喻，叙次委曲；末四，以'歌苦''知稀'，
点醒忠言不用，随以愿为黄鹄高飞，收出不得已而引退之意，总无
一实笔。"也是以"忠言"能否被理解为诗作的主题。

"知音"本来就有"比兴"之意，他们把诗中的"知音"理解
为臣子与君王之间，也未尝不可。古时不纳"忠言"，臣子与君王
不能成为知音而导致失败的故事很多，如《史记·伍子胥列传》载
春秋时伍子胥的事迹。吴、越交战，越王勾践杀吴王阖闾，吴王
大差为父报仇，在伍子胥等贤臣辅佐下，战胜越国，越国求和，伍
子胥谏吴王曰："越王为人能辛苦。今王不灭，后必悔之。"吴王不
听，许越求和。伍子胥屡谏吴王要警惕勾践，其曰："勾践食不重
味，吊死问疾，且欲有所用之也。此人不死，必为吴患。今吴之有
越，犹人之有腹心疾也。"吴王不听，吴又有太宰伯嚭进谗言，于
是吴王派使者赐伍子胥属镂之剑，曰："子以此死。"伍子胥仰天
叹曰："嗟乎！谗臣伯嚭为乱，吴王您反诛杀我。"乃告其门客曰：
"我死后，一定要在吾墓上树以梓树，吴国必亡，梓树可以用来作
棺材；把我的双眼挖出来高悬东门之上，我将看到越寇攻入灭我吴
国。"乃自到死。此诗中是讲"忠言不用，而思远引"，伍子胥"忠

言不用"而未思"远引"、远走高飞，故有此惨然下场。《史记·越王勾践世家》则记载，范蠡与文种辅佐越王勾践打败吴王夫差，范蠡知道越王勾践的为人，就"远引"、远走高飞，"范蠡浮海出齐，变姓名，自谓鸱夷子皮，耕于海畔，苦身勠力，父子治产。居无几何，致产数十万。"范蠡曾给文种写信说："蜚鸟尽，良弓藏；狡兔死，走狗烹。越王为人长颈鸟喙，可与共患难，不可与共乐。子何不去？"文种见信，称病不朝，便有人谗言，说文种将作乱，越王乃赐文种剑，文种遂自杀。文种没有"远引"、远走高飞，受害身死。

汉代对文人要求"直言极谏"，文帝、武帝、宣帝、元帝、成帝都下诏举"直言极谏者"，如汉文帝二年，下诏"举贤良方正能直言极谏者，以匡朕之不逮"，汉武帝建元元年冬十月，下诏"举贤良方正直言极谏之士"。晁错《举贤良对策》对什么是"直言极谏"有明确表述："救主之失，补主之过，扬主之美，明主之功，使主内亡邪辟之行，外亡骞污之名。事君若此，可谓直言极谏之士矣。"认为"直言极谏"是为了"救主、补主、扬主、明主"，也就是"忠"。在如此追求"直言极谏"的社会背景下，视此诗为"伤贤者忠言之不用而将隐也"，也是可以理解的。

六、影响与拟作

曹植《七哀诗》，诗中前六句曰："明月照高楼，流光正徘徊。

上有愁思妇，悲叹有余哀。借问叹者谁？言是宕子妻。"即出自
《西北有高楼》篇，此为曹植学"古诗"之一证。

陆机《拟西北有高楼》云：

> 高楼一何峻，苕苕峻而安。绮窗出尘冥，飞陛蹑云端。
>
> 佳人抚琴瑟，纤手清且闲。芳气随风结，哀响馥若兰。
>
> 玉容谁得顾，倾城在一弹。伫立望日昃，踯躅再三叹。
>
> 不怨伫立久，但愿歌者欢。思驾归鸿羽，比翼双飞翰。

此作缺少了原作中涉及的"杞梁妻""知音"两个故事，内容便显
得单薄。诗中突出"玉容谁得顾，倾城在一弹"，还是重在美貌以
及音乐才能，这是原诗没有的。虽说诗作"知音"意味有所弱化，
但是诗末以"不怨伫立久，但愿歌者欢"来表达作者对于歌者的同
情，那么，"思驾归鸿羽，比翼双飞翰"便是歌者对于作者的回答。

北朝时北齐杨衒之《洛阳伽蓝记》卷四记载，皇亲元怿以"名
德茂亲，体道居正"而"势倾人主，第宅丰大"，其宅第"西北有
楼，出凌云台，俯临朝市，目极京师"，杨衒之称，此"西北有楼"
即"古诗所谓'西北有高楼，上与浮云齐'者也"。把皇亲元怿家
的高楼比拟为"西北有高楼，上与浮云齐"是可以的，但说元怿家
的高楼就是"古诗"所谓"西北有高楼，上与浮云齐"，则缺少事
实依据。但由此可见《古诗十九首》之《西北有高楼》的影响。

第二章

何故虚作友情名

明月皎夜光

明月皎夜光，促织鸣东壁。

玉衡指孟冬，众星何历历。

白露沾野草，时节忽复易。

秋蝉鸣树间，玄鸟逝安适。

昔我同门友，高举振六翮。

不念携手好，弃我如遗迹。

南箕北有斗，牵牛不负轭。

良无盘石固，虚名复何益。

一、时节变易与人心变易

首八句全是对秋景的描摹。"明月皎夜光"，秋月最为皎洁，已隐隐点出季节。"促织鸣东壁"，"促织"，一作趣织，即蟋蟀，故称。秋天的到来是妇女们忙着织寒衣的时候了，此时蟋蟀的鸣声响起来了，所以民间把这种虫叫作"促（趣）织"。"玉衡指孟冬，众星何历历"，写秋日夜晚伴随明月的天上众星。"玉衡"，北斗七星形似舀酒之斗，一至四为勺形，名斗魁，五至七为一直线，呈斗柄状，古称为勺，又曰玉衡。"孟冬"者，汉太初历的孟冬十月，即阴历的孟秋七月。"白露"以下四句，"白露、秋蝉"为秋日景象，自不待言，"玄鸟逝安适"，玄鸟指燕子，《礼记·月令》载："仲秋之月，……玄鸟归。"秋日景象表现出"时节忽复易"，这句诗又表达出什么呢？张玉谷《古诗赏析》曰："首八，就秋夜景物叙起，然时节忽易，已暗喻世态炎凉。"可谓以景物抒情。

"昔我"以下四句，叙写朋友对自己的丢弃，直斥世态炎凉。《论语》曰："有朋自远方来，不亦乐乎！"或曰"同门曰朋"，或曰"同师曰朋、同志曰友"，"同门友"讲的是有共同的学习经历，是共同的老师培养出来的，又有个体的志向，故"有朋自远方来，不亦乐乎"！汉代经师的门生动辄成百上千，甚至上万，他们都要"编牒"（登录于名册）。经师与门生俱损俱荣，门生得尽力侍奉师长，师长死，门生弟子要为之服丧、立碑。同一经师下的门生，自然感情很深，相互关照、支持。此诗的"昔我同门友"却"弃我如遗迹"。"六翮",谓鸟类双翅中的翎管,健飞的大鸟翅膀上都有六根翎管,《韩诗外传》:"夫鸿鹄一举千里,所恃者,六翮耳。"《战国策·楚策四》:"奋其六翮而凌清风,飘摇乎高翔。"正因为这位朋友"高举振六翮"般地升官了,所以他"不念携手好"。古时"携手好"指患难时结交的朋友,《诗·邶风·北风》:"北风其凉,雨雪其雱。惠而好我,携手同行。"此"昔我"四句是说:"我那所谓的患难之交,一旦飞黄腾达了,展翅高飞,就像遗弃脚印一样对我不顾不问。"张玉谷《古诗赏析》说:"点明友之贵而弃我,作诗之旨,至此始揭。"叙写同门友的"高举振六翮""弃我如遗迹"一系列身体活动,叙写"同门"的行为,是要抒发什么样的情感呢?

末四句是对仅有"同门友"之名而无"同门友"之实的叙说。"南箕北有斗,牵牛不负轭"二句,出自《诗·小雅·大东》:"维南有箕,不可以簸扬,维北有斗,不可以把酒浆。"又:"睆彼牵牛,不以服箱。""箕(南箕星)、斗(北斗星)、牛(牵牛星)",都是宇宙的星名,但是,虽称为"箕"(簸箕),却不能扬米去糠;虽称为"斗"(古代酒器),却不能用来舀酒;虽称为"牛",却不能"负轭"拉车,都是空有其名罢了。"良无盘石固,虚名复何益","盘石",厚而大的石头,比喻稳定坚固。乐府诗《古诗为焦仲卿妻作》:"君当作盘石,妾当作蒲苇。蒲苇纫如丝,盘石无转移。""盘石方且厚,可以卒千年。"此指坚定不移的情感。这是说,如果没有了坚固稳定,还叫什么"盘石"?这可谓"虚名复何益"。虚名,指"同门"之类相互夸耀的友谊。

二、靠谱的"同门友"

汉时文人除了"同门"之间交结而形成某种意义上的固定关系，还多通过"同岁"的关系而交结来往。"同岁"，汉时称同一年被荐举为孝廉者，犹科举时代的同年，汉末还流行着孝廉"同岁"的现象，这是一种同年举孝廉者互相交结的行为。"同岁"孝廉们一起宴饮以结恩好，编制《同岁名》一类名册，名册"上纪先君，下录子弟"，包括家庭成员。由此，来自一百多个郡国的孝廉们建立了密切的私交，尽力互相提携。"同岁"死了，别的"同岁"得为他立碑服丧。

汉时讲究"知音"之间应该志向相同，共同行动。如西汉时贡禹（前124—前44），字少翁，琅玡（今山东临沂）人，主张选贤能，诛奸臣，罢倡乐，修节俭。官拜凉州刺史，后世尊为"贡公"，他与王吉交情很深。王吉（？—前48），字子阳，西汉时琅玡皋虞人（今青岛市即墨区），为官清廉，敢于直谏。当时人们称："王阳在位，贡公弹冠。"弹冠，拂去冠上的尘埃，喻将出来做官。这是说王吉出来担当职务，贡公起而响应。这个谚语比喻好朋友进退相随，取舍一致。故刘歆《新议》曰："交得其人，千里同好，固于胶漆，坚于金石，贡公之于王吉，可谓推贤矣。"友情坚固的表现是同进共退。

东汉时期，"同门友"是讲信义的。这里先讲《后汉书·独行列传》所记载的范式与张劭的两个故事。

　　范式，字巨卿，他游太学，为诸生时，与汝南张劭（字元伯）为友。两人一起告假归乡，分手时，范式对张劭说："两年后回来，当去拜见您的尊亲，我们再见面。"并约定了日期。两年后，约定的日子将到，张劭告诉母亲范式将到，并请母亲设下馔肴等候。母亲说："分别了两年，又相隔千里，如此的约言，你怎能相信这是一定的呢？"张劭说："范式是讲信用的人，必定不会乖违的。"母亲说："如果这样，那就为你准备酒食。"到了那天，范式果然到了，升堂拜见张母，两人又饮酒畅谈，尽欢而别。

　　第二件事，当张劭病重时，同郡郅君章、殷子徵晨夜看视。张劭临逝，叹曰："遗憾的是见不到我的死友！""死友"是指交情笃厚，至死不相负的朋友。子徵曰："我与君章对你尽心尽力，不是死友吗，还到哪里去找？"张劭曰："你们二人，是我的生友（生时之友，谓一般的朋友）。巨卿，是死友也。"不久张劭卒。而范式忽梦见张劭戴着玄冕，垂着冠带，拖着鞋履而呼叫："巨卿，我将在某日死，当在某时葬，永归黄泉。你不忘记我，期望能来看我。"范式恍然梦醒，悲叹泣下。范式当时为郡功曹，报告太守，要请假前往奔丧。太守虽然心中不信，但不便驳他的情意，就允许了。范式便穿上礼制规定的为朋友服丧的丧服，为了要赶上葬日，奔驰往赴。范式未来得及赶到，而已经发丧，既至墓穴，将要埋葬，而灵柩之车怎么也拉不动了。张劭其母抚拍着灵柩曰："元伯，你难道还在盼望着什么吗？"于是先停下葬事。一会儿，见有素车白马载着号哭之声而来。张母望过去说："这一定是范巨卿。"巨卿既至，吊唁曰："行矣，元伯！死生路异，从此永别。"当时参加葬礼的有千余人，都挥涕而泣。范式就执绋引柩，于是灵车乃前。葬后，范式遂留止坟冢旁边，修坟植树，然后乃去。

《后汉书·独行列传》又有陈重与雷义的故事。陈重，字景公，豫章宜春人。雷义，字仲公，豫章鄱阳人。两人少时即"为友，俱学《鲁诗》《颜氏春秋》"。太守张云举陈重为孝廉，陈重要让给雷义，前后十余次，但张云不允许。雷义第二年也举孝廉，两人都在郎署。后来，雷义归乡，举茂才，他要让给陈重，刺史不允许，雷义便假装疯癫，披头散发乱跑，不去应命。因此，乡里为之语曰："胶漆自谓坚，不如雷与陈。"汉代人认为，如此才是真正的"同门友"啊！

《世说新语·德行》载汉桓帝时人荀巨伯看望友人之疾的故事：

荀巨伯远看友人疾，值胡贼攻郡，友人语巨伯曰："吾今死矣，子可去！"

巨伯曰："远来相视，子令吾去，败义以求生，岂荀巨伯所行邪！"贼既至，谓巨伯曰："大军至，一郡尽空，汝何男子，而敢独止？"巨伯曰："友人有疾，不忍委之，宁以我身代友人命。"贼相谓曰："吾辈无义之人，而入有义之国。"遂班军而还，一郡并获全。

这位荀巨伯明知胡贼攻郡而一定要去看望生病的朋友，他对胡贼说："不忍心丢下朋友，宁可以己身替代朋友去死。"于是感动了胡贼，弃郡而走。东汉时最看重的就是朋友间如此重信义之举。故汉末仲长统曰："士友有患，故待己而济，父母不欲其行，可违而往也。"(《群书治要》引）称如果是朋友有了困难，等待自己来解救，父母不让出行的话，也可不听从而自行前去。

当然，东汉人讲究的友情，最难能可贵的还是志同道合。《后汉书·逸民列传》载：

> 初，(梁）鸿友人京兆高恢，少好《老子》，隐于华阴山中。及鸿东游思恢，作诗曰："鸟嘤嘤兮友之期，念高子兮仆怀思，想念恢兮爰集兹。"二人遂不复相见。恢亦高抗，终身不仕。

梁鸿与高恢二人的志同道合，在于高隐与不仕，梁鸿来到高恢隐居之地，以诗表达志愿，抒发相思之情，以后再也没见过面。

三、分分合合的友情

汉代人的著述中，也多讲交友之道，如《汉书·张冯汲郑传》载："先是，下邽翟公为廷尉，宾客亦填门，及废，门外可设爵罗。后复为廷尉，客欲往，翟公大署其门，曰：'一死一生，乃知交情；一贫一富，乃知交态；一贵一贱，交情乃见。'"翟公，下邽（今陕西渭南市临渭区）人，任高官时，宾客盈门，被贬职时，门可罗雀。后来复职，宾客又蜂拥前来，故翟公写下这样的告示，贴在大门上，宣示交友之道，在于一死一生、一贫一富、一贵一贱之时，此时此刻始终不渝，这才是交友的态度，这才知交情，乃见交情。故汉王符《潜夫论·务本》："列士者，以孝悌为本，以交游为末。""以孝悌为本"者，做好为人的本分；"以交游为末"，人是依靠本分活在世上的，而不是靠交游活在世上的。

东汉时多有实实在在述说"交友之道"的故事。《后汉书·文苑列传》载：陈留尉氏人张升，字彦真，少好学，多阅览，而任情恣意，有所不羁。后遇党锢之祸，被诛。史书称他的为人合乎"交友之道"："其意相合者，则倾身交结，不问穷贱；如乖真志好者，虽王公大人，终不屈从。""其意相合"即情投意合，"乖真志好"即志趣好尚不相投，其"交友之道"在于性情相合、志趣相投。所以他常叹曰："死生有命，富贵在天。其有知我，虽胡越可亲；苟不相识，从物何益？"所谓"知我"，即为知音，志同道合，虽然相隔千山万水如同胡、越两地，友情"可亲"。如果不是志同道合，礼物怎么能增进友情呢？张升曾作《友论》，其中有"嘘枯则冬荣，吹生则夏落"二句，指有些人以言语相交，说得天花乱坠，死的说成活的，活的说成死的，但是否能够相信这是真情呢？魏文帝曹丕作《交友论》，其曰：

夫阴阳交，万物成；君臣交，邦国治；士庶交，德行光。同忧乐，共富贵，而友道备矣。《易》曰："上下交而其志同。"

> 由是观之，交乃人伦之本务，王道之大义，非特士友之志也。

把交友之道视为"人伦之本务，王道之大义"，并非文人个人之间的私事，而是"德行"的发扬光大。

正因为东汉重交友之道，于是多有"绝交"诗文。朱穆，字公叔。南阳宛人。少时就笃学有名，桓帝（刘志）朝为冀州刺史，后征拜尚书。朱穆性情刚直，曾切谏梁冀，反对宦官。他憎恶当时社会上的刻薄和朋党的风气，对"交友之道"特别关注，曾作《崇厚论》，批判世风刻薄，指出"风化不敦"的社会现实，崇尚敦厚之俗，并从各个角度进行分析"风化不敦"产生的社会原因，论证了"薄"与"厚"的利弊，呼吁"崇厚"世风。朱穆又有《绝交论》，首称"古者进退趋业，无私游之交，相见以公朝，享公以礼纪，否则朋徒受习而已"，他不提倡人们私下里交朋友。为什么呢？他说当前的"交游"，"不敦于业，不忌于君，犯礼以追之，背公以从之"，进而是"求蔽过窃誉，以赡其私，利进义退，公轻私重"，那么，这样的"交游"还要它干什么？应该一心为公，于是要"绝交"，即断绝"交游"。对所谓"矫时之作"，史称："朱穆见比周伤义，偏党毁俗，志抑朋游之私，遂著《绝交》之论。"又，刘伯宗是朱穆的旧友，贵为二千石，当时朱穆的官职较卑，刘伯宗显得富贵骄慢，朱穆称："刘伯宗于仁义道，何其薄哉！"所以和他绝交。朱穆又作《与刘伯宗绝交诗》：

> 北山有鸱，不洁其翼。飞不正向，寝不定息。

> 饥则木览，饱则泥伏。饕餮贪污，臭腐是食。
>
> 填肠满嗉，嗜欲无极。长鸣呼凤，谓凤无德。
>
> 凤之所趋，与子异域。永从此诀，各自努力。

诗的前十二句描摹鸱鸮（猫头鹰）的品行，以鸱鸮比刘伯宗，称这样的鸟儿，不珍惜自己的羽毛，飞翔时没有正确的方向，居处时胡乱相栖。饥饿则登木捉取幼鸟，吃饱则趴伏泥地休息。贪食如同饕餮，满肚满肠臭腐之物，还叫嚣凤凰，称其无德。"凤之所趋，与子异域"称说自己，以凤鸟自比，最后绝决地说出"与子异域，永从此诀"。《庄子·秋水》有寓言："南方有鸟，其名鹓鶵，子知之乎？夫鹓鶵，发于南海而飞于北海，非梧桐不止，非练实不食，非醴泉不饮。于是鸱得腐鼠，鹓鶵过之，仰而视之曰：'吓！'"称南方有一种名字叫鹓鶵的鸟，鹓鶵从南海出发飞往北海，不是梧桐树它不栖息，不是竹子的果实它不吃，不是甘美如甜酒的泉水它不喝。正在这时一只鸱鸮捡到一只腐烂的老鼠，鹓鶵正巧从空中飞过，鸱鹰抬头看着鹓鶵，以为它来抢吃这只腐鼠，于是发出怒斥之声：'吓！'"全诗鸱鸮的形象由此衍化而来；"鹓鶵"即凤之一类。后来，蔡邕认为朱穆性贞而孤直，又作《正交论》而推广其论述。三百余年之后，南朝文学家刘峻创作了一篇《广绝交论》，顾名思义，这是对朱穆《绝交论》的申广。

　　朋友之间的背叛，也是常有的事，如《后汉书·文苑列传》载：杜笃，字季雅，京兆杜陵人。杜笃居美阳（在今陕西扶风县），

"与美阳令游，数从请托，不谐，颇相恨。令怒，收笃送京师"，本来杜笃与美阳县令相交，但因为嘱托的事情杜笃没有办成，或没有去办，美阳县令就把他抓起来送到京师治罪。在狱中作《大司马吴汉诔》，其辞在诸儒中最高，得到光武帝的赞美，"赐帛免刑"。

魏时流行着嵇康两封与友人绝交书，一是《与山巨源绝交书》，山巨源（山涛）推荐嵇康去做官，嵇康以"必不堪者七，甚不可者二"拒绝之，并因此与山巨源绝交，这是因为志向不同而绝交，书末称"其意如此，既以解足下，并以为别"，只是"别"而已。二是《与吕长悌绝交书》，因为吕长悌陷害其弟，这是因吕长悌的人品恶劣而绝交。

四、何谓交友之道

东汉初有王丹，人视其为交友的典范。《后汉书·王丹传》载：王丹"资性方洁，疾恶强豪"，王丹的同乡、关西大侠陈遵，时任河南太守，为其友人办理家人丧事，赠送财物甚多。王丹持缣一匹，呈交主人，说："我这匹缣，出自自家的机杼。"陈遵听到，为自己的奢华而面有惭色，想与王丹交朋友，王丹拒绝了。当时，又有大司徒侯霸欲与王丹交友，及王丹被征为太子少傅，侯霸让他的儿子侯昱在路边等候，迎拜车下，王丹下车回拜。侯昱说："家父欲与您结交，您为何要回拜呢？"王丹说："您的父亲在家说过这样的话，但我并未答应啊!"

又，王丹其子的同门生，家有丧事，其家在中山，王丹其子欲结侣而往奔慰。其子告诉王丹将要出发，王丹发怒而鞭挞其子，令其子寄缣去拜祭就行了。有人问其缘故，王丹说："交友之道的难处，很难说清楚的。世称管仲、鲍叔，其次又称王吉、贡禹，都是自始至终的朋友。而张耳、陈余初为刎颈之交，最终则相互残杀，萧育、朱博二人为友，著称当代，后来也有矛盾。所以知道交友是件很难的事。"于是史家论曰："王丹难于交执之道，斯知交矣。"

《后汉书》中与王丹同传的还有一个叫王良的，汉初时有高名，应朝廷征召任职，又称病返家，一连数次。后来王良因病回乡，一年几次被征召，他来到荥阳，病重不能继续前进，就到朋友家去。朋友不肯见他，说："你没有忠言奇谋而得到高官，一会儿被征召做官，一会儿又辞官回乡，为什么来来往往不怕麻烦啊?"于是就拒绝接待王良。王良很惭愧，自那以后，虽然连连受征召，王良总是称病不出。这是王良的真朋友，王良听了他的话，便坚决不出仕了。

当然，社会正义人士对卖友求荣也有狠狠的鞭笞，《后汉书·李杜列传》载：颍川人甄邵谄媚依附权贵梁冀，为邺令时，有其"同岁生"得罪了梁冀，逃亡投奔甄邵。甄邵伪装接纳了他，而暗地里报告了梁冀，梁冀当即抓捕并杀害了他。甄邵为了迁官郡守，不为母亲发丧而先去接受任命。后河南尹李燮在路上遇到甄邵，"使卒投车于沟中，笞捶乱下，大署帛于其背曰'谄贵卖友，贪官埋母'",并把甄邵的丑闻上报朝廷,甄邵"遂废锢终身",终身不得为官。

五、对"虚名"的批判

后汉社会重"名",当时范滂,字孟博,东汉大臣、名士,与郭林宗、宗慈、巴肃、夏馥、尹勋、蔡衍、羊陟被社会并称为"八顾"(顾,谓能以德行引导他人之意),与刘表、陈翔、孔昱、范康、檀敷、张俭、岑晊被社会并称为"江夏八俊"(俊,俊杰、俊才)。《后汉书·党锢列传》载:其母对范滂说:"汝今得与李、杜齐名,死亦何恨?既有令名,复求寿考,可兼得乎?"名士们把"令名"看得高于生死。怎么能获得"令名"?首先当然是自己的言行,但更要靠著名人物的品题,如《后汉书·郭符许列传》称,只要是郭泰对某人品题了以后,其人"人品乃定",又"先言后验,众皆服之"。郭泰品题了以后,其人的行事做人又验证了郭泰品题,众人才信服。而反面的例子,《后汉书·郭符许列传》载:汉中晋文经、梁国黄子艾也好品题人物,但"随所臧否,以为与夺",后符融品题他们是"小道破义,空誉违实",此二人顿时"名论渐衰"。对此,汤用彤先生在《魏晋玄学论稿》指出:"地方察举,公府征辟,人物品鉴遂极重要。有名者入青云,无闻者委沟壑。朝廷以名治(顾亭林语),士风亦竞以名相高。"东汉末年曹操也曾说自己年轻时汲汲于要"建立名誉":"孤始举孝廉,年少,自以本非岩穴知名之士,恐为海内人之所见凡愚。欲为一郡守,好作政教,以建立名誉,使世士明知之。"(《三国志·魏书·武帝纪》)他还到处去恳求别人的承认,《世语》载:"(乔)玄谓太祖曰:'君未有名,可交许子将。'太祖乃造子将,子将纳焉,由是知名。"

于是,东汉末年时名人追逐"名",成为风气,儒生时常奔走各地,巴结名士,抬高自己的名声,以博得做官的资格,《中论》序曰:"冠族子弟,结党权门,交援求售,竞相尚爵号。"贵族子弟相互争抢"名",于是多为虚假不实,司马光《资治通鉴》称为"饰伪以邀誉,钓奇以惊俗"。对于结党营私,有识之士多有痛恨,如刘梁,《后汉书·文苑列传下》载其著《辩和同之论》,申扬君子"和而不同",称:"故君子之行,动则思义,不为利回,不为义疚,进退周旋,唯道是务。苟失其道,则兄弟不阿;苟得其义,虽仇雠不废。"崇尚君子之交,抨击社会恶习。

范晔《后汉书·党锢列传》所谓"激扬名声,互相题拂",即有互相标榜之义。虚名之弊,由此而生。到建安时期曹操掌权,则崇实抑虚,其政权运行具"尚实"之风,强调任用人才以实际情况不以虚名,这从当时的许多政令可以看出,其《求贤令》曰:"若必廉士而后可用,则齐桓其何以霸世!今天下得无有被褐怀玉而钓于渭滨者?又得无有盗嫂受金而未遇无知者乎?二三子其佐我明扬仄陋,唯才是举,吾得而用之。"其《敕有司取士毋废偏短令》则称"夫有行之士,未必能进取;进取之士,未必能有行也",得出

"士有偏短，庸可废乎"的结论。《举贤勿拘品行令》称，要任用"负污辱之名，见笑之行，或不仁不孝而有治国用兵之术"的人才。《论吏士行能令》称"未闻无能之人、不斗之士，并受禄赏，而可以立功兴国者也。故明君不官无功之臣，不赏不战之士"。还有许多严厉的扫除浮华之风、崇尚实用的政令，如《整齐风俗令》《赦袁氏同恶及禁复仇厚葬令》等。从政权的运行来说，也是以"尚实"为行动标准。如曹操处死孔融，其《宣示孔融罪状令》曰："太中大夫孔融既伏其罪矣，然世人之采其虚名，少于核实，见融浮艳，好作变异，眩其诳诈，不复察其乱俗也。""虚名""浮艳"成为治罪的口实。又，当时孔融与祢衡更相虚浮赞扬，称衡谓孔融曰："仲尼不死。"孔融答曰："颜回复生。"对待孔融的忘年交祢衡，曹操也以同样的罪名实施打压，最终祢衡也被赶走。葛洪《抱朴子·自叙》称风气的转变曰："汉末俗弊，朋党分部，许子将之徒，以口舌取戒，争讼论议，门宗成仇，故汝南人士无复定价，而有月旦之评。魏武帝深亦疾之，欲取其首，尔乃奔波亡走，殆至屠灭。"对待自己的儿子，曹操也有同样的心态，《世语》载"魏王尝出征，世子（曹丕）及临淄侯植并送路侧。植称述功德，发言有章，左右瞩目，王亦悦焉。世子怅然自失，吴质耳曰：'王当行，流涕可也。'及辞，世子泣而拜，王及左右咸歔欷，于是皆以植辞多华，而诚心不及也。"这一小小的例子，就可以看到"尚实"之风的影子，这对当时的太子之争是有影响的。到曹操的孙子明帝曹叡掌权，"尚实"风气尚存，如太和四年（230）就曾下诏称"其浮华不务道本者，皆罢退之"，对当时"咸有声名，进趣于时"的何晏、邓飏、李胜、丁谧、毕轨诸人，"以其浮华，皆抑黜之"。而且曹叡时期，曹植仍受到压制，不能不说是因为自身的习气与时代崇尚不合，如文学史研究者、《魏晋文学史》的作者徐公持就称曹植的表文作品"在文学欣赏方面却价值极高"，但"在政治实用上甚为拙劣"。

六、拟作

陆机《拟明月皎夜光》曰：

> 岁暮凉风发，昊天肃明明。
>
> 招摇西北指，天汉东南倾。
>
> 朗月照闲房，蟋蟀吟户庭。
>
> 翩翩归雁集，嘒嘒寒蝉鸣。
>
> 畴昔同宴友，翰飞戾高冥。
>
> 服美改声听，居愉遗旧情。
>
> 织女无机杼，大梁不架楹。

首八句亦是叙写秋景，"朗月""蟋蟀""归雁""寒蝉"等秋日意象，令人印象深刻。"畴昔同宴友"以下四句，叙写"同宴友""翰飞"之后的表现，既"改声听"，又"遗旧情"，完全变了一个人，抨击朋友对友情的背叛，这是"昔我同门友，高举振六翮。不念携手好，弃我如遗迹"的衍生之意。诗末只有"织女无机杼，大梁不架楹"二句，以织女星号称，织女却不能"弄机杼"；大梁星号称是栋梁却不能与楹柱结为一体，这是以有名无实来称说"同宴友"，也是用神话故事来叙说。但"同宴友"的意味当然不如"同门友"，前者是共同喝酒的朋友，而后者是共同学习经典的朋友，而且拟作少了原作对"虚名"的批判，自然也令读者怅然。

第三章

知己燕双飞

东城高且长

东城高且长，逶迤自相属。

回风动地起，秋草萋已绿。

四时更变化，岁暮一何速！

《晨风》怀苦心，《蟋蟀》伤局促。

荡涤放情志，何为自结束！

燕赵多佳人，美者颜如玉。

被服罗裳衣，当户理清曲。

音响一何悲，弦急知柱促。

驰情整中带，沉吟聊踯躅。

思为双飞燕，衔泥巢君屋。

一、一首诗还是两首诗

《古诗十九首》中，最短的只有八句，如《涉江采芙蓉》，最长的共二十句，有两首诗，一是《凛凛岁云暮》，另一即此诗。此诗在《玉台新咏》题为枚乘作。在《文选》与《玉台新咏》中，此诗都作为一首，至明代张凤翼《文选纂注》，称"燕赵多佳人"以下为另一首，"因韵同故误为一耳"，于是便有两种说法。刘大櫆《历朝诗约选》亦分为两首，余冠英《汉魏六朝诗选》认为其前后"文义不联贯，情调不一致"，仍分作两首，称："乐府歌辞有时以两诗并合为一辞，疑此诗原是乐府歌辞，所以有此现象。"

但一般还是以《文选》《玉台新咏》为准，作一首来解析、理解，如纪昀曰："'燕赵多佳人'以下，乃无聊而托之游冶，即所谓'荡涤放情志'也。陆士衡所拟，可以互证。张本以臆变乱，不足为据。"他以陆机的拟作为一首来证明这也是一首。钱大昕《古诗十九首说序》则曰："后人欲分《燕赵多佳人》以下别为一首，所谓'离之则两伤'也。"张庚《古诗十九首解》就说："此诗起云'东城高且长'，下则就'长'字接'逶迤自相属'句，以足'长'字之势；就'逶迤'字生出'回风动地起'句；就'地'字生出'秋草'句；就'秋草'字，生出'四时变化'句；就'时变'生出'岁暮速'句；就'速'字生出'怀''伤'二句；就'怀''伤'二字生出'放情'二句；就'放情不拘'生出下半首。真一气相承不断，安得不移人之情？"他从字词的运用，既证明《东城高且长》是一首诗，又论证其情感抒发"一气相承不断"而具有"移人之情"。

本文即以"离之则两伤"为由，以一首诗来进行分析。

二、诗作层次的曲曲折折

诗作叙事抒情曲曲折折，可分为四层来理解。

首六句为第一层次。"东城"指洛阳，是东汉的政治、文化中心。而"高且长，逶迤自相属"，似是写城楼与城墙，这应该是在城外所望，那么，首二句是说诗人所游历的处所是城郊。当说起洛阳，我们自然会想起《青青陵上柏》称"游戏宛与洛"的情形："洛中何郁郁，冠带自相索，长衢罗夹巷，王侯多第宅。两宫遥相望，双阙百余尺。"那真是一片繁华景象！面对着如此繁华，自己心中该有什么样的憧憬与希望啊！但如今呢，城市的景象是不会改变的，诗人眼中的景象是"回风动地起，秋草萋已绿。四时更变化，岁暮一何速"，旋风吹起，秋草萋萋，一片萧瑟与荒凉。原来四季时节变化，当前已是秋冬之际的岁暮，时光"一何速"啊！当时满怀期望、兴致勃勃来到洛阳，洛阳城以其花团锦簇而炫人耳目。而如今，自己的心境竟然会沉浸在"回风动地起，秋草萋已绿"之中。这也似乎在暗示诗人的经历，来到洛阳城，春去秋来，自己一无所获、一事无成，于是从兴致勃勃变为垂头沮丧！诗人十分诧异：自己的心境怎么会有这么剧烈的变化，怎么变化来得这么快？一点过去的影子也找不出！于是，都市的热闹在城郊看来都是寂凉，这是否对应着如今的自己呢？一切似乎都在颓废、破灭之中。

"《晨风》"以下四句为第二层次。先是继续描摹"岁暮"景象，"晨风"，鸟名，即鹯，一种猛禽；蟋蟀，秋日即将消亡的昆虫。《诗经·秦风》有《晨风》，其首章云："鴥彼晨风，郁彼北林。未见君子，忧心钦钦。如何如何？忘我实多！"《毛诗序》曰："《晨风》，刺康公也。忘穆公之业，始弃其贤臣焉。"此为自诩贤臣、贤人的"忧心"。《诗经·唐风》有《蟋蟀》，其首章云："蟋蟀在堂，岁聿其莫；今我不乐，日月其除。无已大康，职思其居！好乐无荒，良士瞿瞿。"方玉润《诗经原始》评之曰："此真唐风也。其人素本勤俭，强作旷达，而又不敢过放其怀，恐耽逸乐，致荒本业。故方以日月之舍我而逝不复回者为乐不可缓，又更以职业之当修勿忘其本业者为志不可荒。无已，则必如彼瞿瞿良士好乐而无荒焉可也。此亦谨守见道之人所作。"由岁暮时分蟋蟀入室，感到时光易逝，于是产生及时行乐的想法。然而诗人又不甘心一味地沉浸于过分安乐，要以"良士"的警觉为楷模。此二句以典故的运用，奠定了此诗的基调：应该有所作为。

晨风、蟋蟀也在为时节的流转而悲痛，诗人当然更甚而胜之。"晨风""蟋蟀"的意象强化了此前"回风动地起，秋草萋已绿。四时更变化，岁暮一何速"的情感抒发，进而引出下文——怎么办呢？诗人得出的结论是："荡涤放情志，何为自结束！"董讷夫《阮亭选古诗》评点曰："言岁月易逝，劳苦何为？不如及时行乐。""岁暮"时分，一切凄凉荒芜，那么自己何必要管束自己，何必要劳苦自己，为什么不去放荡行为、放荡情怀呢？为什么要"局促"而不尽情而为呢？

"燕赵多佳人，美者颜如玉。被服罗裳衣，当户理清曲"，这是一位女性的形象。次六句为第三层次。既然"荡涤放情志"，那么诗人又回到旧日的城市生活，重回城市生活的"良宴会"。他看到了"燕赵多佳人，美者颜如玉。被服罗裳衣，当户理清曲"，"清曲"为当时流行的曲调清商曲，包括"清调曲""平调曲""瑟调曲"，所用的乐器有笙、笛、篪、琴、瑟、筝、琵琶等，曲调以悲哀为主。他又参与到"良宴会"的音乐舞蹈之中，但是，他没有感受、享受到欢乐，他听到的是"音响一何悲，弦急知柱促"。"一何悲"的"音响"，是由紧绷的丝弦发出激越的声响传达出来的。

"驰情整中带，沉吟聊踯躅。思为双飞燕，衔泥巢君屋"为第四层次。诗人从曲中听出了"悲"，他还听出了什么？诗中没有说，但诗中说出诗人听曲后的感动和感受，以及由此而引发的身体动作，"驰情整中带"者，以身体活动的"整中带"，表达听到"音响一何悲，弦急知柱促"之曲后的感觉，并接着有"沉吟聊踯躅"的情感抒发。"整中带"表示乐曲对诗人的震撼，表示诗人坐不住了，他要有所行动。所谓行动就是"思为双飞燕，衔泥巢君屋"，诗人感慨美人的"当户理清曲"，从曲中他听出了美人的孤独与不平，美人的孤独、不平与自己在洛阳的经历与感受是一样的，美人的孤独、不平就是自己的孤独、不平。诗人不禁沉吟道："思为双飞燕，衔泥巢君屋。"他是美人的知音，他要负起责任来，与美人双飞双宿，筑牢巢屋，厮守相伴。于此，诗作不甘心沉沦而要有所作为的主旨得以显现。这也是"知音"意义的升华，先是对"当户理清曲"的理解，再到志同道合、共同行动，要"思为双飞燕"一起行动。

三、好友共进共退

刘履《古诗十九首旨意》论这首诗的旨意曰：

此不得志而思仕进者之诗。言见东城之高且长，回风起而秋草已萎然矣。因念四时更相变化，而于岁之云暮，独何速邪？然我方以未见君子，如《晨风》之言，心怀忧苦；今而岁暮不乐，又恐如《蟋蟀》所赋，徒伤局促。盍亦荡涤其忧虑，放肆其情志，何苦乃自致结束，而不为乐哉？盖以吾党之士，才美者众，犹燕赵之多佳人也。彼其修德立言，壹皆独善其身，故其言往往悲愤激切，而有以知其志气郁塞，未获舒展；亦犹佳人之被服鲜洁，而但当户自理清曲，故其音响悲切，而知弦柱之急促也。是以我之驰情整服，沉吟而踟蹰，思与此人同奋才力，以入仕于朝，庶几得以舒吾苦心，而遂其情志焉尔。故又托为双燕衔泥巢屋以结之。于此可见当时贤才之遗逸者，非特一人而已也。

此处既说"此不得志而思仕进者之诗"，又说"思与此人同奋才力，以入仕于朝"，那么，刘履认为这是吟咏交友之道的共进共退之意。时光荏苒，"岁月忽已晚"而一事无成，颇多焦虑之感。于是，诗人宽慰自己："荡涤放情志"吧！但我的友人如"燕赵多佳人"，正"当户理清曲"，抒发心中的郁闷，于是，自己也"驰情整中带，沉吟聊踯躅"，要与此人交友，"思为双飞燕"，共同努力吧！故汉代刘歆《新议》曰："夫交接者，人道之本始，纪纲之大要，名由之成，事由之立。"称交友就是为了"人道"，为了"纪纲"，不可谓不重要。

四、怀才不遇与盛年不嫁

《西北有高楼》称"上有弦歌声，音响一何悲"，"不惜歌者苦，但伤知音稀"；此处说"思为双飞燕，衔泥巢君屋"，都是自许为美人的知音，此处还说要付诸共同的行动。《西北有高楼》的歌者之悲为"无乃杞梁妻"，而此处美人之悲是什么？曹植《美女篇》可以解答我们的疑问。诗云：

美女妖且闲，采桑歧路间。

柔条纷冉冉，落叶何翩翩。

攘袖见素手，皓腕约金环。

头上金爵钗，腰佩翠琅玕。

明珠交玉体，珊瑚间木难。

罗衣何飘飘，轻裾随风还。

顾眄遗光采，长啸气若兰。

行徒用息驾，休者以忘餐。

借问女安居，乃在城南端。

青楼临大路，高门结重关。

容华耀朝日，谁不希令颜。

媒氏何所营，玉帛不时安。

佳人慕高义，求贤良独难。

众人徒嗷嗷，安知彼所观。

盛年处房室，中夜起长叹。

诗作的上半部分，全力描摹女性之美。先是"美女妖且闲"的总述，其次是"采桑"之美，再三是容貌衣饰装束之美，其四是"顾眄遗光采，长啸气若兰"的气质之美。接着叙写"行徒"的"息驾"，"休者"的"忘餐"，以看到美女而忘了赶路、忘了吃饭来表达此女之美，这是以美产生的效果来表述其美。"借问女安居"以下为诗作的下半部分，"求贤良独难"叙写美女难以找到知心人之悲。美女出身高贵，美貌得到众人赞叹，但就是媒氏不得尽责，令婚聘之礼的"玉帛"未按时送达。"佳人"心存"高义"，寻求"高义"的"贤良"之士，真是太难了。一般人如何能够了解、理解，还在那里七嘴八舌胡乱猜疑、妄发议论。末二句"盛年处房室，中夜起长叹"，美女盛年不嫁、空居闺阁，只有"长叹"而已，而如若是"当户理清曲"，其乐曲也一定是"音响一何悲"的吧！

《乐府诗集》称说《美女篇》曰："美女者，以喻君子。言君子有美行，愿得明君而事之。若不遇时，虽见征求，终不屈也。"那么，在《东城高且长》中，诗人自许为美女知音，是懂得美女的悲伤在于盛年不嫁，美女不能实现自己的理想愿望，并主动要求"思为双飞燕，衔泥巢君屋"。实际上，诗人以美女的盛年不嫁比拟自己的怀才不遇，即陆时雍《古诗镜》称此诗："景驰年摧，牢落莫偶，所以托念佳人。"更是以美人非"高义"不嫁，比拟自己的理想愿望没有实现，但又不愿苟且，他也要寻求知音。

汉代文人对"遇"或"不遇"问题多发议论。遇，相逢、相遇，对于文人士子来说，就是与君王的遇合、投合，进而礼遇见赏，士人把自己的政治生命投放到"遇"上。董仲舒《士不遇赋》、司马迁《悲士不遇赋》，就是对是否"遇"、能否"遇"的集中表述。董仲舒赋曰："时来曷迟，去之速矣"，以时不我待表达对"遇"的急迫之情；又抨击社会的"末俗以辩诈而期通""彼实繁之有徒，指贞白以为墨"；而称"贞士以耿介而自束""孰若反身于素业，莫随世俗而轮转，虽矫情而获百利，不如复心而归一善"等，称如此之"忠"是应该"遇"的。但这些都是从反面的"不遇"来说的。司马迁赋则称说"士不遇"的原因："谅才韪而世戾，将逮死而长勤；虽有行而不彰，徒有能而不陈；何穷达之易惑，信美恶之难分"，称"我之心矣，哲已能忖，我之言矣，哲已能选，没世无闻，古人唯耻"，以"不遇"来讲自己对将"没世无闻"的恐惧。

汉代仿骚体作品形成热潮，这些作品代屈原"立言"，大都是以叙说屈原的"忠而不遇"来表达自己的情感。如《惜誓》，或曰贾谊所作，王逸注曰："言哀惜怀王与己信约而复背之也。古者君臣将共为治，必以信誓相约，然后言乃从而身以亲也。盖刺怀王有始而无终也。"哀其"不遇"，就是因为君王"有始而无终"。东方朔《七谏》，王逸称其述说的是屈原的"殷勤之意，忠厚之节也"。严忌《哀时命》，王逸注曰：严忌"哀屈原受性忠贞，不遭明君，而遇暗世，斐然作辞，叹而述之，故曰哀时命也"；"哀时命"就是哀其"不遇"。刘向《九叹》，王逸注曰：刘向"追念屈原忠信之节，故作《九叹》"，"言屈原放在山泽，犹伤念君，叹息无已。""遇"与"不遇"成为汉代士人的集体关注，表达与抒发自己的"忠"，则是抒发盼"遇"的怀抱。

东方朔《答客难》、扬雄《解嘲》、班固《答宾戏》，都是回答在伟大的时代未能建功立业的原因就在于"不遇"，抒发自己"不遇"的牢骚。尤其是扬雄，"又怪屈原文过相如，至不容，作《离骚》，自投江而死，悲其文，读之未尝不流涕也。以为君子得时则大行，不得时则龙蛇，遇不遇命也，何必湛身哉！"语言愤激、情感强烈。又如诸葛丰上书言："屈平之材，然犹不能自显而被刑戮，岂不足以观哉！"屈原"忠而不遇"且"不遇又忠"的经历，不仅赢得广大士人的敬重、崇拜，更因此激发起他们对自身政治命运的关注。

五、拟作

陆机有拟作，其《拟东城一何高》，虽然变"高且长"为"一何高"，但从诗作的结构层次、主旨，可以看出是模拟而来：

> 西山何其峻，曾曲郁崔嵬。
>
> 零露弥天坠，蕙叶凭林衰。
>
> 寒暑相因袭，时逝忽如颓。
>
> 三闾结飞辔，大耋嗟落晖。
>
> 曷为牵世务，中心若有违。
>
> 京洛多妖丽，玉颜侔琼蕤。
>
> 闲夜抚鸣琴，惠音清且悲。
>
> 长歌赴促节，哀响逐高徽。
>
> 一唱万夫叹，再唱梁尘飞。
>
> 思为河曲鸟，双游丰水湄。

前六句由写景引出寒暑相因、时光倏忽。接下来"三闾结飞辔"用典，用三间大夫屈原《离骚》中以天空遨游寻求解答疑惑。"大耋嗟落晖"句，耋，老也，八十曰耋，用《易经》所述高寿之人叹嗟太阳偏西时的"不鼓缶而歌"之事。此二句都是说愿望不能实现时的情感。"曷为牵世务，中心若有违"对应原作"荡涤放情志，何为自结束"二句，叙说自己因为"牵世务"而"心有违"，以"曷为"表达对自己这样做而感到些许诧异。虽然说有所诧异，但诗人还是这样做了，即"京洛"以下八句叙写的诗人参与的活动，一是多有美人，"京洛多妖丽，玉颜侔琼蕤"；二是"闲夜抚鸣琴"的抚琴长歌；三是"惠音清且悲。长歌赴促节，哀响逐高徽"，更是悲伤满怀。末四句，以"一唱万夫叹"引出下文的"双游"，叙说同心而同行。全诗与原作亦步亦趋，可说是句句对应。从陆机的拟作，亦可知《东城高且长》不应该分作两首，陆机就是把它视为一首的。

李白《古风》对《东城高且长》的后半部分也有模拟，诗曰：

> 燕赵有秀色，绮楼青云端。
> 眉目艳皎月，一笑倾城欢。
> 常恐碧草晚，坐泣秋风寒。
> 纤手怨玉琴，清晨起长叹。
> 焉得偶君子，共乘双飞鸾。

他是把《东城高且长》视作两首诗的，这从他模拟的对象仅仅是诗的后半部分可以看出，李白诗作基本上是如此对应而来。马茂元

《古诗十九首初探》称:《东城高且长》"这种艺术的光辉,给予后人的启示是无穷的",而李白这首诗,"很显然,全篇的意境,都是从这诗脱化出来的"。曹旭《古诗十九首与乐府诗选评》也说:"此诗末句'飞翔意象',与《西北有高楼》末句'愿为双鸿鹄,奋翅起高飞'同意,都是听歌后爱慕歌者的誓言,但一为高飞远走,一为留居巢屋。从曹植《送应氏》'愿为比翼鸟,施翮起高翔',至李白《古风》'焉得偶君子,共成双飞鸾',均是同一意象系列。"可见《东城高且长》的魅力与影响。

六、化用《诗经》意象

一个值得关注的现象是,本诗"《晨风》怀苦心,《蟋蟀》伤局促"两句,直接标明《诗经》的篇名以做典故,来抒发自我情怀。

《诗》是宗周礼乐文化的重要载体,集中体现了周代社会的精神特质。孔子整理六经,把《诗经》作为士子教育的教材,《论语》中多孔子对弟子"学诗"的教诲,如《阳货》:"小子何莫学夫《诗》,《诗》可以兴,可以观,可以群,可以怨。迩(近)之事父,远之事君。多识于鸟兽草木之名。"《季氏》:"不学《诗》,无以言。"汉时,文人士大夫亦注重《诗》学修养,士子文人对《诗经》是很熟悉的,班固《两都赋》中就说:"今论者但知诵虞夏之《书》,咏殷周之《诗》,讲羲文之《易》,论孔氏之《春秋》。"汉文帝时代就相继出现了三位传授《诗经》的学者，即鲁人申培、燕人韩婴和齐人辕固。他们所传的《诗》，后来就称作"三家诗"，到东汉以后，"三家诗"就逐渐衰落了，代之而兴的是《毛诗》。

汉代各文体文字包括各种文学作品多引《诗》，以加强自己的论证。如东方朔《答客难》："虽然，安可以不务修身乎哉!《诗》云：'鼓钟于宫，声闻于外。''鹤鸣于九皋，声闻于天。'苟能修身，何患不荣! ……《诗》云：'礼义之不愆，何恤人之言?'故曰：'水至清则无鱼，人至察则无徒。冕而前旒，所以蔽明；黈纩充耳，所以塞聪。'明有所不见，聪有所不闻，举大德，赦小过，无求备于一人之义也。枉而直之，使自得之；优而柔之，使自求之；揆而度之，使自索之。盖圣人教化如此，欲自得之；自得之，则敏且广矣。"其《非有先生论》也有引诗。《古诗十九首》亦重以《诗》为典故，与各文体文字直接引用《诗经》文字、以"《诗》云""《诗》曰"不同，《古诗十九首》一般是化用《诗经》的意象，更多的是断章取义地以《诗经》所用的意象来表达情感，我们在讲析《古诗十九首》各诗的时候都有所标注。而像本诗的"《晨风》怀苦心，《蟋蟀》伤局促"两句，直接标明《诗经》篇名则不多。但如此用典，用的是《诗经》整篇之义，与断章取义自然不同。

第四章

奇树馨香
赠远方

庭中有奇树

庭中有奇树，绿叶发华滋。

攀条折其荣，将以遗所思。

馨香盈怀袖，路远莫致之。

此物何足贡？但感别经时。

一、诗作三重意旨

诗作吟咏"攀条折其荣，将以遗所思"，其吟咏的主旨，后世有三种阐释。

其一，称诗作主旨是夫妇之间的离别相思。诗曰：庭院之中，奇树花开，女子折花，欲赠思念之人。花香满怀满袖，却路远难以送达。花儿何足贡奉，只是离别得太久太久。故朱自清《古诗十九首释》说："《左传》声伯《梦歌》：'归乎，归乎！琼瑰盈吾怀乎！'《诗经·卫风》：'籊籊竹竿，以钓于淇。岂不尔思？远莫致之。'本诗引用'盈怀''远莫致之'两个成辞，也许还联想到各原辞的上一语：'馨香'句可能暗示着'归乎，归乎'的愿望，'路远'句更暗示着'岂不尔思'的情味。"朱自清用两个典故强化诗作所述的离别相思，一是《左传》中声伯哭泣，眼泪如"琼瑰"（珠玉）般落个满怀，暗示"归乎，归乎"的返回家乡。二是《诗经》中"远莫致之"，暗示"岂不尔思"。后世"折花"成为离别相思的象征，如李白《寄东鲁二稚子》诗，游金陵时所作，用于父女之间的离别相思。此时李白离东鲁已三年，诗中毕见思念之情，其中叙写女儿思父，云："楼东一株桃，枝叶拂青烟。此树我所种，别来向三年。桃今与楼齐，我行尚未旋。娇女字平阳，折花倚桃边。折花不见我，泪下如流泉。"以其娇女平阳的"折花"表现其相思之情。

诗中用身体活动"攀条折其荣"来表达"但感别经时"，又以身体活动的"馨香盈怀袖，路远莫致之"，表达思念的不可实现。

　　其二，称主旨是赠花给君王，"望录于君"。诗曰：庭院之中，奇树花开，折花相赠。自觉才华如同花香满溢，却难以被君王接受。卑微才华哪里值得贡奉，只是我的恋君之情太深。故陈祚明《采菽堂古诗选》称之为"此亦望录于君"的寄托，其曰："'馨香'以比己之才能，摩厉以须，特伤弃远。末又谦言不足采择。然惓惓之念，不能忘耳。"称诗人伤心自己的才能不被看重，虽然后面又说自己的才华微不足道，但对君王的一片"惓惓"（恳切）之意，永挂心间。陈祚明接着说："古诗之佳，全在语有含蓄，若究其本指，则别离必无会时，弃捐定已决绝，怀抱实足贵重，而君不我知，此怨极切。乃必冀幸于必不可知之遇，揣君恩之未薄，谦才能之未优，盖立言之体应尔。言情不尽，其情乃长，此风雅温柔敦厚之遗。就其言而反思之，乃穷本旨，所谓怨而不怒。浅夫尽言，索然无余味矣。"这是说诗人在盼望着君王的眷顾，故"怨而不怒"，表达得非常含蓄。

　　其三，称主旨是赠友馨香，是友人之间的离别相思。陈祚明称此诗是情情切切盼望着君王的眷顾，是"望录于君"，似有些过火，应该是情情切切盼望着友人的眷顾，是"望录于友"，方廷珪《文选集成》："此篇是交而不忘远者，诗意自明。"称此诗是一篇交友之诗，倒是比较贴切。刘履《古诗十九首旨意》也说："凡怀朋友之诗，因物悟时，而感别离之久也。"

　　我们说，读者怎样理解都是可以的，但大家都欣赏诗作所歌吟的"佩花""赠香"之美。

二、佩香草者志同道合

为什么要折芳相送？古时男性有佩戴香草、鲜花的习惯。屈原在《离骚》就曾屡屡吟咏佩戴香草、鲜花，以表达自己的品行，如："扈江离与辟芷兮，纫秋兰以为佩。"扈，披；纫，连结。江离、辟芷、秋兰，皆香草名。古时，香草在某种情况下与鲜花同义。王逸曰："言己修身清洁，乃取江离、辟芷以为衣被，纫索秋兰以为佩饰，博采众善以自约束也。"（《离骚章句》，下同）这是讲屈原以佩披香草表达修身清洁、自我约束。

"擥木根以结茝兮，贯薜荔之落蕊；矫菌桂以纫蕙兮，索胡绳之纚纚。"王逸曰："言己施行常揽木引坚，据持根本，又贯累香草之实，执持忠信，不为华饰之行也。"屈原佩戴各种各样的花草，不是所谓华丽的装饰，而是为了表达自己的忠信。

"既替余以蕙纕兮，又申之以揽茝。"替，废。王逸曰："言君所以废弃己者，以余带佩众香，行以忠正之故也。然犹复重引芳茝，以自结束，执志弥笃也。"这是说君王不喜欢自己佩戴花草，但自己仍要坚持，即"亦余心之所善兮，虽九死其犹未悔"。

"制芰荷以为衣兮，集芙蓉以为裳。"不仅佩戴香草、鲜花了，而且还要以香草、鲜花作衣裳穿了，以示"余情其信芳"。

"忽反顾以游目兮，将往观乎四荒。佩缤纷其繁饰兮，芳菲菲其弥章。"言要去观览四面八方，于是穿着装饰香草、鲜花繁多的盛装，那香气馥郁更加沁人心房。

"溘吾游此春宫兮，折琼枝以继佩。及荣华之未落兮，相下女之可诒。"这是要折花相赠神女。

"户服艾以盈要兮，谓幽兰其不可佩。"批评俗人把臭艾挂在腰间，以为芬芳，偏要说幽兰不可以佩戴。

"怀椒糈而要之。"椒，香物；糈，精米。"怀椒糈"以请神赐福。

王逸说："《离骚》之文，依《诗》取兴，引类譬谕。故善鸟香草以配忠贞；恶禽臭物以比谗佞；灵修美人以媲于君；宓妃佚女以譬贤臣；虬龙鸾凤以托君子；飘风云霓以为小人。其词温而雅，其义皎而朗。凡百君子，莫不慕其清高，嘉其文采，哀其不遇，而闵其志焉。"这就是"香草、鲜花"的象征意义，佩戴"香草、鲜花"者，品格高尚。

屈原的作品对中国文学影响很大，所谓"诗骚"传统。此仅举张衡赋作一例，《后汉书·张衡列传》载："（张）衡常思图身之事，以为吉凶倚伏，幽微难明，乃作《思玄赋》，以宣寄情志"，赋中曰："旌性行以制佩兮，佩夜光与琼枝。缀幽兰之秋华兮，又缀之以江蓠。"也是以佩戴香草、鲜花表达自己的高洁志向。

那么，"攀条折其荣，将以遗所思"，给友人赠以"馨香"，虽然表达的是离别相思，但"馨香"正是其志趣相同、品格相同的寓意，赠以"馨香"，也是向友人表达"同心""同力"的心意。

三、文人与"香"

"馨香盈怀袖，路远莫致之。"就是赠香，赠香自有其美意、深意，这从东汉文人与赠香的故事可以看出。

《唐六典》卷一载汉制："尚书郎主作文书起草，更直于建礼门内。台给青缣白绫被，或以锦被、帷帐、毡蓐，画通中枕太官供食物，汤官供饼饵、五熟果食，五日一美食，下天子一等。给尚书郎指使二人、女侍史二人，皆选端正，执香炉、香囊，从入台，护衣服。奏事建礼门内，得神仙门；神仙门内，得明光殿、神仙殿，因得省中。省中皆胡粉涂壁，画古贤列女，以丹漆地，谓之丹墀。尚书郎握兰，含鸡舌香（即丁香），奏事与黄门侍郎对揖，黄门侍郎称'已闻'，乃出。"尚书郎值朝起草文书，待遇很好、供给颇丰，有人专人"执香炉、香囊"熏衣，奏事时须"握兰，含鸡舌香"，可见"香"的重要。在朝廷公事中，尚书上殿奏事，口含鸡舌香，就是面对皇帝奏事，应该是口吐芬芳，汉应劭《汉官仪》说："尚书郎含鸡舌香伏奏事，黄门郎对揖跪受，故称尚书郎怀香握兰，趋走丹墀。"这句话的含义就是在朝廷的言语，不仅说的事应该是芳香的，吐出来的气也应该是芳香的。

香薰、含香，在当时是一件很奢侈的事，如《后汉书·皇后纪》载，东汉明帝马皇后一生俭朴，她说："吾为天下母，而身服大练，食不求甘，左右但着帛布，无香薰之饰者，欲身率下也。"称自己"无香薰之饰"。而鸡舌香之类，也是稀罕之物，一般人不认识，应劭《汉官仪》记载这样一个故事：汉桓帝时侍中刁存，年老有口臭，皇帝赐鸡舌香使含之。刁存看鸡舌香颇小，辛螫，于是不敢咀咽。自以为有了过错，皇帝赐给自己的是毒药，于是归来与家人诀别。家人哀泣，不知是因为什么缘故。于是，其同僚朋友诸贤问他有何愆失，又要求看看那是什么毒药，这才看到是用于消解口臭的丁香，大家一起笑了起来，刁存这才放下心事。应劭说："存鄙儒蔽于此耳。"说一点鄙儒之"蔽"的故事。

荀彧是东汉末年有名的好熏香之人，史载荀彧为人伟美有仪容，好熏香，传说他曾得异香，用以薰衣，余香三日不散。《襄阳记》载"荀令君至人家，坐处三日香"，于是便有"令公香""令君香""荀令香"等称，后多以"令君香"等指高雅人士的风采。当时最名贵的香是由西域所贡，此香着体，数月不散。另一个有名的故事，魏时权臣贾充手下小臣韩寿美姿貌，善容止，玉树临风，被贾充之女贾午看中，两情相悦。贾充得到皇帝所赐西域之香，贾午偷以赠韩寿。韩寿向贾充奏事之时，贾充闻到香气，便得知贾午与韩寿的关系，于是成全这段传奇的婚姻，此即"偷香"典故的出处。

从上述"香"的故事，可知诗中"馨香盈怀袖，路远莫致之"，不是随便说说的，而是含有深意，既有爱慕、亲爱之意，更有勉励其人和告诫之意。但到后世，男人好香熏，或被认为胸无大志，所谓玩物丧志，如东晋宰相谢安，正欲使其子侄有所成就，所谓"譬如芝兰玉树，欲使其生于庭阶耳"，而其侄谢玄"少好佩紫罗香囊"，谢安有所担心，"而不欲伤其意，因戏赌取，即焚之，于此遂止"（见《晋书》卷七十九）。

四、拟作

陆机《拟庭中有奇树》，诗云：

> 欢友兰时往，茖茖匿音徽。
>
> 虞渊引绝景，四节逝若飞。
>
> 芳草久已茂，佳人竟不归。
>
> 踟蹰遵林渚，惠风入我怀。
>
> 感物恋所欢，采此欲贻谁？

首句即讲这首诗是写给"欢友"的，朱自清《古诗十九首释》："这首诗恰可以作本篇（即《庭中有奇树》）的注脚。陆机写出了一个有头有尾的故事：先说所欢在兰花开时远离；次说四节飞逝，又过了一年；次说兰花又开了，所欢不回来；次说踟蹰在兰花开处，感怀节物，思念所欢，采了花却不能赠给那远人。这里将兰花换成那'奇树'的花，也就是本篇的故事。可是本篇却只写出采花那一段儿，而将整个故事暗示在'所思''路远莫致之''别经时'等语句里，这便比拟作经济。再说拟作将故事写成定型，自然不如让它在暗示里生长着的引人入胜。原作比拟作'语短'，可是比它'情长'。"朱自清解释得很好，于是把它抄录在此处，我就不再啰嗦。

后　记

　　我们以"岁月忽已晚"作为《古诗十九首》的情感抒发核心，进一步说，"岁月忽已晚"成为东汉文人追求，挫折，再追求，再挫折，而希望仍在、追求不止的一种象征！

　　《古诗十九首》所描摹的文人，他们是遭受苦难、遇到挫折、陷入人生困境的一方，他们努力挣脱，期望解脱，或者寻求减轻痛苦、增加人生希望的办法，却迎来一个又一个失望、一个又一个挫折，他们不是与社会苦难、人生困境斗争的胜利者。他们忍受出门离别，游学游宦，走进城市，参加宴会，但他们成功了吗？诗中没有说。他们依恋亲人，思念家乡，采花送花，鸿雁传书，但也只有与亲人梦中相会而已，诗中始终没有说他们返归家乡、夫妇团聚。他们有强烈的生命意识，他们吟咏"生年不满百，常怀千岁忧"，是饮美酒、服药、向往神仙，还是坚持努力，他们茫然。他们"出门靠朋友"，寻找知音，但结果是"昔我同门友""弃我如遗迹"。可以说，在诗中，他们只能把社会的黑暗、人生的艰难剖析给人们看，他们只好把人生的美好、前程的希望作为一种追求表现在诗中，这或许就是读者最为欣赏的地方，人就需要这样追求人生美好的精神，虽然这只是一种假设或预设，但毕竟是耀眼的光明。《古诗十九首》显示，虽然在现实生活中他们只是苦难的承受者，而不是胜利者，但他们在精神上是胜利者，因为他们叙写克服苦难的勇气与办法，叙写的是心中的渴望与憧憬，并为之努力，他们让未来存在于幸福感之中。

因此我以"岁月忽已晚"来概括《古诗十九首》的情感核心。"岁月忽已晚"是实指，指时光飞逝，指人生短促，还有很多很多的愿望没有实现，还有很多很多的目标需要努力，自己的追求还差最后几步，可是当前已经"岁月忽已晚"了，一切都只是憧憬、渴望而已。不管是否"岁月忽已晚"，都仍有希望，仍在追求，仍在努力，这不就是人生的真谛吗？

《论语·宪问》载孔子称"诗可以观"，这是讲诗歌的认识作用，即通过诗歌可以看到社会的盛衰、民风的好坏。唐代诗人白居易对文学的认识作用有更具体的说明，其《策林六十九·采诗以补察时政》云：

> 故闻《蓼萧》之诗，则知泽及四海也。闻《禾黍》之咏，则知时和岁丰也。闻《北风》之言，则知威虐及人也；闻《硕鼠》之刺，则知重敛于下也。闻"广袖高髻"之谣，则知风俗之奢荡也。闻"谁其获者妇与姑"之言，则知征役之废业也。

故国风之盛衰，由斯而见也；王政之得失，由斯而闻也；人情
之哀乐，由斯而知也。

他所举的《蓼萧》之诗、《禾黍》之咏、《北风》之言、《硕鼠》之
刺，都是《诗经》的篇目，"广袖高髻"之谣、"谁其获者妇与姑"
之言，则是汉代民谣。白居易的这段话阐明了文学源于生活，又能
帮助人们认识生活的道理。

　　既然社会生活是诗歌的源泉，那么人们也就可以沿流溯源，通
过诗歌去认识生动而丰富的社会生活。那么，我们通过《古诗十九
首》，可以看到汉代的哪些社会现实呢？

　　其一，由《古诗十九首》而知东汉社会的现实。

　　从《古诗十九首》，我们看到文人对游宦，对出门远行的发怵、
无奈、悲哀，对家乡、家人的思念，就是当时社会动荡不安的反
映。东汉章帝、和帝以后，社会生活渐趋混乱，至东汉末年，统治
阶级治理不善，政治黑暗，压榨人民，人民生活往往陷于绝境，据
《后汉书·灵帝纪》载，竟然发生"河内人，妇食夫，河南人，夫
食妇"的惨象。汉代官吏刘陶曾经指出："当今地广而不得耕，民
众而无所食。群小竞起，秉国之位，鹰扬天下，鸟钞求饱，吞肌及
骨，并噬无厌。诚恐卒有役夫穷匠，起于版筑之间，投斤攘臂，登
高远呼，使愁怨之民，响应云合，八方分崩，中夏鱼溃。"（《后汉
书·刘陶传》）果然，不久黄巾起义就爆发了。整个社会，兵役加
上灾荒，农民失去土地，出外谋生，无数征夫被迫离乡，死于战

场。不但流民征夫常常死无葬身之地，就连许多游宦的士子和支差的中下层官吏也往往死于行旅之中，而永无回乡之日。葛晓音《八代诗史》说，安帝元初二年（115）曾遣中谒者收葬京师客死无家属及棺椁朽败者，死者主要就是这些游宦或支差的士子。《古诗十九首》中的游子大多是指这一类人物。不过他们是为名利趋走风尘，与被迫流浪在外的农民征夫毕竟有所不同，所以在文人诗中大都发为闺妇空床难守的怨叹之词，或抒写游子对乡土的怀恋之情。由此我们知道，为什么《古诗十九首》中"不是游子之歌，就是思妇之词"，诗歌的吟咏，就是在这样社会动荡不安的背景下发出的。

其二，由《古诗十九首》而知东汉文人的生活态度。

《古诗十九首》显示出充分的文人特色，显示出知识分子特色，即反思，追随在事实后面的反复思考。这种反思突出在对自己官宦生涯方面，进而突出在对人生的反思，突出在对自己所在的文人群体的反思。

他们渴望着安谧温暖的家庭生活、亲人怀抱，又自愿担当起出门远行的官宦责任。他们既自嘲其汲汲乎名利之路、奔走于权贵之门，又为怀才不遇、要津未据而焦虑。他们既认识到人生如寄、名利双无，但又为知音难遇、前路坎坷而愤慨。他们既识神仙之为虚妄，感食药之易误，但也感死亡之可惧，为乐应须及时。总之，一切皆为茫然，只有"岁月忽已晚"则是确切不误。现实生活的茫然，却令他们对生命有了更深切的认识，所谓"人生寄一世，奄忽若飙尘""人生忽如寄，寿无金石固"，这就是"人的觉醒"，所谓对人生的执着，而不是执着于朝廷、执着于儒学、执着于礼教等外在之物。

每一个诗人心中都装着一个理想的虚构世界，自觉或不自觉地反映在诗作里，诗人往往通过想象、预测、期许，表达出自己对未来世界的希望，这个希望应该与人类的共同愿景相契合，《古诗十九首》表达出来的希望，就是抓紧生活，毕竟"岁月忽已晚"啊！

其三，由《古诗十九首》而知五言诗的创作高潮即将兴起。

五言诗是我国古典诗歌的主要形式，《诗经》中的《召南·行露》前四句"谁谓雀无角，何以穿我屋？谁谓女无家，何以速我狱"，已是五言，但这不过是四言诗中偶然杂有一些五言诗句。到了西汉，五言的歌谣谚语越来越多，如《汉书·五行志》载成帝时童谣："邪径败良田，谗口害善人，桂树华不实，黄雀巢其颠。故为人所羡，今为人所怜。"已全是五言。乐府民歌更多五言，而且东汉文人也作乐府诗，艺术成就最出色的则为辛延年的《羽林郎》和宋子侯的《董娇饶》二篇。钟嵘在《诗品序》里说过，四言诗"每苦文繁而意少，故世罕习焉。五言居文词之要，是众作之有滋味者也"。因为它"指事造形，穷情写物，最为详切"。这是说五言体的发展，合乎诗歌语言自身的发展规律。那么，至《古诗十九首》，东汉的文人五言诗已全然成熟，这当然是和传统的五言诗句的影响与学习乐府民歌分不开的。于是，后世文人的诗歌，以五言为其主要形式之一，钟嵘《诗品序》所谓"今之士俗，斯风炽矣，才能胜衣，甫就小学，必甘心而驰骛焉"，说的就是南朝时五言诗创作的盛况，此以《古诗十九首》为开创。

东汉的文人五言诗，先是有班固《咏史》，史家以诗歌形式写史，还有托名"苏李诗"的作品，还有辛延年《羽林郎》和宋子侯《董娇饶》学习乐府民歌，还有蔡琰《悲愤诗》，写自己流落匈奴的悲惨生活。还有许多类似《古诗十九首》的"古诗"。《古诗十九首》与这些作品集合起来，才是诗歌中表现的东汉文人的生活世界，只是《古诗十九首》表现得最为集中、最有代表性。

本书分《古诗十九首》为官宦生涯、爱情相思、生命意识、友情知音四大类，对东汉文人的生活世界展开叙写。诗人是以游子、思妇的身份来吟咏的，但所吟咏的则不见得全是"游子""思妇"二者之间的离别相思，其笔力触撞到东汉文人生活的各个重要方面，此处叙写的愿望是让读者朋友得到对史的理解。本书对东汉文人的生活世界的叙写，又保留了以各首诗为单位的叙写模式，既突出每首诗中东汉文人的生活世界，又要展现《古诗十九首》各首诗的艺术魅力，让读者朋友得到文学的享受。如此历史与文学的双重书写，不知能否获得读者朋友的青睐？我在这里敬候读者朋友的批评，并谢谢读者朋友的批评。

"大学问"品牌书目

大学问·学术名家作品系列

朱孝远　《学史之道》
朱孝远　《宗教改革与德国近代化道路》
池田知久　《问道:〈老子〉思想细读》
赵冬梅　《大宋之变，1063—1086》
黄宗智　《中国的新型正义体系:实践与理论》
黄宗智　《中国的新型小农经济:实践与理论》
黄宗智　《中国的新型非正规经济:实践与理论》
夏明方　《文明的"双相":灾害与历史的缠绕》
王向远　《宏观比较文学19讲》
张闻玉　《铜器历日研究》
张闻玉　《西周王年论稿》
谢天佑　《专制主义统治下的臣民心理》
王向远　《比较文学系谱学》
王向远　《比较文学构造论》
刘彦君　廖奔　《中外戏剧史(第三版)》
干春松　《儒学的近代转型》
王瑞来　《士人走向民间:宋元变革与社会转型》

大学问·国文名师课系列

龚鹏程　《文心雕龙讲记》
张闻玉　《古代天文历法讲座》
刘　强　《四书通讲》
刘　强　《论语新识》
王兆鹏　《唐宋词小讲》
徐晋如　《国文课:中国文脉十五讲》

大学问·明清以来文史研究系列

周绚隆　《易代:侯岐曾和他的亲友们(修订本)》
巫仁恕　《劫后"天堂":抗战沦陷后的苏州城市生活》
台静农　《亡明讲史》
张艺曦　《结社的艺术:16—18世纪东亚世界的文人社集》
何冠彪　《生与死:明季士大夫的抉择》
李孝悌　《恋恋红尘:明清江南的城市、欲望和生活》
孙竞昊　《经营地方:明清时期济宁的士绅与社会》

大学问·哲思系列

罗伯特·斯特恩　《黑格尔的〈精神现象学〉》
A.D.史密斯　《胡塞尔与〈笛卡尔式的沉思〉》

约翰・利皮特 《克尔凯郭尔的〈恐惧与颤栗〉》
迈克尔・莫里斯 《维特根斯坦与〈逻辑哲学论〉》
M.麦金 《维特根斯坦的〈哲学研究〉》
G・哈特费尔德 《笛卡尔的〈第一哲学的沉思〉》

大学问・名人传记与思想系列
孙德鹏 《乡下人：沈从文与近代中国（1902—1947）》
黄克武 《笔醒山河：中国近代启蒙人严复》
王　锐 《革命儒生：章太炎传》
保罗・约翰逊 《苏格拉底：我们的同时代人》

大学问・实践社会科学系列
胡宗绮 《意欲何为：清代以来刑事法律中的意图谱系》
黄宗智 《实践社会科学研究指南》
黄宗智 《国家与社会的二元合一》
黄宗智 《华北的小农经济与社会变迁》
黄宗智 《长江三角洲的小农家庭与乡村发展》
白德瑞 《爪牙：清代县衙的书吏与差役》
赵刘洋 《妇女、家庭与法律实践：清代以来的法律社会史》
李怀印 《现代中国的形成（1600—1949）》
苏成捷 《中华帝国晚期的性、法律与社会》
黄宗智 《实践社会科学的方法、理论与前瞻》

大学问・雅理系列
拉里・西登托普 《发明个体：人在古典时代与中世纪的地位》
玛吉・伯格等 《慢教授》
菲利普・范・帕里斯等 《全民基本收入：实现自由社会与健全经济的方案》
田　雷 《继往以为序章：中国宪法的制度展开》
寺田浩明 《清代传统法秩序》

其他重点单品
罗伯特・S.韦斯特曼 《哥白尼问题：占星预言、怀疑主义与天体秩序（上）》
郑荣华 《城市的兴衰：基于经济、社会、制度的逻辑》
王　锐 《中国现代思想史十讲》
简・赫斯菲尔德 《十扇窗：伟大的诗歌如何改变世界》
北鬼三郎 《大清宪法案》
罗杰・F.库克 《后电影视觉：运动影像媒介与观众的共同进化》
屈小玲 《晚清西南社会与近代变迁：法国人来华考察笔记研究（1892—1910）》
徐鼎鼎 《春秋时期齐、卫、晋、秦交通路线考论》
苏俊林 《身份与秩序：走马楼吴简中的孙吴基层社会》